우리 곁에서 만나는 동서양 신화

우리 곁에서 만나는 동서양 신화

2006년 8월 25일 1판 1쇄
2018년 3월 30일 1판 9쇄

지은이 이경덕

기획 이권우   **편집** 정은숙, 송명주   **디자인** 이혜연
제작 박흥기   **마케팅** 이병규, 양현범
출력 블루엔   **인쇄** 코리아피앤피   **제본** 정문바인텍

펴낸이 강맑실   **펴낸곳** (주)사계절출판사   **등록** 제406-2003-034호
주소 (우)10881 경기도 파주시 회동길 252
전화 031)955-8558, 8588   **전송** 마케팅부 031)955-8595 편집부 031)955-8596
홈페이지 www.sakyejul.co.kr   **전자우편** skj@sakyejul.co.kr
블로그 skjmail.blog.me   **트위터** twitter.com/sakyejul   **페이스북** facebook.com/sakyejul

ISBN 978-89-5828-181-8 03890

우리 곁에서 만나는 동서양 신화

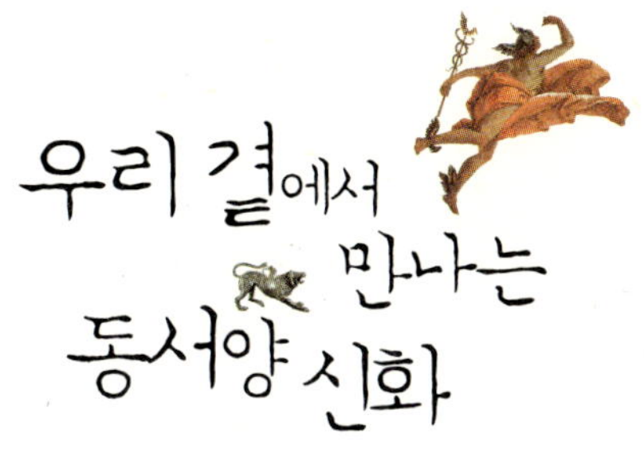

이경덕 지음

사□계절

V. 일상에서 만나는 신화

흔히 신화를 옛날 이야기로 생각하기 쉽습니다. 용이나 괴물이 등장하는가 하면, 마법을 부리고 하늘과 땅 속을 마음대로 다니는 등 상식으로 이해하기 힘든 일들이 신화에서는 일어나기 때문입니다. 그래서 신화가 지금과는 상관없는 먼 옛날 일을 말하고 있다고 생각하기 쉽지요.

그런데 이렇게 생각해 보면 어떨까요? 먼 옛날에는 용이나 괴물, 마법 등이 아주 상식적인 것이었다고. 다시 말해, 옛 사람들은 현대를 사는 우리가 말도 안 된다고 생각하는 용이나 괴물이 실제로 있다고 믿었고 마법을 쓸 줄도 알았다는 것이지요. 그래도 이해가 안 된다면 뒤집어서 생각해 보세요. 만약 고대인들이 지금 이 땅에 와 본다면 우리가 너무나 당연하게 쓰는 전화나 비행기 등을 신기한 마법이라고 생각하지 않을까요? 또한 용과 괴물을, 현대에 나타난 에이즈 같은 무서운 질병이나 사악한 범죄자 또는 범죄 집단 등으로 바꿔 생각해 보는 건 어떨까요?

옛날이나 지금이나 세상은 다를 것이 없습니다. 겉모습만 달라졌을 뿐 본질은 변하지 않았다는 말입니다. 허허벌판에 큰 건물이 들어서고 도시가 만들어지는 것은 세상이 생겨난 이야기를 다룬 창조 신화와 비슷합니다. 많은 사람들이 열광하는 영웅들이 등장하는 것도 똑같습니다. 그리고 예나 지금이나 사람이 태어나면 죽는다는 사실엔 변함이 없고, 그래서 죽음에 대한 생각과 이야기 또한 그리 다르지 않습니다.

신화는 인간의 삶에서 보편적으로 일어나는 일들을 상징을 통해 보여 줍니다. 그러니까 신화가 그저 단순한 옛날 이야기가 아니라 수많은 상징을 품고 있는 세계라는 뜻입니다.

신화는 여전히 우리 곁에 살아 숨쉬고 있습니다. 잘 보이지 않을 뿐이지요. 우리가 살아가는 데 꼭 필요한 공기가 여기 있지만 우리 눈에 보이지도 않고 굳이 의식하지도 않고 사는 것처럼 말입니다. 그러나 산소가 희박한 높은 산에 올라가거나 밀폐된 공간에 갇혔을 때 비로소 우리는 공기의 존재를 느끼게 됩니다.

신화도 비슷합니다. 평소엔 생각하지 않고 살지만, 어려운 일이 닥치거나 새로운 변화가 요구될 때 비로소 신화가 필요하다는 것, 더 나아가 공기처럼 우리가 살아가는 데 신화가 반드시 필요함을 알게 됩니다.

신화는 오랜 세월을 산 마법사와 같습니다. 원하는 대로 모습을 바꿀 수도 있고 사람들의 마음에 마법을 걸 수도 있습니다. 오랜 세월을 지나면서 신화는 우리 삶 곳곳에 그 흔적을 남겨 놓았습니다.

이 책에서는 우리 곁에서 만날 수 있는 신화를 다루었습니다. 영화 속에 나타난 신화, 그림 속에 보이는 신화, 절이나 길에서 마주치는 신화, 우리의 일상생활에 숨어 있는 신화 등입니다. 물론 여기서 다룬 것 말고도 우리의 삶에는 수많은 신화가 숨어 있습니다. 이것은 우리의 삶이 곧 신화라는 말이기도 합니다. 그렇다면 우리는 누구일까요? 신일까요, 시험에 빠진 영웅일까요? 자, 이제 신화의 세계 속으로 들어가 봅시다.

중학생 때 본 영화 가운데 특별히 기억에 남아 있는 것이 있습니다. 그때 얼마 되지 않는 용돈을 아껴 일주일에 한 편 정도 영화를 보았는데, 제목은 기억나지 않지만 몇몇 장면은 방금 본 영화처럼 생생합니다. 그리고 아주 한참 뒤에 그 이야기를 책으로 읽었을 때 놀라움이란! 내가 본 영화는 바로 북유럽 신화로, 독일의 음악가 바그너가 만든 오페라 〈니벨룽겐의 반지〉의 배경이 된 신화였지요.

그것은 지그프리드라는 영웅을 다룬 영화였습니다. 지그프리드는 갓난아이일 때 용의 피로 목욕을 했는데 나뭇잎 하나가 떨어져 등에 붙었습니다. 그래서 나뭇잎이 붙었던 부분만 빼고는 창이나 칼에 찔려도 죽지 않는 불사신이 되지요. 이 신화는 복수에 복수가 더해지는 북유럽 신화다운 잔혹함이 있지만 아름다운 사랑이 깃든 이야기입니다.

얼마 전에는 〈곰이 되고 싶어요〉라는 만화영화를 보았습니다. 마지막 부분에 감독의 말이 있었는데, 프랑스 사람인 그 감독은 어릴 때 들은 이누이트의 신화가 오랫동안 기억에 남아 영화를 만들게 되었다고 했습니다. 참, 이누이트에 대한 설명을 잠깐 해야겠군요. 이누이트는 흔히 '에스키모'라고 일컫는 사람들로, 에스키모는 '날고기를 먹는 사람들'이라는 뜻이에요. 그러나 그들은 스스로를 '인간'이라는 뜻을 가진 이누이트라고 합니다. 그러니까 우리도 그들을 에스키모가 아니라 이누이트라고 말해야겠지요.

I

영화로 만나는 신화

이렇게 영화와 신화는 아주 친한 사이입니다. 특히 영화가 신화를 찾아 많이 활용하는 편이지요. 그 까닭은 신화에 이야기의 원형이 담겨 있기 때문입니다. 이야기의 원형이란 이야기를 만드는 데 필요한 문법이라고 생각하면 좋을 듯합니다. 문법을 무시하고 말을 하면 서로 알아듣지 못하는 것처럼 이야기에도 문법이 필요하거든요. 문법은 아주 기본이 되는 틀입니다. 그 틀이나 문법이 바로 신화라는 말이지요.

멋진 장면이 많은 영화라도 이야기의 문법을 무시하면 바람 빠진 풍선처럼 되어 버립니다. 실제로 화면을 만드는 데 지나치게 신경을 쓰다가 정작 이야기에 소홀하여 많은 돈을 들이고도 실패한 영화가 많습니다. 이것이 영화가 신화와 친해야 하는 이유입니다.

될 수 있는 대로 이제부터 살펴볼 영화를 먼저 보고 이 글을 읽은 다음 다시 영화를 보면 좋겠습니다. 이렇게 하면 영화와 신화가 어떻게 만나는지 쉽게 이해할 수 있을 것입니다. 또 그래야 여기에 소개되지 않은 다른 영화를 볼 때도 그 속에서 쉽게 신화를 찾아 낼 수 있을 테고요.

영웅 신화의 문법 읽기

_ 〈글래디에이터〉

어릴 때, 적어도 한 번쯤은 세상을 구하는 영웅이 되고 싶다는 생각을 해 보았을 것이다. 소년이라면 동화나 만화에서 본 것처럼 강인한 몸과 불굴의 정신력으로 괴물과 싸워 이기고 환호성을 지르는 상상도 해 보았을 것이다. 그건 예나 지금이나 다르지 않다. 조선 시대의 아이도, 신라 시대의 아이도 그런 상상을 하면서 살았을 테니까. 다만 괴물이 로봇이 되고 산과 강이 우주로 바뀌는 것과 같은 변화가 있을 뿐이다. 영웅 신화는 이렇게 탄생했다.

그런데 영웅은 어떤 사람일까? 신화나 옛 이야기 속에서 영웅은 주로 사람들을 괴롭히는 무서운 괴물과 싸워 물리치는 모습으로 나타난다. 그렇다고 근육이 울퉁불퉁하고 덩치가 큰 사람만 영웅이 되는 건 아니다. 왜냐하면 신화는 거대한 상징 체계이기 때문이다. 그래서 신화를 곧이곧대로 이해해서는 안 된다. 신화나 옛 이야기에 나오는 괴물은 실제로 숲이나 산 속에 사는 사나운 짐승을 말하기도 하지만, 대개는 사람들 앞에 닥친 어려움이나 고난을 뜻한다. 이를테면 고대 사람들은 태풍이나 폭풍우 같은 자연 재해를 괴물로 표현한 경우가 많다. 괴물의 의미를 좀더 넓히면 굶주림, 질병 같은 것도 포함시킬 수 있다. 굶주림이나 질병 또한 사람들을 괴롭히는 고난이니까.

그러니까 괴물을 죽인 사람뿐만 아니라 곡식이나 불을 전해 준 사람
또한 영웅이다. 사실 이들은 괴물 한둘을 죽이는 것보다 더 큰 의미를
가진 영웅이라고 할 수 있다. 이런 영웅을 따로 문화 영웅이라고도 한
다. 고려 시대에 중국에서 붓 속에 목화씨를 숨겨 와 우리나라 사람들에
게 따뜻한 옷을 입게 해 준 문익점도 따지고 보면 문화 영웅이다.

한 걸음 더 나아가, 영웅은 자기 마음속에 있는 욕심과 질투, 시기심,
남과 다투려는 마음이라는 '괴물'과 싸워 이긴 사람들이기도 하다. 이기
적인 욕망을 이기고 다른 사람들의 행복한 삶을 위해 자기를 희생하고
노력해서 목표를 이룬 사람도 영웅이라는 말이다. 어쩌면 진정한 영웅
은 이들일지도 모른다. 따라서 영웅이란 하늘에서 뚝 떨어진 특별한 존
재가 아니라 누구든 노력하면 될 수 있는 것이다.

다른 말로 영웅을 정의하면, 보통 사람들에게 어떤 삶을 살아야 하는
지 모범을 보여 주는 사람들이라고 할 수 있다. 어릴 때 우리는 위인들
의 삶을 그린 전기를 보면서 어떻게 살아야 할지를 배운다. 바로 그렇게
삶의 모범이 되는 사람이 영웅이다.

신화에서 보면 영웅은 신과 인간의 성격을 모두 지니
고 있다. 이른바 반신반인(半神半人)이다. 신들이 세
상을 창조하고 사람들이 이 세상에 많아지게 되면, 신과 사람 사이에 해
결하기 어려운 일이 생기게 된다. 이때 영웅이 출현한다. 잘 알려진 그
리스 신화에서도 마찬가지이다.

예를 들면 도시국가 아테네는 해마다 크레타에 살고 있는 괴물 황소
미노타우로스의 먹이로 소년 소녀 열네 명을 바쳐야 했다. 크레타로 보
낼 아이들을 뽑는 날이 되면 아테네는 깊은 슬픔에 빠졌다. 떠나야 하는
아이들이나 이들을 보내는 사람들이나 모두 고통스러울 수밖에 없었다.

아테네의 왕자 테세우스는 제비뽑기에 뽑히지 않았지만 스스로 크레타로 가겠다고 나섰다. 괴물을 죽이고 해마다 되풀이되는 이 비극을 끝내겠다는 생각이었다. 테세우스는 크레타로 가서 미노타우로스를 죽이고 나머지 아이들을 구했다. 이로써 미래에 바쳐질 아이들의 생명도 구한 것이다. 테세우스는 도시국가 아테네의 절망적인 비극을 혼자 힘으로 끝냈다.

영웅이 등장하는 것은 세상에 어려움이 닥쳤을 때이다. 테세우스가 그랬듯이, 보통 사람들이 해결할 수 없는 고난이 밀려올 때 영웅이 필요하다. 뒤집어서 생각해 보면, 영웅이 필요하지 않는 시대가 아름답고 평화로운 시대이다. 영웅이 필요 없는 사회는 곧 어려움이 없는 사회이기 때문이다.

미궁을 나오는 테세우스 폼페이 벽화.

영웅의 길　영웅들의 삶을 보면 대체로 일정한 유형을 따르고 있음을 알 수 있다. 먼저 탄생부터가 남다르다. 보통 아이들이 어머니의 품에 안겨 세상과 만나는 것과 달리, 영웅들은 태어나자마자 버림을 받거나 아버지 없이 불우한 환경에서 자라게 된다.

다음으로, 영웅은 사람들을 위해 일을 하게끔 부름을 받는다. 성경에서 모세가 시나이 산에서 신의 부름을 받는 것처럼 신으로부터 직접 부름을 받는 경우도 있고, 자기 마음속에서 저절로 생기는 부름(넓은 의미에서는 이것도 신의 부름으로 볼 수 있다), 말하자면 간접 부름을 받는 경우도 있다.

　부름을 받는다는 것은 보통 사람처럼 평범하게 자라 평범한 삶을 사는 것이 아니라, 어렵고 힘들지만 많은 사람들을 위해 일을 해야 함을 뜻한다. 여러분이 부름을 받았다면 어떻겠는가? 마냥 좋기만 할까? 아마 대부분의 사람들은 처음에 이 부름을 거부하고 싶을 것이다. 부름을 받아 영웅이 되는 길이 너무나 힘들고 고통스러운 일이기 때문이다.

　성경을 보면, 처음에는 부름을 거부한 요나의 이야기가 나온다. 요나는 신의 명령을 거부하고 도망쳤다. 그런데 바다에서 배가 풍랑을 만나자 배에 탄 사람들이 죄 많은 사람을 하나 바다에 던지면 풍랑이 가라앉을 것이라 생각하고 요나를 바다에 던졌다. 이때 요나를 구한 것은 고래였다. 요나는 고래 뱃속에 갇혀 있다가 신이 명령한 곳으로 가게 된다. 그리하여 그는 처음에는 신의 부름을 거부했지만 어쩔 수 없이 신의 명령에 따라 자기에게 주어진 사명을 이루게 된다.

　그리스의 철학자 플라톤이 쓴 『국가』의 뒷부분에는 죽은 영웅들이 다음 삶을 선택하는 이야기가 나온다. 트로이 전쟁에서 그리스 연합군의 대장이었던 아가멤논은 아내에게 죽음을 당했는데, 그 때문에 사람에게 환멸을 느껴 다음 삶을 사람인 아닌 독수리로 태어난다. 그리고 트로이 전쟁에서 목마를 만들어 가장 큰 공훈을 세웠지만 포세이돈의 저주로 10년 동안 바다를 떠돌았던 오디세우스 이야기도 나온다. 오디세우스는 다음 삶을 선택하는데, 오랫동안 고르고 또 골라서 가장 평범한 사람으로 다시 태어난다. 영웅의 고단한 삶을 짐작게 하는 대목이다.

　자, 이제 영웅은 피할 수 없는 부름에 따라 모험에 나서게 된다. 그런데 이 무렵 꼭 그를 도와 주는 사람이나 신이 나타난다. 영웅이 남자라면 도움을 주는 자가 여자인 경우가 많고, 영웅이 여자라면 반대로 도움을 주는 자가 남자인 경우가 많다. 또한 도움이라는 것은 어디로 어떻게

바다를 떠도는 오디세우스 트로이 전쟁을 끝내고 바다에서 떠돌다 세이렌 무리를 만난 오디세우스. 오디세우스는
귀향하는 데 10년이 넘게 걸린다. 허버트 제임스 드레이퍼의 작품.

가야 하는지 안내를 해 주는 경우가 대부분이다.

이렇게 영웅은 조력자의 도움과 자기의 의지로 부름, 곧 사명을 이루
게 된다. 그리고 이 과정에서 신성한 결혼이라고 일컫는 혼인이 이루어
지는 일이 많다. 부름을 마치고 결혼도 하고, 꿈같은 일이 일어난 것이
다. 물론 신성한 결혼은 부름을 마쳐야 얻을 수 있는 행운이다.

그 다음 단계는 새로운 부름을 받아 또다시 모험을 시작해야 한다는
것이다. 세상의 이치가 그렇듯이 하나가 끝나면 늘 새로운 것이 기다린
다. 만약 한 번의 성공으로 자만하거나 그곳에 주저앉으면 영웅 스스로
가 퇴치되어야 할 괴물로 변하고 만다. 얼굴이나 몸이 괴물처럼 변한다
는 것이 아니라, 과거의 영웅을 바라보는 사람들의 시선이 변한다는 것
이다.

그 원리는 이렇다. 처음에 사람들은 영웅이 이룬 일을 보고 환호하고

그를 떠받들지만, 그 후 아무 일도 하지 않으면서 자기가 영웅이라고 계속 떠받들어지기를 원한다면 사람들은 싫증을 내고 그를 피하게 된다. 그리고 결국에는 괴물이 사라지기를 원했던 것처럼 과거의 영웅 또한 사라져 버렸으면 좋겠다고 생각하게 된다. 많은 사람들이 원하는 것은 이루어지게 마련이어서 영웅이라는 자리에 안주하고 있던 오래된 영웅은 사라지게 된다. 실제로 그리스 신화에 나오는 수많은 영웅들을 보면 늙어서 죽은 이가 거의 없다. 우리들의 생활도 그렇지만, 늘 새로움을 추구하지 않으면 뒤로 밀려나게 마련이다.

그리스 신화의 영웅들

먼저 그리스 신화에서 영웅들의 삶을 살펴본 다음, 그것이 영화에 어떻게 드러나는지 보자.

영웅은 보통 사람들의 모범이 되는 사람이라고 앞에서 말했다. 그렇다면 그리스 신화에서 영웅의 모범을 보인 신은 누군가? 아폴론이다. 아폴론은 태어나자마자 곧바로 헤라가 보낸 피톤이라는 큰 뱀을 죽이고 그 자리에 신탁소를 차렸다. 신탁은 사람들이 풀기 어려운 일이 있을 때 신에게 묻는 것을 뜻한다. 물음을 던지면 신이 대답을 한다. 그러나 실제로 신이 나타나서 대답을 하는 게 아니고 무녀들이 신을 대신해서 대답을 한다.

아폴론 큰 뱀 피톤에게 활을 쏜 직후의 모습이다. 원래 왼팔에 활을 들고 있었지만 떨어져 나갔다. 바티칸 미술관 소장.

아폴론이 피톤을 죽인 것은, 이후 페르세우스의 메두사 퇴치, 벨레로폰의 키마이라 퇴치, 테세우스의 미노타우로스 퇴치, 헤라클레스의 많은 괴물 퇴치, 이아손의 용 퇴치 등 여러 영웅들의 괴물 퇴치로 이어진다. 아폴론은 영웅이 걸어가야 할 길을 보여 준 셈이다.

여기서 그리스 신화 가운데 최고의 모험 이야기로 꼽히는 아르고 원정대의 신화를 통해서 영웅의 길을 한번 따라가 보자.

이아손 이아손은 황금 양가죽을 지키는 용을 물리친다. 1920년경. 『탱글우드 이야기』의 삽화.

아르고 원정대의 대장은 이아손이었다. 이아손의 아버지는 왕위를 동생인 펠레우스에게 물려주었다. 펠레우스는 이아손이 어른이 되면 왕위를 돌려주기로 약속했지만, 사실은 그럴 마음이 없었다. 오히려 이아손을 죽이려고 했다. 그래서 이아손의 아버지는 이아손이 죽었다는 소문을 내고 당시 최고의 현자인 케이론에게 교육을 맡겼다. 그러니까 이아손은 불우한 어린 시절을 보냈을 것이다. 바깥에서 볼 때 이아손은 죽은 사람이었던 것이다.

이아손은 어른이 되자 펠레우스를 찾아가 왕위를 돌려달라고 했다. 그러자 펠레우스는 머나먼 나라인 콜키스에 가서 황금 양가죽을 가져오면 왕위를 돌려주겠다고 대답했다. 거의 성공할 수 없는 일이었으니, 왕위를 돌려주지 않으려는 속셈이었던 것이다.

황금 양가죽을 가져오는 것은 이른바 부름이다. 이아손은 펠레우스에게 황금 양가죽을 가져오겠다고 대답한다. 이아손은 아르고 원정대를 만든다. 헤라클레스를 비롯해서 오르페우스, 테세우스 등 당시 그리스 최고의 영웅들이 모여들었다.

아르고 원정대는 오랜 항해 끝에 콜키스에 도착한다. 그러나 콜키스의 왕은 도저히 할 수 없는 일을 두 가지 제시하고 그것을 해결하면 황금 양가죽을 주겠다고 대답한다. 이 역시 황금 양가죽을 줄 수 없다는 뜻이었다.

이럴 때 영웅을 돕는 조력자가 꼭 나타나는데, 이아손에게는 콜키스의 공주 메데이아가 그런 인물이었다. 메데이아는 아버지가 내놓은 두 가지 어려운 일을 해결할 수 있도록 도와 주었을 뿐만 아니라 황금 양가죽을 지키는 용을 죽이고 탈출할 수 있도록 도왔다. 이아손은 마침내 영웅의 과업을 수행한 것이다. 그리고 나서 이아손과 메데이아는 결혼을 한다. 이것이 바로 신성한 결혼이다.

그런데 메데이아의 도움으로 펠레우스를 몰아 낸 이아손은 스스로 괴물이 되기 시작했다. 더 많은 땅을 차지하기 위해 메데이아를 버리고 다른 나라의 공주와 결혼하려고 했던 것이다. 영웅에서 욕심 많은 괴물로 변하고 만 것이다. 앞에서 본 대로 괴물이 된 영웅은 사라져야 한다.

이아손과 메데이아 이아손의 뒤에는 조력자 메데이아가 있었다. 19세기. 귀스타브 모로의 작품.

이아손은 모든 것을 잃고 떠돌다가 옛날 원정 때 타고 갔던 배를 발견한다. 배 안으로 들어가 과거의 영광스러운 추억을 회상하던 이아손은 위에서 떨어진 대들보에 맞아 죽고 만다. 괴물이 된 영웅의 최후이다.

영웅을 소재로 한 영화는 많다. 그 가운데 신화의 문법에 맞게 잘 만들어진 영화로 조지 루카스 감독의 〈스타 워즈〉 시리즈와 리들리 스콧 감독의 〈글래디에이터〉를 꼽을 수 있다. 여기서는 〈글래디에이터〉를 살펴보자.

글래디에이터는 검투사라는 뜻이다. 로마의 장군 막시무스는 황제 마르쿠스 아우렐리우스와 함께 전쟁터를 누볐다. 영화 첫 부분에 등장하는 전투 장면은 매우 박진감 넘치는데다 주인공 막시무스의 성격을 잘 보여 준다.

당시 로마의 황제 마르쿠스 아우렐리우스는 『명상록』이란 책을 남겼을 정도로 철학적인 사람이었다. 아우렐리우스는 자기 아들 콤모두스보다는 전쟁터에서 생사고락을 함께했던 막시무스에게 황제의 자리를 넘겨주려고 한다. 이 사실을 안 콤모두스는 아버지를 살해했을 뿐만 아니라 막시무스와 그의 가족까지 죽이려고 한다. 막시무스는 겨우 살아남았지만 고향에 있던 가족은 처참하게 죽는다. 영웅의 첫 번째 단계인 버려짐이다.

겨우 살아남은 막시무스는 노예로 팔려 가 검투사가 되었으며, 실력을 인정받아 차츰 인기가 높아진다. 황제의 자리에 오른 콤모두스는 로마 시민들의 마음을 사로잡기 위해 그동안 열리지 않았던 검투사 시합을 개최한다. 이렇게 해서 막시무스는 예전에 자기가 활동했던 로마에 다시 돌아오게 된다. 막시무스에게 주어진 사명은 콤모두스를 황제의 자리에서 몰아 내는 일이었다. 그것은 개인적인 복수이기도 했지만 아우렐리우스 황제가 꿈꾸었던 공화정을 이루기 위한 것이기도 했다.

마침내 검투사의 대결이 벌어지고 이 과정에서 막시무스의 정체가 밝혀진다. 한편 오래 전부터 막시무스에게 호감을 갖고 있던 콤모두스의 누이인 루킬라가 몰래 막시무스를 돕기 위해 나타난다. 막시무스는 루킬라의 도움을 받아 로마를 탈출한 뒤 군대를 이끌고 다시 돌아와 콤모두스를 몰아 낼 작정이었다. 하지만 콤모두스는 루킬라의 아들을 이용해 그 사실을 알아 내고 막시무스의 거사를 막는다.

콤모두스는 막시무스의 인기를 이용해 자기의 권위를 높이려고 직접 막시무스와 대결을 벌인다. 비열하게도 그는 다른 사람들이 알아차리지 못하게 독을 바른 칼로 막시무스를 찌른다. 그러나 사력을 다한 막시무스는 콤모두스를 죽이는 데 성공하고, 마침내 로마는 공화정을 이루게 된다.

마지막에 막시무스가 죽은 것에 대해 안타까워할지도 모르겠다. 그러나 막시무스는 죽어야 할 운명이었다. 만약 죽지 않고 영웅이 되어 살아 남았다면 앞에서 본 영웅의 결말처럼 막시무스의 운명은 비참해졌을 것이다. 그것은 막시무스가 죽었기 때문에 로마가 공화정을 이룰 수 있었

막시무스 〈글래디에이터〉의 첫 부분에 나오는 전투 장면.

던 결말에서도 확인할 수 있다.

아버지 없음은 영웅 신화가 지닌 하나의 특징이다. 아버지가 없다는 말은 버림을 받았다는 말로 이해할 수 있다. 영웅 신화를 다룬 또다른 영화인 〈스타 워즈〉에서도 아버지의 없음이 아버지와의 대결과 더불어 주요 얼개를 이루고 있다. 역설적인 말이지만 아버지가 없으면 자기에게 주어진 사명을 완수하기 위해 쉽게 모험을 떠날 수가 있다. 아버지의 없음은 정말로 아버지가 없음만을 뜻하는 것이 아니라 아버지가 자기 역할을 하지 못하는 것도 포함된다.

아버지 없음은 동화에도 많이 나온다. 해리 포터는 고아이며, 신데렐라나 백설공주, 헨젤과 그레텔은 계모의 꾐에 넘어가 아버지가 자기 역할을 하지 못하는 경우이다. 또한 한국 신화에서 주몽이 남쪽으로 내려가 고구려를 세우게 되는 것도 자기에게 아버지가 없다는 사실을 알고 난 뒤이다. 그 나이는 대략 15세로, 아이에서 어른이 되는 시기이다.

〈글래디에이터〉에서는 황제 마르쿠스 아우렐리우스가 막시무스의 아버지 역할을 맡은 셈이다. 막시무스한테 아우렐리우스의 죽음은 고난과 시련의 시작이었고, 그로부터 모험이 시작된다.

콤모두스 아우렐리우스(가운데)는 막시무스에게 황제의 자리를 넘겨주려 했지만 콤모두스(왼쪽)에게 살해당한다.

그런데 영웅 신화에는 치명적인 독이 발려 있다. 영웅들의 삶이 힘없는 많은 사람들에게 큰 힘이 되지만, 한편으로 힘있는 사람들에 의해 조작되어 힘없는 사람들이 이용당할 때가 있기 때문이다. 이런 일은 너무 많아서 일일이 예를 들 수 없을 정도이다. 〈역도산〉이라는 영화가 있다. 주인공 역도산은 일본이 태평양 전쟁에서 패한 뒤 충격에 빠져 있는 일본 사람들에게 후련함을 맛보게 하기 위해 만든 영웅이었다. 역도산이 링에서 서양 사람들을 던지고 짓밟는 것을 보면서 서양 사람들에게 주눅들었던 일본 사람들은 열광하고 환호했다. 이처럼 기획된 영웅을 내세워 의도적으로 사람들을 흥분시키고 주의를 집중시켜 다른 옳지 않은 일을 감추는 데 영웅 신화가 자주 이용된다. 역도산의 예에서 보듯이 현대에 들어 스포츠 쪽에서 많은 영웅들이 등장하는 것도 이런 이유 때문이다.

따라서 진정한 영웅과, 지배자들이 권력을 유지하기 위해 기획한 영웅을 잘 구별해야 한다. 영웅의 기획을 맡는 것이 옛날에는 소문이었다면 현대는 신문이나 방송 같은 언론이다. 언론에 대한 관심과 비판이 중요한 것도 이 때문이다.

앞에서 말한 대로 진정한 영웅이란 누군가에 의해 받들어지고 환호를 받는 사람이라기보다는 자기 속에 있는 나쁜 마음과 헛된 욕망을 이겨 낸 사람이다. 그래서 이런 사람들이 더 이상 영웅이 아닌 세상, 그러니까 모두가 영웅이 되는 시대가 바로 평화와 행복이 가득한 유토피아이다.

현대의 신화를 만나다

_ 〈반지의 제왕〉

모든 시대는 그 시대에 맞는 신화가 있어야 한다. 21세기를 살아가는 우리에게도 우리한테 맞는 신화가 필요하다. 몸이 변하면 그에 맞는 새로운 옷이 필요한 것처럼 말이다.

신화는 그저 재미있는 옛 이야기가 아니라 여전히 우리 주위에서 살아 숨쉬는 것이다. 신화의 주인공은 변하지만 신화가 말하는 바는 그대로 살아 있다. 우리가 어떻게 살아야 하는지는 현대인이나 고대인이나 똑같이 고민했던 문제이고, 신화의 상징 속에 바로 그 질문의 대답이 제시되어 있기 때문이다. 오랜 세월에 걸쳐 인류의 지혜가 농축된 것이 신화이다. 이런 뜻에서 신화를 '살아 있는 노래'라고 표현하기도 한다. 이것이 현대에도 신화를 읽어야 하는 이유이다.

신화가 살아 있는 오늘의 이야기가 되기 위해서는 늘 사람들의 입에 오르내려야 한다. 그런데 그 이야기는 연예인이나 스포츠 스타들의 뒷이야기처럼 주고받고 금세 잊는 그런 것이 아니다. 신화는 신성함이 뒷받침되어야 한다. 신성함이 뒷받침되지 않는 것이 전설이나 민담이다. 신화가 신성함을 잃으면 다만 이런 옛날 이야기에 그치고 만다.

신화가 옛날 이야기가 되지 않으려면 신성함을 지니고 있어야 하고,

신성함을 얻기 위해서는 우리의 삶을 통해 신화가 드러나야 한다. 예를 들면, 일주일에 한 번씩 교회나 절을 찾아서 종교적인 의식을 치르는 것이 그렇다. 중요한 것은 믿는다는 마음이지만 이렇듯 정기적으로 의례를 치를 때 자기가 지닌 믿음이 신성해진다.

고대에는 아무 때나 신화를 말하지 않았다. 하루로 친다면 어둠이 깃드는 밤에, 일 년으로 말하자면 찬바람이 불어오는 계절에야 신화를 이야기했다. 게다가 몇몇 특별한 사람만이 신화를 듣고 말할 수 있었다. 신성함을 유지하기 위해서였다.

그리고 또 한번 신화가 말해진 때는 바로 의례를 치를 때이다. 교회에서 설교나 찬송을 하고 절에서 염불을 하는 것, 무당이 굿을 하는 것과 같은 종교적 행사는 일종의 의례이다. 그래서 교회나 절에 가면 일상적인 곳과 다른 신성함이 깃들어 있는 것이다. 오늘날의 교회나 절에서는 교리를 이야기하지만 고대 사회의 의례에서는 신화를 이야기했다. 그 시대에 맞는 신화가 필요한 것은 이 때문이다. 사람은 육체만으로 숨을 쉬며 사는 게 아니라 정신 또한 지니고 있다. 정신이 성장하는 데는 신성함이 필요하다. 신성함을 통해 정신이 고양되고 육체도 강인함을 얻을 수 있다. 물론 여기서 육체의 강인함이란 근육이 울퉁불퉁한 몸을 가리키는 것이 아니라 고난을 참고 견딜 수 있는 육체적인 힘을 뜻한다.

현대는 대중의 시대이다. 소수의 사람들이 정보를 독점하던 시대는 지나가고 원한다면 지금은 누구나 정보를 얻을 수 있다. 신화도 옛날에는 몇몇 사람만이 이야기하고 전하던 것이었는데 이제는 누구나 알 수 있는 것이 되었다. 신화는 늘 새로운 시대에 맞게 변화한다.

현대 사회는 그 나름대로의 신화가 있어야 한다. 현대의 신화를 보여 주려고 한 사람 가운데 하나가 바로 『반지의 제왕』을 쓴 톨킨이다. 『반지의 제왕』의 시대적 배경이나 등장인물이 고대에 속하고 고대의 마법이 등장하기 때문에 현대와 어울리지 않는다고 생각할 수도 있겠지만, 그렇지 않다.

현대에도 여전히 마법이 존재한다. 쉽게 말해서 우리가 별 생각 없이 쓰는 전기나 전화도 일종의 마법이다. 입으로 불을 뿜는 것이나 전투기에서 미사일을 발사하는 것이나 서로 다르

톨킨 톨킨은 언어학자이자 문헌학자로, 신화와 고대 문화 지식을 현대의 신화로 재창조했다.

지 않다. 우리가 전투기에서 미사일을 발사하는 것을 아무렇지 않게 생각하는 것과 마찬가지로, 고대인들도 용의 입에서 불이 나오는 것을 당연하게 생각했을 것이다.

톨킨은 흥미로운 소재로 현대의 신화를 보여 주려고 했다. 『반지의 제왕』의 핵심 줄거리는 생각보다 간단하다. 한마디로 표현하면, 악의 근원이라고 할 수 있는 절대반지를 없애기 위한 모험이다.

사악한 사우론은 절대반지를 만들었지만 인간과 요정들이 조직한 연합군과 벌인 싸움에서 져서 반지를 잃는다. 그 반지를 처음 손에 넣은 것은 인간의 왕 이실두르였는데 그 역시 세계를 지배하려는 욕망 때문에 반지를 잃고 만다. 오랜 세월이 흘러 강 밑바닥에 잠겨 있던 반지는 골룸의 손에 의해 세상에 다시 등장한다.

이 절대반지를 없애지 않는 한 세상에 평화가 찾아오지 않을 것을 안 인간계와 요정계는 반지를 없애기 위해 마법사 간달프를 중심으로 반지 원정대를 꾸리게 된다. 반지 원정대에서 반지를 없애는 역할을 맡은 것은 프로도라는 호빗(난쟁이족)이다. 그러나 원정대는 모리아 동굴에서 괴물의 습격을 받고 간달프를 잃는다.

그 후 반지 원정대는 흩어지게 된다. 프로도는 같은 호빗인 샘과 함께

반지 원정대 프로도와 그 친구들, 엘프족인 레골라스, 난쟁이족 김리, 인간 전사 아라곤과 보로미르, 마법사 간달프.

반지를 파괴하기 위해 모르도르를 찾아가고, 나머지는 사우론의 군대와 싸우는 인간계로 흘러든다. 그러나 인간계는 이미 약해져 있었다. 사우론의 계략에 빠진 인간 세상은 그 옛날의 투혼이 사라지고 나약하기 그지없다. 그러나 다시 돌아온 간달프에 의해 인간과 요정은 하나가 되어 사우론과 맞선다.

한편 프로도는 잠깐 동안 반지의 주인이었던 골룸의 안내로 숱한 유혹과 덫을 피하면서 모르도르에 도착하여, 마침내 반지를 파괴한다. 또한 아라곤을 중심으로 뭉친 인간과 요정은 사우론의 군대를 격파한다. 이실두르의 후손이었던 아라곤은 다시 왕의 자리에 오른다.

아라곤이 보여 주는 다툼과 화해의 신화 구조

『반지의 제왕』은 매우 복잡한 구조를 가진 작품이다. 주인공도 여럿 나오고, 그에 따라 이야기의 전개도 큰 나무의 가지처럼 사방으로 뻗어 나간다. 그래서 『반지의 제왕』을 보고 있노라면 하늘에 닿을 듯이 높고 큰 나무가 푸른 잎이 무성한 가지를 우산처럼 펼치고 있는 듯한 느낌이 든다.

그러나 주인공이 많다고는 하지만 『반지의 제왕』에서 가장 눈여겨보아야 할 주인공은, 프로도도 아니고 간달프도 아닌 바로 아라곤이다. 앞에서 보았던 영웅 신화의 문법에 따라 『반지의 제왕』을 살펴보면, 이실두르는 욕심 때문에 절대반지를 파괴할 수 있는 기회를 놓쳤다. 이실두르의 후손인 아라곤은 절대반지를 없애서 세상에 다시 평화를 가져와야 할 사명을 지니게 된 것이다. 다시 말해 아라곤은 부름을 받은 사람이다. 아라곤은 부름에 따라, 왕가의 직계 후손이지만 나서지 않고 반지 원정대가 성공할 수 있도록 애를 쓴다. 아라곤의 뒤를 따라가 보자.

영웅에게는 늘 그를 돕는 조력자가 있다고 했다. 『반지의 제왕』에서 아라곤을 돕는 조력자는 반지 원정대라고도 볼 수 있지만, 그보다는 반지 원정대를 만들고 그들에게 할 일을 일깨워 준 마법사 간달프이다.

간달프는 반지 원정대를 규합해서 모험을 떠날 때까지는 회색의 간달프로 불렸다. 반지 원정대가 괴물의 습격을 받았을 때 그들을 구하고 낭떠러지로 떨어져 괴물을 죽이고 나서야 비로소 백색의 간달프로 변한다. 이는 낭떠러지에 떨어져 죽었을 것으로 생각했던 간달프가 위험을 통과하고 죽음에서 되살아났기 때문에 가능한 것이었다.

이른바 통과의례를 치른 것이다. 통과의례는 우리가 살면서 겪게 되는 가장 중요한 일을 가리킨다. 한국 사람에게 가장 중요한 통과의례는 관혼상제, 곧 성인식, 결혼식, 장례식, 제사이다. 물론 관혼상제는 사회적 통과의례이다(통과의례는 5장의 '이제 아이에서 어른으로' 부분에서 다시 살펴볼 것이다).

한편 개인적인 통과의례도 있다. 큰 깨달음을 얻거나 영웅처럼 부름을 받는 경우가 그렇다. 간달프가 회색의 마법사에서 백색의 마법사로 변하는 장면은, 훗날 악의 세력을 몰아 내고 인간 세상에 평화를 가져올 아라곤의 행로를 앞서 보여 주는 것이기도 하다. 다른 말로 하면 간달프는 죽음이라는 커다란 위기를 통해 오히려 더 큰 힘을 얻게 되었다는 말이다. 이렇듯 힘든 통과의례를 치를 때마다 우리들의 삶은 성숙해지고 강해진다.

주인공 아라곤도 예외는 아니다. 아라곤은 쉽게 굴복하지 않는 강인한 정신력과 빼어난 칼 솜씨를 가진 사람이다. 그는 서두르지 않고 자기에게 맡겨진 일을 하나하나 처리하면서 한 걸음씩 사명을 완수하기 위해 나아간다. 아라곤은 용감하게 사우론의 군대와 맞서 싸우고, 불굴의 정신력으로 함께 싸우는 사람들에게 용기를 불어넣는다.

마침내 선과 악의 대결은 막바지로 치닫고 아라곤은 죽은 자의 계곡을 지나가야 하는 상황에 놓인다. 이것은 『반지의 제왕』에서 매우 중요한 장면이다. 그러나 영화에서는 좀 피상적으로 처리한 면이 없지 않다.

아라곤이 죽은 자의 계곡을 뚫고 나가는 것은 죽음을 통해 새로운 삶이나 새로운 세상을 만들기 위한 통과의례의 성격을 지니고 있다. 원한을 가지고 계곡에 들어오는 사람은 모조리 해치는 죽은 자들과의 만남은 신성한 의례일 수밖에 없다. 이들을 설득하고 이들과 함께할 때, 다시 말해 삶과 죽음이 조화를 이루고 죽은 자들의 원한과 저주를 풀어 낼때 살아 있는 사람 또한 평온해질 수 있기 때문이다. 죽은 사람이 소란

백색의 간달프 간달프는 죽음의 위기를 넘긴 뒤에야 더 큰 힘을 얻게 된다.

30

을 피우는 세상에서 살아가는 사람 역시 소란스러울 수밖에 없다. 그 반대도 마찬가지이다.

무당이 굿을 하는 것이나 한 해의 끄트머리에 고대 사람들이 벌인 종말 축제가 좋은 예이다. 무당은 죽은 사람을 불러 산 사람과 화해를 시키고, 죽은 사람이 평온하게 지낼 수 있도록 도와 준다. 또한 고대 사람들은 연말이 되면 일정한 기간 동안 죽은 사람들이 돌아온다고 믿었다. 그래서 축제를 열었는데, 이때는 노예와 주인의 구별이 없고 남녀의 차별이 없었다. 죽은 자와 산 자가 한데 어울려 먹고 마시며 마음속에 품었던 앙금을 모두 털어 내고 새로운 마음으로 새해를 맞이할 준비를 했던 것이다.

이런 의미를 알고 보면 아라곤이 죽은 자들을 설득하고 이들과 함께 사우론의 군대를 물리치는 장면은 더욱 압권이다. 아라곤이 이와 같이 영웅적인 행위를 펼침으로써 죽은 자들에게 내려졌던 저주가 걷히고, 그와 함께 창궐하던 세상의 악이 힘을 잃는다. 그것은 평화로운 세상의 건설로 이어진다. 이로써 아라곤은 다시 사람들의 왕이 된다.

앞에서 말한 대로 톨킨은 현대의 신화를 쓰고 싶어한 사람이다. 현대

아라곤 아라곤은 죽은 자들을 설득하여 이들과 함께 사우론의 군대를 물리친다.

사회에서도 늘 다툼과 갈등이 있다. 민족 사이의 갈등, 종교가 다른 사람들 사이의 갈등, 부자와 가난한 자의 갈등, 강대국과 약소국의 갈등 등 수없이 많은 갈등과 여기서 파생된 다툼이 있다. 톨킨은 반지 원정대를 통해 갈등과 다툼을 어떻게 해소해야 하는지를 보여 준다. 특히 아라곤의 삶은 현대를 살아가는 사람들에게 반드시 필요한 덕목이라고 생각했다. 자기를 내세우지 않고 모두를 배려하며, 자기에게 맡겨진 일에서 물러서지 않고 맞서 싸우며, 삶과 죽음이 화해하듯 자기 속에 자리하고 있는 갈등과 사회 속에 자리하고 있는 갈등을 화해시킬 줄 아는 사람이 되어야 한다고 톨킨은 우리에게 말하고 있다.

켈트 신화

『반지의 제왕』이라는 작품의 밑바닥에는 켈트 신화가 깔려 있다. 지금까지 서양의 상상력이 그리스 신화에 바탕을 두고 전개되어 왔다면, 앞으로는 켈트 신화가 전면에 나설 것으로 보인다. 책으로 성공해 영화로 만들어진 『반지의 제왕』을 비롯해서 『해리 포터』 시리즈, 『나니아 연대기』 등이 모두 켈트 신화를 그 중심축에 놓고 있기 때문이다.

켈트의 유적은 지금의 아일랜드와 스코틀랜드, 영국 남서부 지방을 중심으로 남아 있다. 원래 켈트족은 현재의 독일 지역에 뿌리를 두고 있지만 문화를 발전시킨 곳은 지금의 영국과 아일랜드 지역이다. 켈트 신화의 특징은 마법과 요정이다. 예를 들면, 『반지의 제왕』에 등장하는 간달프는 켈트 신화를 바탕으로 한 『아서 왕 이야기』에 나오는 마법사 멀린의 이미지와 비슷하다.

세계 7대 불가사의에 속하는, 영국 남서부 지역인 솔즈베리에 있는 스톤헨지도 켈트족과 연관이 있을 것으로 추정하고 있다. 『아서 왕 이야기』에서는 멀린의 조언을 받아 용감하게 싸운 왕의 무덤으로서 스톤헨지를 만들었다고 나온다. ❖

다른 세계가 있다

_ 〈매트릭스〉, 〈센과 치히로의 행방불명〉

우리가 사는 세상 말고도 다른 세상이 있을까? 요즘이야 우주에 사람과 다른 외계 생물체가 있을지도 모른다는, 그래서 우리 세상과는 다른 그들이 사는 세상이 있지 않을까 생각하며 연구도 하고 영화도 만든다. 그러나 고대 사람들은 대부분 지구 안에 있는 다른 세상을 상상했다. 그래서 가깝게는 강 건너 또는 산 너머에 다른 세상이 있을 것으로 생각했고, 멀리는 하늘과 땅 속에, 그리고 바닷속에 우리가 사는 세상과 다른 세상이 있지 않을까 상상했다.

그러한 상상은 그 세계에 대한 호기심과 함께 가 보고 싶다는 바람을 낳았다. 그러나 한편으로 사람들의 마음속에는 그 세계에 대한 두려움과 그곳에 사는 사람들에 대한 공포가 자리잡고 있었다. 따라서 다른 세계로 가기 위해서는 특별한 능력을 지니고 있거나 선택받아야만 한다고 생각했다. 물론 우연히 다른 세계로 간 사람들이 있지만, 그것은 다른 세계의 초대를 받았기 때문이다.

또한 초대를 받거나 모험을 하여 우리들이 사는 세계와 다른 세계에 간 사람들은 그곳에 남아 주민이 되는 경우도 있지만, 대개는 자기가 살던 세상으로 돌아오고 싶어했다. 그래서 그곳에 갔을 때 어떻게 빠져나

올 것인지에 대한 지식과 능력이 이야기 속에 자주 등장한다.

신화에 따르면, 예전에는 하늘로 올라갈 수 있는 사닥다리가 있어서 사람들이 쉽게 하늘을 오갈 수 있었다고 한다. 그 사닥다리의 역할을 하는 것이 바로 우주나무였다. 우주나무는 땅과 하늘을 이어 주는 거대한 나무인데, 북유럽 신화에 나오는 우주나무처럼 세상을 품고 있는 엄청나게 큰 나무도 있다.

그뿐 아니라 동굴이나 연못 밑, 나무둥치 아래에 통로가 있어서 지하 세계에도 가고, 운이 좋으면 용왕이 사는 용궁에도 갈 수 있었다. 그러나 사람들의 마음이 거칠어지고 세상에 죄악이 널리 퍼지면서 그 통로가 막혔다. 다른 세계에 대한 믿음이 사라진 것도 이 때문이다. 사람들이 더 이상 하늘과 땅 속과 바닷속 세계를 믿지 않게 되면서 그 세계들이 사라지고 만 것이다. 그건 산타클로스와 같다. 아이들은 산타클로스를 믿기 때문에 선물을 받지만 산타클로스를 믿지 않는 어른들은 선물을 받을 수 없다. 믿지 않는 것이 이루어질 수는 없기 때문이다.

사람들이 직접 다른 세계로 갈 수 없게 되면서 우리가 사는 세계와 다른 세계를 이어 주는 역할을 맡은 사람들이 생겨났다. 사제가 그들이다. 사제는 종교 세계에서 일반 사람들을 지도하는 사람이다. 고

우주나무 세계 곳곳의 신화에 우주나무가 등장한다. 위에서부터 북유럽 신화에 나오는 이그드라실, 고구려 각저총의 벽화, 중국 한나라 무량사의 화상석에 그려진 우주나무.

대 종교에서는 샤먼이라고 하는 사람들이 이 역할을
맡았다. 샤먼은 우리의 무당과 같다. 샤먼은 가뭄
이나 기근, 또는 병이 생겼을 때 그 원인이 다른 세
계에 있다고 생각하여 그곳으로 찾아가기도 하고,
신이나 죽은 사람을 우리 세계로 불러 내서 해결하기
도 했다.

**매트릭스의
신화적 요소**

다른 세계를 다룬 영화는 많이 있
다. 그 가운데 근래에 상영해서 많
은 화제를 뿌린 영화로 〈매트릭스〉와 〈센과 치히로의 행방불명〉을 꼽을
수 있다. 〈매트릭스〉는 가상 세계와 현실 세계를 넘나들면서 많은 철학
적인 질문을 던졌다. 편안한 가상 세계에서 살 것인지 고통스러운 현실
세계에서 살 것인지를 결정하는 빨간 알약과 파란 알약의 선택부터가
그렇다.

이런 선택 앞에 놓이면 고통스럽지만 현실을 직시하며 살겠다고 대답
을 할지도 모르지만, 실제로 우리가 사는 모습을 보면 대부분의 사람들
은 안락한 가상 세계에서 살고 있다. 실존 철학자인 키에르케고르는, 사
람들은 늘 '이것이냐, 저것이냐'라는 선택의 갈림길에 놓이게 된다고 했
다. 영웅들은 가혹하고 고통스러운 현실 세계를 외면하지 않고 맞서 싸
운 사람들이다.

〈매트릭스〉에서 이 세계와 저 세계를 이어 주는 것은 전화선이다. 전
화가 예전에 사제가 맡았던 역할을 맡고 있다는 말이다. 그것은 〈매트릭
스〉에서 이 세계에서 저 세계로 건너가는 일이 성스러운 일이 아니라는

영화 〈매트릭스〉 가상 세계와 현실 세계를 이어 주는 샤먼 오라클과 레오 같은 영웅의 활약에서 신화적 구조를 엿볼 수 있다.

점과 연관이 있다. 〈매트릭스〉의 세계는 사제를 통해 하늘의 신이나 지하 세계의 죽은 자를 만나는 수직적인 세계가 아니라 수평적으로 펼쳐져 있는 세계이기 때문이다. 그렇지만 이 세계와 저 세계가 만나는 일은 그 자체로 신성한 일이기 때문에 오라클이 등장한다. 오라클은 두 세계를 이어 주는 사제의 역할을 맡고 있다. 오라클은 두 세계를 모두 알고 있으며, 주인공인 레오가 자기의 길을 갈 수 있도록 돕는다.

〈매트릭스〉는 철학적인 물음을 많이 던지지만 신화적인 면모를 아주 많이 가지고 있는 영화이다. 다른 세계를 넘나드는 것도 그렇고, 2편 앞부분에 나오는 집단적인 춤은 광란의 춤처럼 보이지만, 앞에서 살펴본 대로 한 해의 마지막에 새로운 한 해를 맞이하기 위해 올리는 의식을 떠올리게 한다. 또한 레오를 비롯한 주인공들의 활약은 영웅 신화를 그대

로 보여 준다. 스미스의 자기 복제는 현대 사회의 속성인 대중화나 성스러움의 상실에 대한 비판으로 볼 수 있다.

현대 사회의 특징을 예를 들어 살펴보자. 고작 100년 전만 해도 미켈란젤로의 〈천지창조〉를 보기 위해서는 직접 시스티나 성당으로 찾아가서 보아야 했다. 하지만 지금은 인터넷으로 집 안에서 편하게 볼 수 있을 뿐 아니라 부분 확대까지 해서 볼 수 있다. 이른바 복제의 시대이다. 그러나 오랜 여행을 하면서 여러 생각들이 더해져 명화를 대했을 때의 감동과, 인터넷이나 책을 통해 만나는 명화의 감동은 다를 수밖에 없다. 영웅 신화가 주는 감동도 이와 같다. 컴퓨터 게임에서 키보드를 누르며 싸우는 것과, 직접 살을 맞대고 괴물들과 싸워야 했던 영웅들의 삶을 비교해 보라.

〈센과 치히로의 행방불명〉은 자기가 누구인지를 찾아가는 과정을 그린 영화이다. 어느 날 치히로는 부모님과 함께 다른 세계로 가게 된다. 부모님은 돼지로 변하고, 치히로는 자기가 누구인지도 모르는 채 다른 이름을 받고 목욕탕에서 일하게 된다.

자기 이름을 잊고 다른 이름으로 불린다는 것은 이른바 '자아 상실'이다. 잃어버린 자기를 찾는 것은 앞으로 어떻게 살 것인지와 연결된다. 이것이 바로 자기를 찾는 첫째 목표이다.

〈센과 치히로의 행방불명〉에서 주인공은 이름을 잃고 자기가 누구인지를 모른다. 자기가 누구인지, 그러니까 자기 이름을 알아 내게 되면 그 세계에서 벗어날 수 있는 것이다. 그래서 제목에 '센'과 '치히로'가 들어간다. 센은 한자로 千(천)이며, 치히로는 千尋(천심)이다. 곧, 치히로란 센(千)을 찾는다(尋)는 뜻이다. 이렇게 자기를 찾는 것은 자기에 대한 물음에서 비롯된다. 다른 세계에서 주인공의 이름은 센이다. 그러니까 센이 원래의 자기 이름을 찾을 때(千尋) 다른 세계에서 벗어날 수 있다는 말이다.

치히로 치히로는 자기 이름이 무엇인지, 자기가 누구인지 잊어버리고 목욕탕에서 일하며 나날을 보낸다.

정체성의 문제는 신화의 중요한 모티프이다. 신화란 결국 자기를 찾고 자기와 만나는 일이니까. 우주에 던지는 질문은 '나는 누구인가?'에서 비롯된다. 우주가 무엇이고 어떻게 이루어져 있는지 알기 위해서는 나는 무엇이고 어떻게 이루어져 있는지를 알면 된다. 사실 영웅의 모험이라는 것도 자기를 찾고 만나기 위한 것이다. 그래서 앞서 영웅 신화에서도 말했다시피 자기 속에 있는 탐욕과 이기심 등 죄악을 물리치고 극복할 때, 곧 참된 자신을 찾을 때 우리는 영웅이 된다.

우주나무

우주나무는 하늘과 땅을 이어 주는 거대한 나무라고 생각하면 이해하기 쉽다. 한국 신화에 나오는 우주나무는 단연 신단수이다. 환웅이 하늘에서 내려와 신시를 건설한 곳이며, 여자가 된 웅녀와 결혼한 곳도 신단수 앞이다. 또한 동양의 고전인 『산해경』을 보면 부상이라는 우주나무가 나온다. 부상은 열 개의 태양이 사는 집이다. 태양은 부상에서 살면서 하나씩 하늘로 떠올랐다고 한다.

북유럽 신화에는 아주 특징적인 우주나무가 나오는데 이그드라실이라는 이름을 가진 물푸레나무이다. 이 나무에는 우주가 들어 있다. 나무 안에는 신들이 사는 세계를 비롯해 아홉 개의 세상이 존재한다. 이쯤 되면 나무가 아니라 우주라고 할 수 있다. 우리가 길에서 이따금 볼 수 있는 솟대나 이집트의 오벨리스크 등은 모두 우주나무를 형상화한 것이다. ❖

세상의 종말

_ 〈딥 임팩트〉, 〈아마게돈〉, 〈하드 레인〉

무엇인가 시작이 있으면 끝이 있기 마련이고, 또한 끝이 있어야 새로운 것을 시작할 수 있다. 그것은 자기 꼬리를 물고 있는 신화적인 뱀인 우로보로스로 표현할 수 있다. 머리가 꼬리를 물고 있는 것은 시작과 끝이 계속해서 반복된다는 것을 뜻한다.

신화의 세계에서도 시작과 끝은 늘 반복된다. 이 때문에 신화의 시작은 창조 신화이면서 종말 신화이기도 하다. 그래서 종말 신화는 끔찍한 재앙과 혼란을 보여 주지만, 한편으로 그 재앙과 혼란을 통해 정화되고 깨끗해진 새로운 세상을 이야기한다. 이것이 인류가 종말을 되풀이해서 이야기하는 이유일 것이다.

종말 신화의 모습은 영화에서도 흔히 찾아볼 수 있다. 그것은 영화가 가장 대중화된 예술이어서 시대가 지닌 생각을 잘 반영하기 때문이다.

종말과 관계 있는 영화는 크게 셋으로 나눌 수 있다. 하나는 과학적 사실을 바탕으로 행성의 충돌이나 지진, 해일, 화산 폭발 등을 소재로 삼은 재난 영화이며, 다른 하나는 묵시록 등 종교와 관련지어 종말론을 다룬 것이다. 그리고 또 하나는 세상이 혼돈과 무질서 속에 놓여 있거나 이미 지구가 종말의 상태에 빠져 있는 모습을 그린 것이다.

우로보로스 시작과 끝, 삶과 죽음의 순환이라는 세계의 본질을 나타내는 우주뱀.

자연 재해로 인한 종말

20세기 말, 시대의 상황을 대변하듯 할리우드의 가장 대중적인 영화 소재는 단연 재앙이었다. 행성 충돌, 화산 폭발, 대홍수, 태풍 등 자연 재해를 그린 영화가 봇물처럼 쏟아져 나왔다.

그 가운데서도 소행성과의 충돌을 소재로 한 것으로 〈딥 임팩트〉와 〈아마게돈〉이 있다. 두 영화 모두 지구와 소행성이 충돌할 가능성을 근거로 하고 있으며, 그 때문에 지구가 큰 위기에 빠지지만 인간의 희생과 사랑으로 종말에서 벗어난다는 줄거리를 가지고 있다.

종말을 다룬 영화들 종말 신화는 영화 소재로 자주 쓰인다. 재앙과 혼란을 통해 세상이 정화되기를 기대하기 때문일까?

사실 과학자들은 소행성이 지구와 충돌할 위험이 있을 경우, 영화에서처럼 핵무기를 사용해 파괴하거나 궤도를 바꾸게 만들어 지구와 충돌하지 않게 하는 것이 지금 단계에서 할 수 있는 거의 유일한 방법이라고 말한다. 핵무기만이 소행성을 파괴할 만한 에너지를 낼 수 있기 때문이다. 실제로 2005년 1월 '딥 임팩트'라는 이름의 무인 우주선이 발사되었다. 이 우주선을 소행성과 충돌시켜 어떤 일이 일어나는지 알아보려는 목적이었다. 혹시라도 소행성이 지구를 향해 날아오는 상황에 대비하려는 것이다. 지금으로부터 6500만 년 전에 지구의 주인공이었던 공룡이 단번에 멸종한 것도 소행성의 충돌과 관련 있다는 주장도 있다.

행성의 충돌은 그 자체만으로도 엄청난 충격을 주지만 그 뒤에 일어나는 일은 더욱 끔찍하다. 행성이 충돌하면 여러 가지 자연 재해가 발생한다. 지진이 일어나고 해일이 땅을 덮치면서 낮은 지역은 물에 잠기게 된다. 또한 화산 폭발로 무서운 재앙이 초래된다. 시뻘건 용암이 도시로 흘러들고 화산에서 터져 나오는 돌덩이와 화산재는 삽시간에 빛의 세계를 암흑의 세계로 바꾸어 놓을 것이다. 한 예로 크라카타우 섬 화산 폭발을 들 수 있다. 인도네시아 부근에 있는 섬인 크라카타우에서 1883년 8월 26일 대폭발이 일어났다. 그 폭발로 섬의 3분의 2가 날아갔고 화산재 때문에 태양 빛이 차단되어 몇 년 동안 전세계의 기온이 몇 도 내려갔다. 섬 하나가 폭발해도 이 정도인데 여기저기서 화산이 폭발하게 되면 걷잡을 수 없는 피해가 발생할 것이다. 그런 곳에서 타인을 위한 희생이 있을지는 모르지만 로맨스는 기대하기 어렵다.

시작부터 끝까지 폭우가 쏟아지는 〈하드 레인〉은 홍수 신화를 연상시킨다. 다른 자연 재해도 그렇지만 특히 물은 인류 문명의 기초를 뒤흔들어 놓는다. 가령 세상이 물에 잠겨 전기가 끊어진다고 하면 어떤 일이 일어날까? 전기를 주로 사용하는 문명의 이기는 한낱 고철덩어리에 지나지 않게 된다. 그렇게 되면 채 100년도 지나기 전에 화려한 과학 문명은 잊혀지고 인류는 원시 상태로 돌아가고 말 것이다. 돌도끼를 들고 동물들의 뒤를 쫓는 원시인들의 모습이 우습게 보일지 몰라도, 세상에서 전기가 사라지면 원시인이 되는 데는 그리 오래 걸리지 않는다.

.영화 〈하드 레인〉

대홍수 구약 시대의 대홍수를 표현했다. 미켈란젤로의 작품.

세상에는 다만 물만 있었다 — 신화에는 종말이 여러 가지 형태로 예측되어 있다. 가장 많이 그려지는 것이 홍수로, 과학적으로도 충분히 신빙성 있는 종말 시나리오이다. 홍수로 인한 세계 종말을 다룬 이야기는 세계 거의 모든 지역에서 발견된다. 지금부터 1만 년 전쯤에 일어났을 것으로 보이는 세계적인 대홍수에 대해 인류가 공통으로 가지고 있는 기억인지도 모르겠다.

　한자에서 옛날을 뜻하는 '昔(석)'의 옛 글자는 위아래가 뒤집혀 있는
데 태양 아래 물결이 일렁이는 모양이다. 그러니까 옛날에는 태양 아래
에 물밖에 없었다는 뜻일까? 그래서 그 기억이 신화로 전해진 것인지도
모른다. 그리스 신화나 인도 신화, 메소포타미아 신화를 비롯해서 아메
리카 대륙의 신화까지 홍수 이야기가 없는 신화가 거의 없다. 홍수 신화
를 보여 주는 몇 가지 예를 들어 보자.

"태초에 세상에는 땅도 인간도 없었고 다만 물만 존재하고 있었다. 그리고 신과 악마가 있었다."(슬라브족 신화)

"태초에는 물만 있었을 뿐이었다. 신과 '최초의 인간'(또는 악마)은 두 마리 검은 기러기의 모습을 하고 태초의 대양 위를 날고 있었다."(알타이족 신화)

"아웬하이가 떨어진 세상에는 물 이외에 아무것도 없었다. 임신한 그녀를 가엾게 여긴 사향뒤쥐 한 마리가 원초적 대양의 밑바닥으로 내려가 진흙을 약간 물고 왔다. 사향뒤쥐는 그 흙을 거북의 잔등 위에 뿌렸다. 그러자 땅이 만들어졌고 아웬하이는 그곳에서 딸을 낳았다."(아메리칸 인디언 이로쿼이족 신화)

"태초에 이 세상은 물로 가득 차 있었고 남녀 한 명씩만 처참한 홍수에서 살아남았을 뿐이다. 두 사람은 남매였다."(태국 라와족 신화)

홍수 신화 다음으로 많은 것은 뜨거운 태양에 의한 종말 신화이다. 이경우 하늘에 태양이 여러 개 출현해서 사람들에게 고통을 주는 상황이 묘사되어 있다. 중국에서는 한꺼번에 열 개의 태양이 떠올라 사람들이 고통을 받을 때 예라는 영웅이 활을 쏘아 아홉 개를 떨어뜨렸다는 신화가 전해진다.

이 밖에도 천체의 이상이나 지진 등에 의해 이 땅에 종말이 찾아온다는 신화도 적지 않다. 이처럼 종말 신화에서 종말의 계기는 대부분 자연의 재앙이다. 그러나 자연의 재앙을 불러오는 것이 바로 인간의 죄악임을 신화는 역설한다. 오랫동안 진행되어 온 환경 파괴가 결국 재앙을 초래하고 있음은 누구나 아는 사실이다. 갑자기 종말의 때가 찾아올 수도 있겠지만, 현재대로라면 사람들 스스로가 종말을 앞당기고 있는 듯이 보인다.

종말 신화 가운데 가장 장중하고 슬프지만 또한 아름다운 것이 북유럽 신화이다. 북유럽 신화에서는 '신들의 황혼'(라그나뢰크)이라고 일컫는 종말의 때에 대해 상세하게 묘사하고 있다. 신들의 황혼은 아름다운 신인 발데르의 죽음에서 시작된다.

북유럽 신화에서 가장 아름다운 신인 발데르는 어느 날 꿈을 꾸었다. 그것은 자기의 죽음을 예고하는 불길한 꿈이었다. 꿈 이야기를 들은 어머니 프리그는 발데르를 죽음에서 지키기 위해 온 세상을 다니면서 물, 불, 쇠를 비롯한 모든 금속, 돌, 흙, 독(毒), 짐승, 새 등 세상의 모든 것들로부터 발데르에게 해를 입히지 않겠다는 서약을 받았다.

발데르의 죽음 북유럽 신화에서 세상의 종말은 아름다운 신 발데르의 죽음에서 비롯된다. 발데르는 호드르가 던진 겨우살이 가지에 맞아 숨진다. C. 에케르스베르의 작품.

이 말을 들은 신들은 세상의 모든 무기로 발데르를 찌르고 때려 보았지만 과연 상처 하나 입힐 수가 없었다. 신들은 발데르에게 도끼를 내리치거나 활을 쏘거나 하면서 발데르가 죽음에서 벗어난 것을 기뻐했다. 다만 로키라는 신만은 기쁨을 함께 나누지 못했다. 그의 마음속에는 사악함이 자리잡고 있었기 때문이다.

로키는 변장을 하고 발데르의 어머니 프리그를 만나, 세상의 모든 것들이 서약을 했지만 오로지 동쪽에 있는 겨우살이만이 너무 어려 서약을 하지 못했음을 알아 냈다. 겨우살이는 참나무에 깃들이어 사는 기생식물이다. 로키는 그길로 동쪽 숲으로 가서 겨우살이를 가지고 돌아왔다. 로키는 앞을 못 보아서 신들의 장난에 동참하지 못하는, 발데르의 동생이며 운명의 신인 호드르를 발견했다. 로키는 호드르에게 겨우살이 가지를 쥐어 주고 방향을 일러 준 다음 발데르가 죽지 않게 되었음을 축하해 주라고 꼬드겼다.

호드르가 던진 겨우살이 가지는 목표에 명중했고 발데르는 그 자리에 쓰러져 죽었다. 운명의 신인 호드르가 발데르를 죽인 것은 피할 수 없는 운명이었다. 신들이 죽은 자의 세계를 다스리는 헬에게 발데르를 다시 살려 내라고 하자, 헬은 세상의 모든 것들이 발데르의 죽음을 슬퍼하며 운다면 돌려보내 주겠다고 약속했다. 그런데 세상의 모든 것들이 눈물을 흘리며 울었지만, 로키가 변장한 늙은 마녀는 누군가 죽을 때마다 울어야 한다면 늘 눈물 속에서 살아야 할 것이라며 울지 않았다. 그래서 발데르는 다시 지상 세계로 돌아오지 못했다.

발데르가 죽음으로써 신들의 황혼이라고 일컫는 종말의 때가 다가온다. 신들의 황혼을 알리는 징조는 매우 춥고 긴 겨울의 방문이다. 사정없이 눈보라가 들이치고 매서운 칼바람이 세상을 휩쓴다. 땅은 서리와 얼음으로 뒤덮이고, 태양은 더 이상 열과 빛을 내지 못한다. 이런 참혹

한 겨울이 여름 없이 세 번 계속되고 그것이 다시 세 번 이어지면, 척박
하고 암담한 환경에 지친 인간들은 도덕적으로 피폐해져 형제자매끼리
서로 싸우고 죽이는 패륜의 지경에 이르게 된다. 그리고 서서히 종말의
때가 그 모습을 드러내기 시작한다.

　신들의 황혼은 죽은 자의 세계를 지키는 가름이라는 괴물 개가 벼랑
끝에서 사형을 알리는 나팔 소리처럼 큰 입을 벌리고 짖는 것으로 시작
된다. 가름의 울부짖음을 신호로 땅이 세차게 흔들리면서 바위와 나무
가 부서지고 찢겨 나가고, 바다에는 해일이 일어나 육지를 덮치고 해안
도시를 초토화한다.

비그리드 들판에서 벌어진 싸움 비그리드 들판에서 오딘이 이끄는 전사들이 악마의 군대와 맞서 싸우고 있다.
오딘을 비롯한 신들은 전쟁에서 패할 것을 알고 있었다. P. N. 아르보의 작품.

오딘의 작별 전투에 나서기 전에 오딘이 아내 프리그를 포옹하며 이별을 고하고 있다. F. 리케의 작품.

로키의 자식이면서 신들의 계략에 속아 마법의 띠에 묶여 있던 괴물 이리 펜리르는 세상의 소란을 틈타 풀려난다. 펜리르는 아래턱은 땅에 대고 위턱은 하늘에 댄 채 그 사이에 있는 모든 것을 삼킨다. 태양과 달까지 삼킨 펜리르의 눈과 목에서는 불이 뿜어져 나온다. 역시 로키의 자식으로 바다 깊숙이 있던 큰 뱀 요르문간드는 바다를 끓게 만들고, 독한 구름을 하늘과 땅으로 보내 독이 대기와 물 속에 가득 차게 만든다.

그리고 로키의 지휘를 받는 악마의 군대는 비그리드 들판으로 집결하기 시작한다. 마음씨 나쁜 서리 거인들이 나글파르라는 사자의 손톱으로 만든 배를 타고 모여들고, 지옥에 살고 있던 영혼들도 전쟁에 참가하기 위해 모여든다. 마침내 전쟁이 일어난 것이다.

북유럽 신화의 최고신인 오딘도 언젠가 닥쳐올 이 전쟁을 위해 전사들을 불러모은다. 지상에서 용감했던 전사들을 죽은 뒤에 발할라 궁전에 모아 두었던 것이다. 바이킹족은 죽을 때에 반드시 검을 손에 쥐고 죽었는데, 그것은 발할라 궁전에 들어가는 것이 바이킹들의 평생 소원이기 때문이다. 멋진 죽음을 맞이한 바이킹 전사는 발키리라는 요정이 이끄는 대로 발할라 궁전으로 들어간다.

이제 오딘이 세계의 어머니에게 들은 대로 세계는 멸망의 길로 접어든다. 세상에는 절망적인 공포만이 화려한 춤을 추고 있을 뿐이다. 오딘을 비롯한 신들은 이 전투에서 신들이 패배할 것을 이미 알고 있다. 그렇다고 싸움을 피할 수는 없다. 신들의 황혼은 운명이기 때문이다. 새로운 세계

발키리 용감하게 싸우다 죽은 전사들을 발할라 궁으로 이끈다. S. 신드링의 작품.

가 시작되기 위해서는 낡은 세계가 파괴되어야 한다.

선과 악의 싸움은 치열하게 진행되고 세계는 암흑과 혼란 속으로 빠져든다. 최고신 오딘, 전쟁의 신 토르, 펜리르에게 한 손을 잃은 법의 신 티르 등이 차례차례 쓰러진다. 오딘은 늑대의 밥이 되지만 비다르라는 신이 늑대의 아래턱과 위턱을 잡아 찢어 죽인다. 토르는 세상을 감싸고 있는 큰 뱀인 요르문간드를 죽이지만 뱀이 내뿜은 독 때문에 토르 역시 죽고 만다. 티르는 지옥을 지키는 개를 칼로 찔러 죽이지만 자신도 개에게 물려 죽고 만다. 세상의 모든 것은 차례로 파괴된다.

마지막으로 로키가 변신한 검은 불의 거인 수르트가 대지 위에 화염을 던지자 세상은 불로 뒤덮이고 하늘은 재로 가득 찬다. 오딘의 군대와 로키의 군대는 차례차례 쓰러진다. 전쟁의 결말은 모든 것의 파멸로 이어진다.

그렇다고 세상이 끝난 것은 아니었다. 신들의 황혼은 또다른 세계의 시작이기 때문이다. 낡은 세계는 신들의 황혼과 함께 사라지고 인간이 늘 꿈꾸는 이상향과도 같은 새로운 세계가 모습을 드러낸다.

다만 북유럽 신화가 다른 신화와 다른 점은 신들도 새롭게 교체된다는 것이다. 오딘을 중심으로 한 신들의 왕국은 오딘의 아들 비다르를 중심으로 한 신들의 왕국으로 세대교체가 일어난다. 새 술은 새 부대에 담는 법이다.

새로운 세계는 악이 절멸한 축복의 땅이며 예부터 인류가 늘 꿈꾸어 오던 황금시대를 누릴 수 있는 세계이다. 푸르고 아름다운 새 육지가 바다 밑에서 솟아오른다. 황금시대에는 인간이 노동을 할 필요가 없다. 마찬가지로 바다 밑에서 솟아오른 대지에서는 씨앗을 뿌리지 않아도 곡식이 자라고 과일이 열매를 맺는다. 또한 괴물 이리 펜리르가 삼킨 낡은 태양의 딸인 새로운 태양이 그전보다도 훨씬 아름답고 환하게 하늘에서 빛을 내게 된다.

그리고 세계를 떠받치고 있는 우주나무 이그드라실로 피신한 소수의 사람들이 황금시대를 누리는 첫 번째 인간이 되고 새롭게 시작되는 세계의 조상이 된다. 물론 이 새로운 세계도 언젠가는 황혼을 맞이하게 될 것이고, 사람들은 다시 푸르고 아름다운 새 세계를 그리워하며 꿈을 꾸게 될 것이다.

종말을 다룬 여러 영화들

종말이나 종말의 분위기를 다룬 영화들이 꽤 많다. 그 중 몇 편을 소개한다.

〈세븐 사인〉은 묵시록이 실현되는 것으로 시작된다. 일곱 개의 봉인이 하나씩 해제될 때마다 거기에 나와 있는 그대로 묵시록의 징조가 세상에 실현된다. 이를 막으려는 사람들과 종말을 앞당기려는 신부의 대결을 그렸다.

〈야수의 날〉은 적그리스도의 출현과 그로 인한 세계의 종말을 뜻하는 메시지를 해독하고 그 출생 장소를 찾기까지 일어나는 사건을 다루고 있다. 추리적인 방법을 통해 끊임없는 긴장을 유발시키며 줄거리를 이어 간다.

〈스트레인지 데이즈〉는 1999년 12월 30일 오전 1시 6분에서 2000년 1월 1일 2분 42초까지의 긴박한 시간을 그리고 있다. 남의 체험을 생생하게 느낄 수 있는 스퀴드라는 기계를 통한 사람들의 파괴적인 욕망과 실제로 거리에서 자행되는 파괴가 세기말적 분위기와 함께 묘사되어 있다.

〈워터 월드〉는 환경오염으로 극지방의 얼음이 모두 녹아 물로 뒤덮인 세상을 보여 준다. 홍수 신화를 그대로 옮겨 놓은 듯하다.

〈매드 맥스〉 시리즈는 핵전쟁이 끝난 뒤 약육강식이 자행되는, 자원이 고갈된 세상을 그리고 있다. ❖

영화로 옮긴 신화

_ 〈트로이〉, 〈페드라〉

신화에는 워낙 흥미진진한 소재가 많기 때문에 신화의 줄거리를 그대로 가져온 영화도 많다. 대표적인 것으로 근래에 개봉된 브래드 피트 주연의 〈트로이〉와 60년대에 개봉된 〈페드라〉를 꼽을 수 있다.

〈트로이〉는 그리스 신화의 백미라고 할 수 있는 트로이 전쟁을 다룬 영화이다. 그러나 헬레네의 남편이었던 메넬라오스가 죽는 것이나 아킬레우스가 죽는 장면 등은 신화와 다르다. 사실 〈트로이〉는 그리스 신화에서 이야기를 빌려 왔지만, 전개가 너무 자의적이고 신화의 문법을 무

영화 〈트로이〉

54

시한 탓에 그다지 재미를 주지 못했다. 반드시 원작대로 만들어야 한다는 것이 아니라, 신화가 지닌 이야기적 요소를 살리지 못했다는 말이다. 그리하여 볼거리는 있을지 모르지만 트로이 신화가 지니고 있는 신화적인 성격은 사라지고 말았다. 우리가 영화를 볼 때는 보는 사람을 압도하는 화면뿐만 아니라 숨을 죽이게 만드는 사람들의 사랑이나 갈등 같은 살아 있는 이야기도 기대하기 때문이다.

반면, 오래된 영화이며 감동적인 영화음악을 들려준 〈페드라〉는 원작에 충실하면서도 현대성을 잘 살린 수작으로 꼽힌다. 〈페드라〉는 아테네의 왕이며 그리스 신화의 대표적인 영웅인 테세우스와 아내 파이드라(영어로는 페드라), 그리고 의붓자식인 히폴리토스의 삼각관계를 그린 영화이다. 영화에서는 현대성을 가미하여 말은 자동차로, 테세우스는 선박업계의 사장으로 바뀌었다. 이 영화는 근친상간의 요소가 있기 때문에 한동안 우리나라에서 상영되지 못했다.

그리스 신화에서 트로이 전쟁은 표면적으로는 황금 사과 때문에 일어났다. 예언에 따르면, 제우

스가 아버지 크로노스를 몰아 내고 신들의 왕이 된 것처럼 제우스 또한 자기 아들에게 내어 쫓길 것이라고 했다. 다만 그 아들이 누구인지는 아무도 몰랐다. 단 하나 프로메테우스만 빼놓고. 제우스는 신들을 멸시한 프로메테우스에게 벌을 내렸지만 결국 화해를 하고 그 아들이 누구인지를 알아 냈다. 바다의 여신 테티스와 제우스 사이에서 아들이 태어나면 그 아들이 제우스를 몰아 내게 된다는 것이었다. 이 사실을 안 제우스는 서둘러 테티스를 인간인 펠레우스와 결혼시킨다.

그리스 신화에서 신들이 인간의 결혼식에 참석한 것은 단 두 번이다. 하나는 카드모스와 하르모니아의 결혼식이고, 다른 하나는 펠레우스와

파리스의 심판 파리스는 가장 아름다운 여신으로 아프로디테를 지목한다. 루벤스의 그림.

테티스의 결혼식이다. 그런데 펠레우스와 테티스의 결혼식에 모든 신들이 초대를 받았지만 불화(不和)의 여신만은 초대를 받지 못했다. 사실 결혼식과 불화는 어울리지 않는다.

초대받지 못한 불화의 여신은 화를 냈다. 그녀는 결혼식장에 나타나 황금 사과를 하나 던지고 사라진다. 사과에는 "가장 아름다운 여신에게"라고 적혀 있었다. '가장'이라는 말은 최고, 유일, 또는 하나를 의미한다. 이것은 트로이 전쟁을 이해하는 가장 중요한 열쇠이다.

황금 사과의 주인이라고 나선 여신은 모두 셋이었다. 여신 가운데 으뜸인 헤라, 지혜의 여신 아테나, 아름다움의 여신 아프로디테가 그들이다. 세 여신은 제우스에게 판결을 내려 달라고 했다. 그러나 제우스는 어리석지 않았다. 하나를 선택한다는 것은 둘을 배제하거나 소외시키는 일이며, 나아가 적을 만드는 일이기도 했다.

제우스는 트로이의 왕자로 태어났지만 트로이를 멸망시킬 것이라는 예언 때문에 쫓겨나 산에서 목동 일을 하고 있는 파리스에게 그 짐을 넘겼다. 굳이 선택해야 한다면 헤라를 지목해야 했지만, 파리스는 최고의 미녀를 주겠다고 한 아프로디테를 선택했다. 그건 파리스가 젊었기 때문이다. 그때 파리스는 이미 오이노네와 결혼을 한 상태였다.

아프로디테가 대가로 약속한 최고의 미녀는 제우스의 딸이기도 한 스파르타의 헬레네로, 이미 메넬라오스에게 시집을 간 유부녀였다. 게다가 헬레네에게는 헬레네 보호조약이라는 게 있었다. 헬레네가 처녀였을 때 청혼자가 너무 많아, 헬레네의 아버지도 제우스와 같은 고민에 빠졌다. 하나를 선택하는 순간 나머지는 모두 적이 되는 상황이었다. 이때 헬레네의 아버지를 구한 것은 오디세우스였다.

오디세우스는 헬레네의 아버지를 찾아가, 헬레네에게 무슨 일이 생기면 청혼자 모두가 군대를 파견해 돕는다는 서약을 하게 만들면 된다고

헬레네 헬레네는 그리스에서 가장 아름다운 여자였다. 로드 라이튼의 그림.

귀띔해 주었던 것이다. 그렇게 하면 설령 하나를 선택해도 나머지가 말썽을 부릴 염려가 없었다.

그럼 오디세우스는 무엇을 얻었을까? 오디세우스 역시 청혼자 가운데 하나였지만 재력이나 힘으로 보아 자기가 선택될 가능성이 없었다. 그래서 헬레네 아버지에게 환심을 사서 헬레네의 사촌인 페넬로페와 결혼했다. 그리고 페넬로페의 아버지, 그러니까 장인이 세상을 떠나자 그 뒤를 이어 이타카의 왕이 되었다. 영리하지 않은가? 파리스는 오디세우스처럼 했어야 했다. 우리가 지나간 역사를 배우는 것은 어리석은 짓을 되풀이하지 않기 위해서이다. 그러나 파리스는 오디세우스에 대해 알지 못했다.

헬레네가 파리스를 따라 트로이로 떠나자 헬레네 보호조약이 발동되었고 그리스 전역에서 군대가 모여들었다. 그리스 군대의 대장은 헬레네의 남편 메넬라오스의 형인 미케네의 아가멤논이 맡았다. 그런데 예언에 따르면, 그리스 최고의 영웅인 아킬레우스가 참전을 하지 않으면 이길 수 없다고 했다.

아킬레우스는 바로 테티스와 펠레우스 사이에서 태어난 아들이었다. 테티스가 만약 제우스의 아들을 낳았다면 그 아들이 바로 제우스를 몰아 내고 신들의 왕이 될 터였다. 그래서 제우스는 아킬레우스에게 관심이 많았다. 자기를 닮은 사람이었기 때문이다. 또한 자기와 닮아야 했다. 제우스가 최고의 신인 것처럼 아킬레우스도 최고의 인간이 되어야 했다. 앞에서 트로이 전쟁을 이해하는 가장 중요한 열쇠라고 했던 유일성, 최고는 바로 이것이다.

호메로스의 『일리아스』를 읽어 보면 알겠지만 트로이 전쟁은 온전히 아킬레우스를 위한 전쟁이다. 아킬레우스를 최고의 영웅으로 만들기 위해 제우스는 온갖 노력을 다한다. 신들을 올림포스로 불러들여 개인적

으로 전쟁에 참가하지 못하게 엄명을 내리고 홀로 전쟁을 이끈다. 아킬
레우스가 전투에 참가하자 그리스 연합군이 승리하고 아킬레우스가 아
가멤논과의 불화로 전쟁에서 빠지자 그리스 연합군은 큰 패배를 당하는
데, 이는 제우스가 개입했기 때문이다.

심지어 제우스는 자기가 무척이나 아끼던 아들인 사르페돈까지 희생
시킨다. 사르페돈은 제우스가 사랑했던 여인 에우로페의 막내아들로,
제우스는 그에게 보통 사람보다 세 배나 긴 수명을 주었다. 그런데 사르
페돈은 트로이 전쟁에서 아킬레우스와 싸우다가 죽는다.

아킬레우스 아킬레우스가 아가멤논과의 불화로 전쟁에서 빠지자 그리스 연합군은 큰 패배를 당한다. 아가멤논은 사절
을 보내 아킬레우스를 설득한다. 수금을 든 쪽이 아킬레우스. 앵그르의 그림.

또한 트로이 벌판은 영웅들의 무덤이기도 했다. 그리스의 수많은 영웅들이 성벽을 사이에 두고 죽었다. 이에 대해 제우스의 치밀한 계략이라고도 한다. 제우스는 그리스 전역에 영웅들이 너무 많아지자 이들을 한 자리에 모아 없앨 생각을 했는데, 그것이 바로 트로이 전쟁이라는 것이다. 실제로 그리스 신화는 트로이 전쟁을 끝으로 마무리된다. 그래서 그리스 신화의 마지막 영웅은 전쟁이 끝난 뒤 10년 동안 뱃길을 떠돌아야 했던 오디세우스이다.

제우스와 에우로페 사이에서 태어난 미노스가 다스리는 크레타에는 미노타우로스라는 이름을 가진 괴물 황소가 살았다. 미노타우로스는 라비린토스라는 미궁 속에 사는 괴물로, 바다의 신 포세이돈의 분노로 생겨난 괴물이다. 이 괴물의 먹이는 바로 사람이었다. 그것도 어린 소년과 소녀였다.

아테네는 당시 크레타보다 힘이 약했기 때문에 일 년에 한 차례 소년 소녀 일곱 명씩을 크레타에 바쳤다. 이를 해결하겠다고 나선 것이 아테네의 왕자 테세우스였다. 테세우스는 열네 명의 소년 소녀 사이에 끼어 바다를 건너 크레타로 갔다.

그런데 크레타의 공주 아리아드네는 테세우스를 보고 그만 한눈에 사랑에 빠졌다. 테세우스는 아리아드네의 도움으로 미노타우로스를 처치하고 아테네로 도망쳤다. 이때

〈페드라〉 영화의 포스터와 히폴리토스 역을 맡은 배우 앤서니 퍼킨스.

아리아드네, 파이드라와 함께 있는 테세우스 파이드라는 언니를 버리고 떠난 테세우스와 정략적으로 맺어졌다. 베네데토 제나리 2세의 그림.

아리아드네도 테세우스를 따라나섰지만 도중에 버림을 받고 말았다. 그 후 아리아드네는 목을 맸다고도 하고, 술의 신인 디오니소스의 아내가 되었다고도 전한다.

세월이 지나 미노스가 죽자 이번에는 크레타와 아테네의 힘이 역전되었다. 크레타는 아테네의 눈치를 보아야 했고, 그래서 아리아드네의 동생인 파이드라를 테세우스와 정략결혼시켰다.

이렇게 파이드라는 사랑은 둘째 치고 언니를 비참한 지경에 빠뜨린 남자와 결혼해야 했다. 테세우스 역시 정치적인 관계 때문에 파이드라와 결혼했기에 부부 사이가 좋을 까닭이 없었다. 테세우스에게는 전처의 소생인 히폴리토스라는 아들이 있었다. 히폴리토스의 어머니는 아마존의 여왕 히폴리테로 테세우스를 위해 싸우다가 죽었다. 테세우스는 자기가 태어난 나라인 트로이젠의 왕위를 아들에게 물려주기 위해 어렸을 적에 히폴리토스를 트로이젠으로 보냈다.

그런데 트로이젠에 갔다가 히폴리토스를 본 파이드라는, 언니인 아리아드네가 테세우스를 보고 그랬던 것처럼 한순간에 깊은 사랑에 빠지고 만다. 가슴 깊이 묻어 두었던 열정에 불이 붙었고, 더 이상 참을 수 없는 기세로 사랑의 불길이 타오르기 시작했다. 그런데 상대는 자기가 낳은 자식은 아니지만 아들은 아들이었다. 게다가 히폴리토스는 뭇 여자들에게 관심이 없었다. 그의 가슴 속에는 오직 사냥의 여신 아르테미스가 들어 있을 뿐이었다.

파이드라의 마음은 온통 아들인 히폴리토스에게 가 있었다. 파이드라는 아들의 모습을 몰래 훔쳐보았다. 어머니가 아들을 따뜻하게 대하는 것이야 당연하지만 연정을 품는 건 예전이나 지금이나 용납될 수 없는 일이다. 그러나 한편으로 생각해 보면, 언니를 버렸던 테세우스에게 애초부터 열정이 없었던 파이드라의 감정이 어디론가 분출되긴 되어야 했다. 그 상대가 하필이면 의붓자식이라는 게 문제였지만.

또한 파이드라의 뒤에는 애욕과 아름다움의 여신 아프로디테가 버티고 있었다. 그러니까 히폴리토스를 지켜보는 건 파이드라였지만, 그 뒤에 다시 아프로디테의 눈길이 있었다는 말이다. 아프로디테는 히폴리토

히폴리토스의 죽음 계모 파이드라의 사랑을 거부한 히폴리토스는 결국 포세이돈이 보낸 바다 괴물에게 희생당하고 만다. 루벤스의 그림.

스가 사냥의 여신 아르테미스를 사모하여 자기를 거들떠보지도 않자 복수를 하기 위해 파이드라를 이용했다고도 한다.

결국 파이드라는 히폴리토스에게 사랑을 고백했다. 그러나 히폴리토스는 냉정하게 거절했다. 그의 마음에는 아르테미스 말고 다른 여자가 들어갈 자리가 없었다.

수치심을 이기지 못한 파이드라는 남편인 테세우스를 찾아갔다. 그리고 히폴리토스가 무엄하게도 자기에게 욕망을 품고 있다고 거짓말을 했다. 테세우스는 크게 분노하여, 바다의 신 포세이돈에게 아들을 죽여 달

라고 기원했다. 영화에서는 반지를 낀 테세우스의 주먹에 맞아 히폴리
토스의 얼굴이 찢어진다.

궁전에서 쫓겨난 히폴리토스는 말을 타고 해변을 달렸다. 그때 갑자
기 바다에서 괴물이 나타났다. 히폴리토스는 놀란 말에서 떨어지고 우
왕좌왕하던 말에게 밟혀 죽고 말았다. 영화에서는 자동차 사고로 죽음
을 맞는다. 어쨌든 포세이돈이 테세우스의 소원을 들어준 셈이다.

파이드라는 수치심과 질투심에 사로잡혀 거짓말을 했지만 편안할 리
없었다. 곧이어 히폴리토스가 죽었다는 소식을 듣고 그녀 역시 죄책감
때문에 목을 맸다. 훗날 테세우스는 아르테미스한테서 진실을 알게 되
었지만, 이미 그의 곁에는 파이드라도 히폴리토스도 없었다.

신화와 역사

신화는 먼 고대로부터 지금까지 인류가 꾸고 있는 꿈이며 집단적인 기억이
라고 표현할 수 있다. 이런 면에서 신화에는 역사가 반영될 수밖에 없다. 가
장 대표적인 것으로 트로이 발굴을 꼽을 수 있다. 하인리히 슐리만은 어릴
때부터 그리스 신화를 좋아했다. 그리고 그것이 실제로 일어났던 일이라고
믿었다. 슐리만은 돈을 많이 벌자 그리스 신화에서 전쟁이 일어났던 트로이
로 날아가 발굴을 하기 시작했다. 사람들은 미친 짓이라고 손가락질했지만,
슐리만은 굴복하지 않고 작업을 계속 해서 마침내 땅 속에서 고대 트로이의
유적을 발굴했다. 신화와 역사가 만나는 지점을 찾아 낸 것이다.
그 후 슐리만은 고대 그리스 문명의 발상지인 크레타 등을 발굴했고 많은 신
화 유적을 찾아 냈다. 다만 슐리만이 전문 학자가 아니었던 탓에 발굴 과정
에서 많은 유적이 손실되었다. 그러나 슐리만의 믿음이 없었다면 신화와 역
사가 만나는 지점을 찾지 못했을지도 모른다. ❖

사진이나 그림이 왜 예술에 포함되어 있을까요? 그냥 옛날부터 그렇게 분류했기 때문일까요? 그렇지 않습니다. 사진 한 장, 그림 한 점에는 우리들의 삶이 담겨 있고 이야기가 들어 있기 때문입니다.

독일의 철학자 하이데거는, 화가 고흐가 그린 농부의 신발을 보면서 농부의 고단하고 힘든 삶을 상상할 수 있고 이해할 수 있다고 했습니다. 지금 주위에 있는 그림이나 사진을 찬찬히 들여다보세요. 그 속에서 끝없이 많은 이야기를 찾아 낼 수 있을 거예요.

이렇게 그림을 보면서 그림 속에 나오는 사람이 누구인지, 그림이 무슨 이야기를 하고 있는지 등을 알아 내기 위한 학문으로 도상학(圖像學)이라는 것이 있어요. 영어로는 이코노그라피(iconograpy)라고 합니다. 아이콘(icon)은 인터넷에서 흔히 쓰는 말이죠. 원래 아이콘은 회화나 조각의 상 또는 초상을 가리키는 말입니다. 아이콘을 클릭하는 것처럼, 그림 속의 상징을 통해 그림을 이해하는 것이 바로 도상학입니다. 물론 그림이나 사진만이 도상학의 대상은 아니랍니다. 건축물을 비롯해서 눈에 보이는 상징적인 것들은 모두 도상학의 대상이 됩니다. 우리가 흔히 보는 관상이나 수상도 일종의 도상학인 셈이지요. 이마에 주름이 많은 사람을 보면 그 주름을 상징으로 해석해서 그가 고생을 많이 했거나 생각이 많은 사람이라고 생각하는 것처럼 말입니다.

II

그림으로 만나는 신화

그림이나 사진은 공간의 제약을 받기 때문에 상징을 많이 사용합니다. 책이라면 얼마든지 말로 풀어서 설명할 수 있지만 그림은 그게 힘드니까요. 그래서 그림 읽기가 필요한 것입니다. 예를 들면, 우리 옛 그림에서 호랑이와 함께 있는 노인이 나오면, 그건 거의 산신이라 보면 틀림없습니다. 이렇게 상징을 알면 그 그림이 뜻하는 것을 제대로 읽어 낼 수가 있는 거지요.

상징은 많은 것을 속에 품고 있습니다. 암호를 풀기 위해 암호의 체계를 알아야 하듯이, 상징을 풀기 위해서는 그 속에 숨어 있는 성격을 해석하고 이해해야 합니다. 그러므로 이야기의 원형이며 풍부한 상징을 품고 있는 신화를 안다는 것은 그 상징을 이해하고 해석하는 데 큰 힘이 됩니다.

황금빛으로 물든 탄생

_ 다나에와 유화

그리스 신화를 배경으로 한 그림 가운데 클림트가 그린 〈다나에〉가 있다. 벌거벗은 한 여자가 몸을 잔뜩 웅크리고 있고 그 위로 황금의 비가 쏟아져 내리는 모습이다. 몸을 웅크리고 있는 것은 그녀의 고단한 삶을 떠올리게 하고 황금의 비는 그 고난에 대한 대가로 주어지는 축복인 듯해서, 그림을 처음 보았을 때 가슴이 뭉클했다. 다나에를 그린 화가는 여럿이다. 유명한 것으로 르네상스 시기에 활동한 티치아노가 그린 그림이 있지만 클림트의 〈다나에〉가 더 신화적으로 표현되었다.

다나에를 생각하면 늘 함께 떠오르는 사람이 바로 고구려 건국 신화에 나오는 주몽의 어머니인 유화 부인이다. 다나에가 황금 비를 맞고 페르세우스를 임신했던 것처럼 유화 부인도 창을 통해 쏟

클림트가 그린 〈다나에〉

아져 내리는 황금빛 햇살을 배에 받고 주몽을 임신했기 때문이다. 또한 다나에는 남자들이 얼씬도 못하는 청동 탑에 갇혀 있었고 유화 역시 남자들이 없는 별궁에 갇혀 있었다는 점에서도 비슷하다. 그뿐만 아니다. 다나에와 유화가 아이를 낳게 되는 과정에 아버지의 잘못이 개입되어 있는 것도 똑같다. 어떻게 이런 일이 일어난 것일까?

황금 비가 내리다 다나에의 아버지 아크리시오스에게는 쌍둥이 형제인 프로이토스가 있었다. 둘은 어머니 뱃속에서부터 다투기 시작했다. 쌍둥이는 그리스의 서쪽 지역인 아르고스 왕국의 왕 자리를 놓고 끊임없이 전쟁을 벌였다. 둘이 벌인 전쟁에서 방패가 발명되었다고 하니, 얼마나 치열하게 싸웠는지 알 수 있다. 방패라면 고대 전쟁에서 빠질 수 없는 중요한 무기 중 하나이다. 이런 걸 골육상잔(骨肉相殘)이라 하는데, 피와 살을 나눈 가족 사이의 전쟁을 일컫는 말이다.

이 골육상잔에서 이긴 것은 아크리시오스였다. 패배한 프로이토스는 아르고스 왕국에서 추방되었다. 그러나 프로이토스는 그대로 물러나지 않았다. 그는 외국 군대를 끌어들여 다시 싸움을 걸었고, 결국 둘은 아르고스 왕국을 나누어 다스리기로 결정했다.

다툼에는 벌이 따르게 마련이다. 형제 사이의 싸움에 대한 징벌은 먼저 프로이토스에게 내려졌다. 그에게는 예쁜 딸이 셋 있었는데 어느 날인가부터 하나씩 미치기 시작했다. 그뿐만 아니라 프로이토스가 다스리는 왕국의 여자들도 덩달아 미쳐 버렸다. 여자들은 자기 아이를 죽이고 집을 떠나 아무것도 자라지 않는 들판을 마구 뛰어다녔다. 프로이토스는 왕국의 3분의 2를 멜람푸스라는 예언자에게 주고서야 이 소동에서 벗어날 수 있었다. 오랜 전쟁으로 얻은 것을 고스란히 잃은 셈이다.

아크리시오스에게 내린 벌은 외손자에게 죽음을 당할 것이라는 신탁

〈다나에〉 위는 코레조가, 아래는 티치아노가 그린 것이다.

에서 시작되었다. 신탁이나 점에서 불길한 예언이 나오면 먼저 자기의 행동을 반성해야 한다. 자신의 잘못 때문에 불길한 예언이 나온 것이니까. 그러나 아크리시오스는 자기 잘못은 반성하지 않고 외손자가 태어나지 못하게 하면 일이 해결될 것이라고 생각했다. 그래서 딸 다나에를 왕궁 안에 있는 청동 탑에 가두고 남자는 얼씬도 못 하게 했다. 자기 목숨을 건지기 위해 딸의 삶을 망쳐 놓으려 했던 것이다.

청동으로 만든 탑에 갇힌 다나에는 하루 종일 할 일이 없었다. 그저 창문 너머로 하늘만 바라볼 뿐이었다. 다나에를 발견한 것은 하늘 높은 곳에 있는 제우스였다. 제우스는 늘 창가에 앉아 손으로 턱을 받치고 있는 다나에에게 동정과 연민을 느꼈다. 그래서 황금 비로 변신해 지붕을 통해 다나에의 무릎으로 흘러 들어갔다. 그리고 시간이 지나자 신탁의 예언처럼 아들이 태어났다. 그 아이의 이름은 페르세우스였다.

아크리시오스는 페르세우스가 신의 아들임을 인정하지 않았다. 그러나 자기 손으로 딸과 외손자를 죽일 수는 없어 둘을 상자에 넣어 물에 띄워 보냈다. 꽃다운 딸과 갓 태어난 외손자보다 자기의 목숨이 더 소중했던 것이다. 아이를 발견한 것은 딕티스라는 젊은 어부였다. 페르세우스는 딕티스의 보살핌을 받으며 늠름한 젊은이로 성장했다. 한편 딕티스의 형이며 세리포스의 왕인 폴리데크테스는 다나에의 아름다움에 반해 그녀를 자기 여자로 만들기 위해 호시탐탐 기회를 노렸다. 하지만 번번이 페르세우스 때문에 목적을 이루지 못했다. 벌써 훌쩍 커 버린 페르세우스는 폴리데크테스를 그

메두사 페르세우스가 메두사의 목을 베었다. 16세기 작품.

페르세우스 다나에의 아들 페르세우스는 메두사를 처치했으며, 돌아오는 길에 안드로메다를 구한다. 루벤스의 그림.

다지 좋아하지 않았다.

　폴리데크테스 왕은 다나에와 페르세우스를 떼어 놓기 위해 페르세우스에게 가장 무서운 괴물인 메두사의 머리를 바치라고 명령했다. 페르세우스는 지혜의 여신 아테나에게서 메두사가 살고 있는 곳을 알아 냈다. 여기서 아테나는 페르세우스가 걸어갈 영웅의 길을 안내하는 역할을 맡은 여신이다. 아테나는 또한 어떻게 메두사를 죽일 수 있는지도 알려 주었다. 페르세우스는 아테나가 일러 준 대로 방패를 거울처럼 닦았다. 메두사를 직접 보게 되면 바로 돌로 변하고 말기 때문이었다. 페르세우스는 뒷걸음질치며 방패에 비친 메두사의 모습을 보고 칼을 휘둘러 그의 목을 베었다. 그리고 돌아오는 길에 괴물에게 다 잡아먹히게 된 에티오피아의 공주 안드로메다를 구하고 그녀를 아내로 삼았다.

페르세우스가 메두사의 머리를 바치자 폴리데크테스 왕은 돌로 변했다. 그 후 딕티스는 왕이 되었으며 다나에는 왕비가 되었다. 그렇다면 아크리시오스는?

신탁은 어긋나는 법이 없다고 한다. 페르세우스가 고향으로 찾아온다는 소식을 들은 아크리시오스는 변장을 하고 숨어 있었다. 페르세우스는 고향으로 가는 도중에 5종 경기 대회에 참가했다. 페르세우스가 원반을 던지는 순간 손에서 미끄러진 원반이 관중석으로 날아가 한 노인의 발에 맞았는데, 그는 그만 그 자리에서 죽고 말았다. 그 노인이 바로 죽지 않으려고 그렇게나 노력했던 아크리시오스였다. 예언대로 페르세우스가 외할아버지 아크리시오스를 죽이고 만 것이다.

해모수와 유화 유화는 물의 신 하백의 딸이었다. 하루는 동생인 훤화, 위화와 함께 웅심연이라는 연못에서 목욕을 하고 있었다. 그때 세 자매가 목욕하는 것을 훔쳐보던 자가 있었다. 바로 하늘신의 아들인 해모수였다.

해모수는 아침이면 땅으로 내려와 세상을 다스리다가 저녁이면 하늘로 돌아갔다. 해모수는 하늘에서 내려올 때 까마귀 깃으로 만든 왕관을 머리에 쓰고, 빛나는 칼을 허리에 차고, 아름다운 음악이 울려 퍼지는 무지갯빛 구름 사이로 다섯 마리의 용이 끄는 수레를 타고 왔다. 해모수의 수레 뒤에는 하얀 고니를 탄 사람들이 따랐다.

해모수는 유화 자매의 아름다움에 반했다. 해모수는 자매들을 유인하기 위해 구리로 큰 집을 짓고 그 안에 향기로운 술을 한 동이 넣어 두었다. 과연 세 자매는 술 향기에 취해 집으로 들어와 술을 마셨다. 그때 해

천인 고구려 고분 벽화에 등장한 하늘나라 사람. 하늘신의 아들 해모수의 모습이 이랬을까?

하늘 세계 고구려 사람들은 살아 있는 인간이 갈 수 없는 하늘 세계를 무덤 천장에 그려 놓았다.

모수가 그들 앞에 나타났다. 동생인 훤화와 위화는 재빨리 몸을 피했지만, 유화는 그만 해모수에게 손목을 잡히고 말았다.

해모수는 유화를 붙잡고 자기와 결혼을 해 달라고 졸랐다. 유화는 늠름한 하늘신의 아들을 뿌리칠 수 없었다. 둘은 결혼하기로 했다. 하지만 유화의 아버지 하백이 이를 반대했다. 딸 가진 부모의 마음이 그렇듯이 비록 하늘신의 아들이라고는 하지만 어떻게 알겠는가?

하백은 해모수에게 도술 시합을 제안했는데 해모수가 이겼다. 하백은 하는 수 없이 유화와 해모수의 결혼을 허락하면서 해모수에게 유화를 하늘로 데려가 달라고 말했다. 그러나 사람인 유화는 하늘에 올라갈 수가 없었다. 하백은 몰래 유화를 하늘로 보내려고 했지만 그걸 알아차린 해모수는 혼자 하늘로 올라가고 말았다. 화가 난 하백은 유화의 입을 잡

활 잘 쏘는 사람 고구려를 세운 주몽은 활을 잘 쏘았다고 한다. 무용총 수렵도에 표현된 활 쏘는 고구려 사람들.

아당겨 피노키오의 코처럼 길게 만든 다음 우발수라는 곳에 버렸다.

우발수에서 고기를 잡던 어부는 참으로 이상한 괴물을 보고 놀라서 당시 동부여의 왕인 금와왕에게 보고했다. 금와왕에게 사로잡힌 유화는 세 번에 걸쳐 입을 자르고서야 비로소 말을 할 수 있게 되었다. 금와왕은 별궁에 유화를 가두고 남자들은 얼씬도 하지 못하게 했다.

금와왕의 별궁에 갇힌 유화도 다나에처럼 딱히 할 일이 없었다. 당시에는 텔레비전도 인터넷도 없었을 테니. 하루는 이리 뒹굴 저리 뒹굴하고 있는데 창을 통해 눈부신 햇살이 비쳐들었다. 눈이 부셨던 유화는 햇살을 피해 몸을 옮겼지만 황금빛 햇살은 자꾸 유화를 따라왔다. 유화가 피하기를 그치자 햇살은 유화의 배를 밝게 비추었다. 그리고 얼마 후 유화는 자기가 임신했다는 것을 알게 되었다. 또한 그날 황금빛 햇

살이 해모수였음을 알았다. 해모수의 성인 '해'는 태양을 뜻하는 말이
기도 하다.

영웅의
어머니들

다나에와 유화는 똑같이 남녀 사이의 사랑이라는 절
차 없이 아이를 임신했다. 그런데 다나에와 달리 유
화는 동물처럼 알을 낳았다. 유화의 왼쪽 옆구리에서 알이 나왔던 것이
다. 여기서 알은 신성하게 태어났음을 의미할 뿐만 아니라 아버지가 없
이 태어났음을 보여 준다. 신라를 세운 박혁거세와 가야의 김수로왕도
이와 다르지 않다.

사람들은 사람이 알을 낳은 것에 대해 불길하게 여겨 그 알을 마구간
에 버렸다. 그런데 말들은 알을 짓밟기는커녕 따뜻한 입김으로 보호했
다. 그러자 이번에는 산에 갖다 버렸는데, 산짐승 또한 그 알을 보호했
다. 결국 알은 다시 유화의 품으로 돌아왔다. 알을 깨고 나온 아이가 바
로 주몽이다.

주몽은 금와왕의 일곱 아들한테 심한 괴롭힘을 당했다. 마침내 주몽
은 자기를 따르는 친구들과 함께 남쪽으로 내려가 고구려라는 나라를
세웠으며, 훗날 고구려는 부여를 정복했다. 주몽 또한 페르세우스 못지
않은 영웅이었다.

이렇듯 다나에와 유화는 거울에 비친 듯이 닮았다. 둘 다 아버지로부
터 버림을 받았으며, 심지어 남편의 도움도 받지 못했다. 다나에의 아버
지는 자기의 생명을 위해 딸을 버렸으며, 유화의 아버지는 분노와 수치
심 때문에 딸을 버렸다. 또한 다나에의 남편인 제우스는 그 후 전혀 간
섭을 하지 않았고, 유화의 남편인 해모수도 마찬가지로 아이만 배게 하
고 더 이상 얼굴을 내밀지 않는다. 그러나 다나에와 유화는 아들을 훌륭
하게 키워 영웅으로 만들었다.

다나에와 유화의 이야기는 세상에 절망이 없음을 말하고 있다. 실제로 다나에와 유화는 청동으로 만든 탑에 갇히거나 집에서 내쫓겨도 아름답고 행복하게 살 수 있음을 보여 준다.

다나에와 유화는, 환한 황금빛이 감도는 신화의 세계로 들어가는 문을 열어 주는 여사제와 닮았다.

화가들은 왜 신화를 그렸나

동양과 달리 서양에는 신화를 소재로 한 그림들이 많이 있다. 특히 르네상스 시기에는 이름만 대면 알 수 있는 유명한 화가들이 앞다투어 신화를 소재로 삼아 그림을 그리거나 조각을 했다. 그 후 현대에 이르기까지 많은 화가들이 신화를 캔버스에 옮겼다. 〈다나에〉를 그린 클림트도 그 가운데 한 사람이다. 서양의 중세는 신을 중심으로 한 사회였다. 그래서 중세에는 종교를 소재로 삼은 종교화 또는 성화가 유행했다. 그러다가 르네상스기에 들어 신에서 인간으로 관심이 옮겨 가게 되고, 자연스럽게 예술가의 눈이 중세 이전의 자유롭고 활기찬 고대 신화로 옮겨 가게 된다. 그래서 많은 그림이나 조각이 이 시기에 그려지고 만들어진다. 특히 그리스 신화는 중세에 억눌렸던 인간성을 드러내기에 아주 적합한 소재를 많이 지니고 있었다. 여기에 경제력을 바탕으로 이루어진 이 시기에 예술 활동에 많은 돈을 지원할 수 있었던 점도 빼놓을 수 없다. ❖

하늘에서 떨어진 사람들

_ 벨레로폰과 박혁거세

신성한 초대 흔히 이 세상은 하늘이 속한 천상계, 우리 사람들이 사는 땅인 지상계, 요정이나 죽은 자들의 세계가 있는 지하계로 나눌 수 있다. 그리고 하늘에는 신들이 산다고 생각한다. 이런 까닭에 하늘에 있는 것은 신성하다고 생각하는 것이다. 물론 세계의 모든 민족이 그렇게 생각하는 건 아니다. 하늘, 지상, 지하처럼 수직적으로 구분하지 않고, 이를테면 강이나 바다 건너에 신들이 사는 세계가 있다고 생각하기도 하고, 하늘이 아니라 지하에 신들이 사는 곳이 있다고 생각하는 민족도 있다.

한국 신화에서도 하늘은 신성한 곳이다. 그래서 하늘에 올라가기 위해서는 신성한 초대를 받거나 특별한 계기가 있어야 한다. 만약 그런 과정 없이 하늘로 올라가려고 하면 큰 벌을 받게 된다. 앞에서 본 대로 유화도 신성한 초대를 받지 않았기 때문에 하늘로 올라가지 못했다.

그리스 신화와 한국 신화에서 신성한 초대 없이 하늘로 올라가려고 했다가 벌을 받은 사람들의 이야기를 살펴보자. 그리스 신화에서는 벨레로폰이라는 영웅이 있고, 한국 신화에서는 박혁거세를 따르던 궁녀가 있다. 이들은 하늘에 올라가고 싶은 욕망이 강렬했지만 뜻을 이루지 못했다.

벨레로폰 벨레로폰이 천마 페가소스를 타고서 키마이라와 싸우고 있다. 루벤스의 그림.

벨레로폰과 박혁거세는 말을 타고 하늘로 올라갔다. 벨레로폰이 탄 페가소스와 박혁거세가 탄 천마가 하늘을 날 수 있는 말이기 때문이다. 하늘을 나는 말이라니, 어디 한 번 타 보고 싶지 않은가?

이들이 등장하는 그림을 보자. 하나는 루벤스의 그림으로, 하늘을 나는 말을 탄 남자가 괴물을 공격하고 있다. 하늘을 나는 말은 페가소스이고, 말을 탄 사람은 그리스 신화의 영웅인 벨레로폰이다. 그리고 괴물은 키마이라이다. 그림을 보면 페가소스와 벨레로폰은 괴물뿐만 아니라 세상이라도 덮칠 듯이 팽팽하게 긴장해 있는 모습이다. 그것은 페가소스와

벨레로폰이 지닌 영웅적인 힘을 잘 드러낸다. 사실 말을 타고 싸우는 것은 생각보다 쉽지 않다. 그것도 하늘에 떠서 싸우려면 말과 사람이 서로 궁합이 잘 맞아야 한다. 그만큼 페가소스와 벨레로폰은 어울리는 한 쌍이었다. 벨레로폰이 긴장을 늦추고 욕심을 부리기 전까지는 말이다.

또 하나는 신라를 상징하는 〈천마도〉이다. 경주 대릉원에서 가장 인기 있는 곳이 바로 천마총이다. 〈천마도〉가 그 무덤에서 발견되었기 때문에 천마총이라는 이름이 붙었다. 천마는 하얀 말이다. 다리 사이로 보이는 날개, 바람에 휘날리는 갈기와 위로 올라간 꼬리 등이 천마가 하늘을 나는 말임을 보여 준다. 루벤스의 그림에서처럼 역동적인 힘이 보이지는 않지만, 하늘이 그렇듯 차분한 신성함이 느껴진다. 천마는 신라인들의 상상 세계에서 중요한 역할을 맡았다. 천마는 하늘과 땅을 이어 주는 신성한 탈것이었다. 우리 민족이 천마를 타고 다시 하늘을 날아오르는 상상을 해 본다.

천마도 박혁거세가 태어날 알을 전해 준 천마가 이런 모습이었을까? 경주 천마총.

벨레로폰은, 신들을 속이고 조롱한 죄로 꼭대기에 닿자마자 굴러 떨어지는 바위를 끊임없이 높은 곳으로 끌어올리는 벌을 받은 시시포스의 손자였다. 시시포스 또한, 인간에게 불을 훔쳐다 준 죄로 날마다 새로 돋는 간을 독수리에게 뜯어 먹히는 벌을 받은 프로메테우스의 후손이다. 신들에게 대드는 게 이 집안의 내력인가 보다. 벨레로폰도 크게 다르지 않았다.

벨레로폰은 어릴 때부터 새가 하늘을 나는 것처럼 하늘을 날고 싶어 했다. 이것은 어렸을 적 누구나 한 번쯤은 꿈꾸었을 바람이다. 이런 바람에서 출발한 라이트 형제는 비행기를 발명했다. 그러나 비행기가 없던 옛날에 날개가 없는 인간의 몸으로 하늘을 날 수는 없는 노릇이었다. 벨레로폰은 불사신이며 하늘을 날 수 있는 말인 페가소스를 간절히 원했다. 페가소스는, 영웅 페르세우스가 끔찍한 괴물 메두사의 목을 베었을 때 흘러내린 피에서 태어난 날개 달린 말이다.

페르세우스가 페가소스를 아테나 여신에게 바친 이후 아무도 그를 길들이지 못했다. 벨레로폰은 앉으나 서나 페가소스 생각만 했다. 이를 딱하게 여긴 한 예언자가 지혜의 여신 아테나의 신전에 가서 소원을 빌어 보라고 일러 주었다. 무엇이든 간절하게 원하면 이루어지는 법이다.

벨레로폰은 예언자가 일러 준 대로 아테나 신전에 가서 간절한 마음으로 페가소스를 갖게 해 달라고 기도를 했다. 그러다 깜빡 잠이 들었는데 꿈에 아테나 여신이 나타났다. 아테나는 황금으로 만든 재갈을 주면서, 바다의 신 포세이돈에게 황소를 제물로 바치면 소원을 이룰 수 있을 것이라고 말했다. 벨레로폰이 꿈에서 깨어났을 때 손에는 황금 재갈이 들려 있었다. 그는 자기의 소원이 이루어졌음을 깨달았다.

벨레로폰은 곧바로 포세이돈에게 황소를 제물로 바쳤다. 페가소스는 포세이돈의 자식이었다. 페가소스의 어머니인 메두사는 아테나 여신의

저주를 받아 괴물로 변했을 때 이미 포세이돈의 아이를 임신하고 있었다. 앞서 말했듯, 페르세우스가 메두사의 목을 베었을 때 메두사의 몸에서 흘러나온 피에서 태어난 것이 페가소스였다.

며칠 뒤, 벨레로폰은 샘에서 얌전하게 물을 마시고 있는 페가소스를 발견했다. 그는 나직한 목소리로 페가소스에게 말을 걸고 가만히 갈기를 쓰다듬었다. 그런 다음 아테나 여신이 준 재갈을 물렸다. 많은 사람들이 페가소스를 길들이려 했으나 번번이 실패했지만, 벨레로폰은 아테나 여신의 재갈을 갖고 있었기 때문에 페가소스를 손에 넣을 수 있었다. 이때부터 벨레로폰은 특별한 사람이 되었다.

페가소스 천마답게 기운이 넘친다. 오딜롱 르동의 그림.

벨레로폰의 원래 이름은 힙노스였다. 그는 실수로 형제인 벨레로스를 죽이고 말았다. 그래서 '벨레로스를 죽인 사람'이라는 뜻의 벨레로폰이 되었다. 당시 관습은 사람을 죽이면 다른 나라로 가서 그곳의 왕에게 죄를 고백하고 용서를 구해야 했다. 벨레로폰이 찾아간 곳은 다나에의 아버지 아크리시오스와 격렬하게 싸웠던 프로이토스가 다스리는 왕국이었다.

그런데 프로이토스의 아내가 하늘을 나는 날개 달린 말을 타고 온 벨레로폰을 보고 사랑에 빠졌다. 사랑은 아름다운 일이지만 벨레로폰은 남편이 있는 여자의 사랑을 받아들일 수 없었다. 벨레로폰에게 거절당한 프로이토스의 아내는 오히려 벨레로폰이 자기를 유혹했다며 남편에게 거짓말을 했다. 프로이토스는 손님을 죽일 수가 없었기 때문에 편지를 한 장 써서 벨레로폰을 장인 이오바테스에게 보냈다. 이오바테스는 관습대로 9일 동안 잔치를 베풀어 손님을 접대한 다음 편지를 뜯어 보았다. 거기에는 편지를 갖고 간 사람을 죽이라는 내용이 적혀 있었다.

이오바테스는 벨레로폰을 죽이는 대신, 그에게 사람들을 괴롭히는 괴물인 키마이라를 죽여 달라고 부탁했다. 키마이라와 싸우다가 죽으면

키마이라 키마이라는 머리는 사자, 몸통은 산양, 꼬리는 뱀인 괴물이다. 피렌체 고고학 박물관 소장.

군이 자기 손에 피를 묻히지 않아도 되기 때문이다. 키마이라는 머리는 사자, 몸통은 산양, 꼬리는 뱀인 괴물로, 입으로는 불을 내뿜었다.

벨레로폰은 이오바테스의 예상과 달리 페가소스를 타고 하늘로 올라가 활을 쏘아 키마이라를 죽였다. 그러자 이오바테스는 이번에는 벨레로폰에게 이웃 나라를 공격해 달라고 부탁했다. 벨레로폰이 이것도 성공적으로 끝내자, 마지막으로 그를 아마존으로 보냈다. 벨레로폰은 또다시 승리를 거두었다. 또한 돌아오는 길에 이오바테스가 벨레로폰을 죽이기 위해 미리 매복시켜 두었던 군대까지 모두 무찔렀다.

이오바테스는 벨레로폰이 오해받고 있음을 알았다. 그래서 편지를 공개하고 오해를 풀었으며, 사과의 뜻으로 자기 딸을 주어 벨레로폰을 사위로 삼았다. 벨레로폰은 몇 차례의 임무를 성공적으로 수행함으로써 그리스 전역에 이름을 떨친 유명한 영웅이 되었다.

그리스 신화를 보면, 무모하게 신이 되려고 하거나 신을 흉내내려고 했던 사람들이 몇 있다. 파에톤은 아버지인 아폴론이 간곡히 말렸지만 태양 마차를 몰았다가 말들을 통제하지 못해 하늘과 땅을 모두 태운 다음 하늘에서 떨어져 죽었다. 그런가 하면 이카로스는 아버지의 경고를 어기고 하늘로 높이 날려고 하다가 밀랍으로 붙인 날개가 녹는 바람에 바다에 떨어져 역시 죽고 말았다. 적절한 욕망은 사람을 발전시키지만 지나친 욕망은 사람을 망치고 만다는 것을 보여 주는 이야기이다.

벨레로폰도 그랬다. 그는 자기가 신이 될 수 있다고 생각했다. 그래서 신들과 싸우기로 결심하고 페가소스를 타고 하늘로 올라가기 시작했다. 이 모습을 제우스가 보았다. 제우스는 어떻게 했을까? 자기의 무기인 벼락을 던졌을까? 아니면 태양의 신이며 활의 신인 아폴론을 부르거나 지혜의 여신인 아테나를 불러서 싸우게 했을까? 그렇지 않다.

제우스는 헤라가 암소로 변한 이오에게 했던 것처럼 등에 한 마리를

이카로스의 추락 아버지 다이달로스가 만든 날개로 하늘을 날다 추락한 이카로스. 허버트 제임스 드레이퍼의 그림.

보냈다. 생김새가 파리와 비슷한 등에는 동물의 피를 빨아먹는 작은 곤충이다. 다시 말해 제우스는 고작 곤충 한 마리를 보냈을 뿐이다.

제우스가 보낸 등에는 벨레로폰을 태우고 하늘로 오르는 페가소스를 물었다. 놀란 페가소스가 몸을 비트는 바람에 벨레로폰은 균형을 잃고 하늘에서 떨어졌다. 신이 되려고 했던 사람이 기껏 등에 한 마리 때문에 실패하고 만 것이다. 벨레로폰은 겨우 목숨을 건졌지만 평생 절름발이로 살아야 했다.

신라가 생기기 전 진한이라는 땅에 6촌이 있었다. 현재 우리나라 여섯 가지 성씨의 기원이 되는 게 바로 이 6촌이다. 하루는 6촌의 촌장들이 한 자리에 모여 왕을 정하고 나라를 세우기로 했다.

이렇게 한 자리에 모여서 회의하는 것은 훗날 화백 제도로 발전했다. 화백 제도는 모두가 찬성을 해야 하는 만장일치제를 채택하고 있는데, 이는 민주적이고 평화로운 의사 결정 방법이다. 오늘날 가톨릭에서 교황을 선출할 때 만장일치제를 택하고 있다. 이것은 만약에 반대하는 사람이 있으면 끝까지 그 사람을 설득해서 찬성을 하게 만드는 방법이다. 민주주의의 원칙 가운데 하나인 다수결의 원칙이 소수의 의견을 무시할 수밖에 없는 것이라면, 화백 제도는 소수의 사람들이 가진 의견을 존중한다는 점에서 뛰어난 제도이다.

6촌의 우두머리들이 모여 이렇게 회의를 하고 있을 때, 나정이라는 우물가에 이상한 기운이 퍼지고 하얀 말 한 마리가 무릎을 꿇고 절을 하고 있는 게 보였다. 사람들이 신기하게 생각하고 그곳을 찾아가자 하얀 말은 크게 한 번 울고 하늘로 날아갔다. 말이 있던 자리에는 자줏빛 나는 알이 하나 놓여 있었다. 현대에 발굴된 천마총의 벽에 이 하얀 말이 그려져 있어 그 모습을 확인할 수 있다.

사람들이 조심스럽게 알을 깨뜨리자 그 속에서 단정하게 생긴 남자 아이가 하나 나왔다. 아이를 동천이라는 샘물로 데리고 가서 깨끗이 씻기자 몸에서 빛이 났다. 더욱 놀라운 점은 새와 짐승들이 크게 기뻐하고 해와 달이 맑게 빛났다는 것이다. 이 아이가 바로 신라의 첫 번째 왕이 된 박혁거세이다.

혁거세가 박씨라는 성을 갖게 된 것은 알이 박처럼 생겼기 때문이라고 한다. 그러나 박이 '밝다'의 '밝'에서 나왔다는 주장도 있다. 혁거세는 '세상을 밝게 다스리는 왕'이라는 뜻이다. 여하튼 박혁거세라는 이름에는 세상을 밝게 다스려 주기를 기원하는 의미가 담겨 있다.

박혁거세는 신성하게 태어났듯이 훌륭한 사람으로 성장했다. 한편 6촌에는 세월이 흐르면서 사람들도 점점 늘어났고 개인이 해결하기 어려운 일들이 많이 생겨났다. 나라와 왕이 필요해진 것이다.

6촌의 촌장들은 다시 한 자리에 모여 왕을 세우기로 했다. 여러 가지 의견이 나왔지만 박혁거세를 왕으로 세우자는 데 모두 찬성했다. 이때 박혁거세의 나이는 열세 살이었다. 나라 이름은 서라벌이라고 정했다.

왕비가 된 알영도 신비롭게 태어났다. 어느 날 알영이라는 우물가에 계룡이 나타나 왼쪽 겨드랑이로 여자아이 하나를 낳았다. 근처에 있던 한 노파가 이 아이를 데려다 키웠다. 아이는 얼굴은 아름다웠지만 입이 닭의 부리처럼 뾰족했다. 이는 주몽의 어머니인 유화가 물의 신인 아버지 하백에게 쫓겨났을 때 입이 길죽하게 나왔던 것을 떠올리게 한다.

노파가 발천이라는 강에 데리고 가서 아이를 씻기자 비로소 부리가 떨어져 나갔다. 알영이라는 우물가에서 태어났다고 해서 이 여자아이에게 알영이라는 이름을 지어 주었다. 알영의 아름다움은 온 나라에 소문이 났고, 박혁거세는 알영을 왕비로 맞이했다. 이렇게 왕과 왕비가 모두 알에서 태어났다.

그런데 왜 박혁거세와 알영은 우물가에서 태어났을까? 그건 우물이 벼농사와 관련이 있기 때문이라고 생각된다. 농사에서 물은 반드시 필요한 것이니까. 박혁거세와 알영은 60여 년 동안 훌륭하게 나라를 다스렸다.

그런데 어느 날 하늘로 올라간 박혁거세는 다시는 돌아오지 않았다. 아니 몸만 돌아왔을 뿐이다. 그것도 다섯 토막으로 나뉘어 하늘에서 떨어졌다. 무슨 사연일까?

전하는 말에 따르면, 박혁거세에게는 총애하던 궁녀가 있었다. 하루는 그 궁녀가 박혁거세에게 하늘 구경을 하고 싶다고 졸랐다. 박혁거세는 나라를 다스릴 때 중요한 일이 있으면 하늘로 올라가 지시를 받는다는 걸 궁녀가 알았던 것이다. 박혁거세는 매정할 정도로 차갑게 거절했다. 땅에 사는 부정한 존재가 하늘로 올라갈 수는 없기 때문이었다. 다시 말하지만 하늘에 가기 위해서는 신성한 초대를 받아야 한다.

그런데 박혁거세가 총애한 궁녀는 스스로 호기심을 충족시키려고 했다. 그녀는 파리로 변신해서 박혁거세가 하늘로 올라갈 때 타고 가는 천마의 귓속에 숨었다. 하늘로 올라간 박혁거세는 날벼락을 맞았다. 하늘신이 내린 분노의 날벼락이었다. 부정한 존재를 하늘로 데리고 왔다는 것이 그 이유였다. 하늘신이 박혁거세에게 내린 벌은 영혼은 하늘에 두고 육체만 지상으로 내려가라는 것이었다. 그건 죽음과 다름없다. 영혼이 없는 육체가 어떻게 살겠는가?

오릉 박혁거세의 몸이 다섯 개의 무덤에 묻혔다. 경주.

신라 사람들은 조각난 박혁거세의 몸을 하나로 모아 무덤을 만들려고 했지만, 그때마다 뱀이 나타나 방해했기 때문에 어쩔 수 없이 따로따로 묻어 다섯 개의 무덤을 만들었다. 현재 경주에 있는 오릉이 그것이다.

하늘에 오르려는 욕망, 하늘을 날아오르는 말, 등에와 파리, 하늘의 징벌을 위의 두 이야기에서 찾을 수 있다. 하늘을 날고자 하는 욕망은 이렇게 고대로부터 늘 있어 왔으며, 근대에 들어서 비로소 라이트 형제에 의해 그 꿈이 이루어졌다. 그러나 비행기를 타고 가는 하늘은 눈에 보이지 않는 신들이 사는 하늘이 아니다. 그 하늘에 가 보고 싶다고? 그렇다면 신성한 초대를 기다려야 한다. 물론 절망은 없다. 그 꿈을 이룬 사람들이 적지 않으니까.

동서양 신화 속 환상 동물

신화 속에는 신비한 환상 동물이 많이 등장한다. 여러 동물의 특징을 하나로 섞어서 만드는 경우가 대부분이고, 기존의 무서운 동물을 변형시킨 경우도 있다. 그리스 신화에도 사람과 황소, 여자와 사자, 사람과 말, 개와 뱀 등이 결합된 환상 동물이 많이 나온다. 벨레로폰이 퇴치한 키마이라 같은 경우는 산양, 사자, 뱀이 합쳐졌다. 그리스 신화에서 이런 환상 동물들의 아버지는 백 개의 머리를 가진 티폰이다.

동양의 경우 사신(四神)이 대표적이다. 사신은 말 그대로 동서남북 네 방위를 다스리고 상징하는 신이다. 이 신들은 모두 환상 동물로 이루어져 있는데, 동쪽은 청룡이며 남쪽은 주작, 서쪽은 백호, 북쪽은 현무이다. 여기서 주작은 봉황이 변형된 것이며, 현무는 뱀과 거북이 합쳐진 환상 동물이다.

사신은 중국의 도교에서 나왔다고 하지만 정확하지는 않다. 오히려 고구려 벽화에 사신을 그린 뛰어난 사신도가 많이 남아 있다. ❖

죽음에서 삶을 발견하다

_ 오딘과 바리공주

세상의 이치가 그러하듯 죽어야 살 수 있다. 잘 이해가 안 된다면 이렇게 생각해 보자. 밤이 찾아오고 하루가 끝이 나야 새로운 하루가 시작되고 한 해가 지나가야 새로운 한 해가 시작된다는 것에는 모두 고개를 끄덕일 것이다. 또한 초등학교를 졸업해야 중학교에 갈 수 있고 마찬가지로 중학교를 졸업해야 고등학교에 갈 수 있다는 것에도 동의할 것이다.

흔히 시작이 있으면 끝이 있다고 말한다. 사람으로 비유하면 태어나는 것이 시작이고 죽는 것이 끝이라 할 수 있다. 그런데 신화에서는 그 문법이 조금 다르다. 그것은 다음과 같다.

"끝이 있어야 시작이 있다."

초등학교의 과정을 끝내야 중학교의 과정을 시작할 수 있다. 이렇게 보면 끝과 시작이라는 말은 다른 말이 아니다. 끝은 바로 시작이다. 끝이 난다는 건 무엇인가를 새로 시작한다는 말이다. 자, 우리 주위를 돌아보자. 끝과 시작이라는 말이 서로 다르지 않음을 금세 알 수 있을 것이다. 우리의 삶 또한 다르지 않다. 죽음 속에 삶이 있고 삶 속에 죽음이 있다. 이번에는 북유럽의 최고신인 오딘과 한국 신화의 바리공주를 통해 그 비밀의 문으로 들어가 보자.

북유럽 신화에 따르면 세상의 한가운데에는 엄청나게 큰 물푸레나무가 하나 있다. 그 이름은 이그드라실이다. 북유럽 신화의 주인공인 바이킹은 우주가 이그드라실 안에 있다고 믿었다. 이그드라실은 온 세상을 덮고 있는 우주나무이다.

그림으로 그려진 이그드라실을 보기 전에는 우주가 이그드라실 안에 들어가 있다는 말을 실감하지 못했다. 나무가 원이나 사각형 등의 공간이 아니기 때문에 우주를 나무 속에 넣는다는 것을 받아들이기 힘들었다. 그런데 그림을 보았을 때 씩 웃고 말았다. 신화가 시간과 공간을 초월한 것임을 깜빡 잊고 있었던 것이다. 그렇게 보면 이그드라실은 그대로 우주이며 우리의 세상이다. 우리의 세계를 이그드라실이라는 물푸레나무로 표현한 것뿐이다. 북유럽 신화의 최고신 오딘은 해변에 밀려온 물푸레나무로 남자를 만들었다. 그러면 여자는? 남자의 갈빗대로 만든 게 아니라, 느릅나무로 만들었다.

이그드라실의 뿌리, 곧 우주의 가장 깊은 곳에는 미미르라는 현명한 신이 지키는 샘이 하나 있다. 샘 옆에는 뿔로 만든 나팔이 하나 있는데, 세상의 마지막을 알리는 전투가 시작되면 전사들을 불러모으기 위해 이 나팔 소리가 우주로 퍼져 나갈 것이다.

그런데 이 샘의 물을 마시면 세상

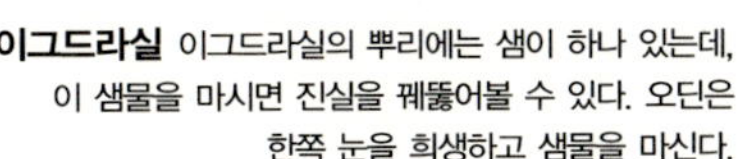

이그드라실 이그드라실의 뿌리에는 샘이 하나 있는데, 이 샘물을 마시면 진실을 꿰뚫어볼 수 있다. 오딘은 한쪽 눈을 희생하고 샘물을 마신다.

의 진실을 꿰뚫어볼 수 있는 힘을 얻게 된다. 세상에서 이 물을 마신 사람은 북유럽의 최고신인 오딘뿐이다. 물론 오딘이 공짜로 이 물을 마신 것은 아니다. 오딘은 눈이 하나밖에 없는 애꾸인데, 샘물을 마시기 위해 한쪽 눈을 희생했기 때문이다. 세상의 진실을 알기 위해 눈 하나를 내놓는 것은 충분히 그럴 만한 가치가 있는 일이 아닐까?

애꾸눈 오딘 어깨 위의 까마귀 후긴과 무닌은 날마다 공중으로 날아올랐다가 저녁이면 돌아와 세상일을 알려 준다.

룬 문자 오딘은 이그드라실에 거꾸로 매달려 아흐레를 지낸 뒤 북유럽의 고대어인 룬 문자를 읽을 수 있게 되었다.

눈 하나와 세상의 진실을 바꾼 오딘은 그것으로 만족하지 못했다. 오딘은 더 크고 깊은 지혜를 가지고 싶었다. 그가 선택한 것은 그 자체로 우주인 이그드라실이었다.

오딘은 이그드라실에 거꾸로 매달렸다. 그리고 창으로 스스로를 찔렀다. 자기의 삶을 바쳐 세상의 크고 깊은 지혜와 바꾸려고 했던 것이다. 오딘은 아흐레 동안 이그드라실에 거꾸로 매달린 채 비바람을 맞으며 지냈다. 그러고 나서 오딘은 다시 살아나 세상을 바라보았다. 비로소 신비로운 힘을 지닌 고대 북유럽 문자인 룬 문자를 이해할 수 있었다. 오딘은 기쁨에 넘쳐 나무에서 내려왔다. 이제 세상을 이해하는 열쇠를 손에 쥔 셈이었다.

이렇게 죽었다가 다시 살아난 오딘은 열여덟 가지 마법을 알게 되었다. 그때부터 오딘은 최고신이 갖추어야 할 힘과 능력을 얻었다. 열여덟 가지 마법이란 슬픈 자에게 위안을 주고 고통과 상처를 치유하는 마법을 비롯해서, 남들이 나를 해치지 못하게 하는 마법, 폭풍우를 잠재우는 마법, 불을 끄는 마법, 죽은 사람을 살려 내는 마법, 날아가는 화살을 잡는 마법, 죽은 사람과 이야기를 나누는 마법 등이다.

오딘이 힘을 얻은 것은 스스로 자기의 삶을 버렸기 때문이다. 죽음을 통해 힘을 얻었고 소생한 것이다. 죽음에서 부활했다는 점에서 예수도 다르지 않다. 이처럼 죽음 속에 삶이 있고 삶 속에 죽음이 있다.

바리공주 신화는 무당들이 부르는 아주 긴 이야기이지만 간단하게 줄이면 다음과 같다.

먼 옛날 불나국에 오구대왕과 길대 부인이 살았다. 오구대왕은 왕위를 물려줄 아들을 원했지만 연거푸 딸이 태어났다. 처음에는 좋아했지만 딸만 계속 태어나자 오구대왕은 화가 났다. 마침내 일곱째 공주가 태어나자 아기를 버리라고 명령했다. 왕비와 신하들이 반대했지만 왕의 결심을 바꾸지 못했다.

하는 수 없이 옥으로 만든 함에 아기를 담고 부모와 아기의 생년월일시를 적은 종이를 넣어 바다에 던졌다. 이 옥함을 발견한 사람은 아이가 없는 노부부였다. 노부부는 하늘이 아이를 내렸다고 생각하고 데려다 키웠다. 그리고 버려진 아이라는 뜻으로 '바리데기'라고 이름지었다. 아이는 총명하게 잘 자랐고 어느덧 열다섯 살이 되었다. 옛날에는 열다섯이면 어른이 되는 나이였다. 고대에는 통과의례를 치르는 나이가 열다섯 즈음이었다. 그래서 옛 이야기나 신화에서는 열다섯 살에 중요한 일이 많이 일어난다.

한편 오구대왕과 길대 부인은 무거운 병에 걸려 자리에 누웠다. 훌륭한 의사를 부르고 좋다는 약을 모두 써 보았지만 허사였다. 마지막으로 왜 병에 걸렸는지 신에게 물어 보았다. 신의 말을 전하는 점쟁이가 말했다.

"왕과 왕비가 병에 걸린 것은 막내딸을 버린 탓이지요. 이 병은 약으로 고칠 수 없고 서천서역국의 약수를 먹어야 낫습니다."

왕은 딸들을 불러서 누가 약
수를 떠 오겠냐고 물었다. 그
러나 곱게 자란 딸들은 아무도
서천서역국으로 가려고 하지
않았다. 그곳은 멀고도 먼 죽
음의 땅이기 때문이었다. 오구
대왕과 길대 부인은 죽음을 각
오했다. 그제야 오구대왕은 버
린 막내딸 생각이 났다. 눈에
서는 참회의 눈물이 주르륵 흘
러내렸다. 마지막으로 막내딸

바리데기 신화를 읊는 무당

의 얼굴이라도 보겠다며 신하들을 시켜 내다 버린 공주를 찾게 했다.

그 소식을 들은 노부부는 바리데기가 바로 왕이 간절하게 찾는 일곱
째 공주임을 알았다. 생년월일시가 같았던 것이다. 노부부는 바리데기
에게 사실을 털어놓았다. 바리데기는 노부부에게 그동안 키워 준 데 대
해 감사의 말을 하고 왕궁으로 찾아갔다.

오구대왕은 신하의 안내로 궁전에 들어선 바리데기를 보자 눈물부터
흘렸다. 궁전에 있던 사람들도 모두 아무 말도 하지 못하고 눈물만 훔쳤
다. 바리데기가 울먹이며 말했다.

"아버님, 어머님, 제가 왔습니다."

"너를 버리고 얼마나 마음이 아팠는지. 그래도 이렇게 어엿한 처녀로
자랐으니 기특하구나."

오구대왕과 길대 부인은 바리데기의 손을 잡고 잘못을 빌었다. 바리
데기는 처음 만난 부모님의 병이 깊은 것을 알고 크게 걱정을 했다. 서
천서역국의 약수를 먹으면 나을 수 있다는 걸 알게 된 바리데기는 자기

가 약수를 구해 오겠다고 나섰다. 오구대왕과 길대 부인은 극구 말렸지만 바리데기는 끝끝내 약수를 구하러 떠났다.

길을 모르는 바리데기는 무조건 서쪽으로 걸었다. 길을 알기 위해 검은 빨래를 희게 빨아 주고, 다리를 놓는 사람을 대신해 무쇠로 만든 아흔아홉 칸짜리 다리를 놓아 주고, 탑을 쌓는 노인을 위해 대신 탑을 쌓아 주고, 수건을 빠는 사람을 도와 검은 수건을 희게 빨아 주었다.

말이 쉽지, 바리데기가 한 일은 참으로 어렵고 고통스러운 일이었다. 그것은 바리데기가 진실로 서천서역국으로 가서 약수를 구할 수 있는지 어떤지를 알아보는 과정이기 때문이다. 무슨 일이든 그렇지만 쉽게 손에 넣으면 그 가치를 알 수가 없다. 영웅들은 모두 힘든 시련을 극복한 사람들이다. 바리데기가 많은 시련을 극복할 수 있었던 것은 부모님을 살리겠다는 간절한 마음을 가지고 있었기 때문이다.

마침내 바리데기는 장기를 두고 있는 두 사람을 만났다. 그런데 사실 그들은 석가와 아미타불이었다. 석가는 불교를 창시한 사람이고 아미타불은 불교의 천국에서 불법을 전하는 부처이다.

"너는 어떻게 여기까지 왔느냐?"

"저는 오구대왕의 막내딸입니다. 부모님의 병이 깊어 약수를 구하기 위해 서천서역국으로 가는 길입니다. 저를 불쌍히 여기신다면 길을 알려 주십시오."

"지금까지 온 길이 육로로 삼천 리이고 앞으로도 험한 길이 다시 삼천 리 남아 있는데 어찌 가려고 하느냐?"

바리데기가 대답했다.

"저는 죽기를 각오하고 있습니다. 부모님의 병을 고칠 약수를 얻을 수 있다면 삼천 리가 아니라 삼만 리라도 가겠습니다. 비록 도중에 죽는다고 해도 갈 것입니다. 부디 길을 알려 주십시오."

바리데기의 말에 두 부처는 크게 감동했다. 길을 알려 주었을 뿐만 아니라 위험한 지경에 이르면 쓰라고 꽃 세 송이와 금으로 만든 지팡이 하나를 주었다.

바리데기는 다시 삼천 리나 남은 서천서역국으로 떠났다. 거기서부터는 사람 사는 곳이 아니었다. 날카로운 칼이 삐죽 솟아 있는 칼산 지옥, 불길이 활활 타오르는 화산 지옥, 얼음이 꽝꽝 얼어 있는 한빙(寒氷) 지옥, 구렁이가 득시글거리는 구렁이 지옥, 뱀이 들끓는 뱀 지옥, 물이 넘실거리는 물 지옥, 한 치 앞도 보이지 않는 암흑 지옥 등을 지났다.

그곳에서는 이승에서 죄를 지은 영혼들이 고통을 받고 있었다. 눈알이 없는 사람, 팔다리가

바리공주 1800년대의 무신도.

없는 사람, 목이 없는 사람 등 보기만 해도 등골이 오싹한 영혼들이 바리데기의 옷자락을 붙잡으며 살려 달라고 외쳤다. 바리데기는 아미타불에게 얻은 꽃송이를 던지며 그들의 영혼을 위해 기도했다.

지옥을 지나자 이번에는 끝도 보이지 않는 강이 앞을 가로막았다. 그 강은 새의 깃털도 가라앉는 강이어서 배를 타고 건널 수가 없었다. 그때 부처가 준 황금 지팡이가 생각났다. 바리데기는 강에 지팡이를 던졌다.

그러자 신비로운 일이 일어났다. 강 위로 찬란한 무지개 다리가 만들어진 것이다.

강을 건너자 이번에는 키가 산처럼 크고 무섭게 생긴 남자가 길을 막았다. 남자는 자기가 무장승이라며 무엇 때문에 서천서역국에 왔는지를 물었다. 바리데기는 약수를 얻기 위해 왔다고 대답했다. 무장승은 약수 값을 요구했다. 하지만 바리데기는 빈손이었다. 무장승이 다시 말했다.

"삼 년 동안 나무를 하고 삼 년 동안 불을 때고 삼 년 동안 물을 길어 주면 약수를 주지."

바리데기는 약수를 얻기 위해 나무도 하고 불도 때고 물도 길었다. 무장승의 집은 앞에 우물이 있고 뒷동산에 꽃밭이 있어 바리데기가 자라던 곳과 비슷했다. 마침내 구 년의 세월이 지났다. 그러나 무장승은 약수를 주지 않았다. 다시 아들 일곱을 낳아 주어야 한다고 요구했다. 바리데기는 부모님의 병을 고칠 수 있는 약수를 얻기 위해 무장승과 결혼해서 일곱 명의 아들을 낳았다. 참으로 길고 힘든 세월이었다.

이쯤에서 시간에 대해 의아해할 수도 있겠다. 서천서역국을 찾아간 시간을 빼더라도 나무하고 불 때고 물 긷는 데 걸린 시간과 아들 일곱을 낳는 데 걸린 시간을 계산하면 벌써 수십 년이다. 그러나 신화 속의 시간은 우리의 시간과 다르다. 신선들이 두는 바둑을 구경하고 왔더니 인간 세상에서는 이미 수백 년이 지났다는 옛 이야기도 있다. 그것은 신화가 시간과 공간을 뛰어넘기 때문이다.

여하튼 아들 일곱을 낳은 뒤 하루는 무장승이 말했다.

"부인, 꽃구경이나 갑시다."

바리데기는 한가로이 꽃구경을 할 마음이 아니었다. 하루빨리 약수를 얻어 부모님 곁으로 가고 싶었다. 무장승은 바리데기의 표정을 살피더니 크게 웃음을 터뜨렸다.

“부인, 우리가 늘 길어 먹던 그 물이 바로 약수요. 뒷동산에 피어 있는 꽃이 숨살이, 뼈살이, 살살이 꽃이요. 이것들을 모두 가지고 가야 부모님을 살릴 수가 있을 거요.”

무장승은 약수뿐 아니라 부모님을 살릴 수 있는 세 송이의 꽃을 주었다. 바리데기가 부모님이 계신 불나국으로 돌아가는 길은 힘들지 않았다. 이미 온갖 고난과 역경을 극복했기 때문이다. 우리의 삶에서도 마찬가지이지만 자기에게 닥친 어려움과 시련을 극복했을 때 예전의 나와 다른 사람이 된다. 그래서 신화에서는 의례가 중요하다. 통과의례를 거치면 다른 사람이 되는 것이다. 예를 들면, 성인식은 어린아이인 나를 버리고 어른이 되는 의례이다. 이 의례를 거치면 더 이상 아이가 아니다.

바리데기가 불나국으로 돌아왔을 때 통곡 소리가 들렸다.

“불쌍한 오구대왕, 버렸던 아이 바리공주가 서천서역국으로 약수를 구하러 떠났는데, 약수도 마시지 못하고 세상을 떠났다네.”

이미 바리데기의 부모님은 세상을 떠나 장례 행렬이 지나가는 중이었다. 바리데기는 얼른 장례 행렬을 멈추게 하고, 먼저 살살이 꽃과 뼈살이 꽃을 대서 살과 뼈를 되살렸다. 그 다음 숨살이 꽃을 대자 오구대왕과 길대 부인은 긴 한숨을 내뱉으며 자리에서 일어났다. 그리고 바리데기가 얻어 온 약수를 마셨다.

되살아난 오구대왕은 크게 감격하며 바리데기, 아니 이제는 공주가 된 바리공주에게 소원을 물었다. 원한다면 나라도 재산도 다 주겠다고 말했다. 그러나 바리공주는 아무것도 원하지 않았다.

“저는 나라도 재물도 다 싫어요. 약수를 구하기 위해 서천서역국으로 가면서 고통받는 불쌍한 영혼들을 많이 만났습니다. 어찌나 슬프던지요. 저는 그 사람들을 위하는 사람이 되려고 해요.”

그리하여 바리공주는 죽은 사람이 고통받지 않고 죽은 자의 나라로

갈 수 있도록 인도하는 사람이 되었다.

바리공주는 진정한 영웅이다. 자기를 버린 부모를 원망하지도 않고 오히려 부모를 위해서 죽음의 땅인 서천서역국으로 갔다. 그 길에서는 상상할 수 없을 정도로 힘들고 고통스러운 일이 기다리고 있었지만 모두 이겨 냈다. 처음에는 부모를 위해 죽음의 길을 떠났지만, 죽어서 고통받는 사람들을 알게 되면서 그들의 아픔과 슬픔을 덜어 주기 위해 스스로 무당이 되었다. 그리스 신화 등에서 본 것처럼 영웅들이 새로운 모험을 떠나지 않고 몰락한 것과 달리, 바리공주는 새로운 부름에 자기 몸을 맡겼다. 죽음을 통해 삶을 이해하고, 그럼으로써 사람들을 고통과 슬픔에서 구원하는 힘든 일을 스스로 맡은 바리공주야말로 진정한 영웅이며 이 시대에도 여전히 필요한 사람임을 새삼 되새기게 된다.

무당들의 노래, 무가

우리나라 신화는 크게 둘로 나눌 수 있다. 하나는 책에 기록된 신화이다. 가장 대표적인 책을 꼽는다면 『삼국유사』이다. 다른 하나는 입으로 전해진 신화이다. 이때 신화를 전한 사람은 다름 아닌 무당이다. 무당은 종교로 말하자면 목사나 신부, 중과 같은 사제의 역할을 맡은 사람이었다.

무당이 부르던 노래를 흔히 무가라고 한다. 그러나 이들의 노래가 신에 대한 이야기임을 생각하면 신가(神歌)라 해야 한다. 신에 대한 이야기를 신화라고 하는 것처럼 말이다. 교회나 절에서 의식을 치르듯이 무당들은 굿을 한다. 무가는 바로 굿판에서 신을 부르면서 그 신의 내력이나 신에 얽힌 이야기를 담아 부르는 노래이다.

바리공주는 권력과 재물을 주겠다는 아버지의 제안을 뿌리치고 스스로 무당이 되었다. 다시 말해 바리공주는 굿을 통해 죽은 사람과 살아 있는 사람을 화해시키고 죽음과 삶을 이어 주는 사람이 된 것이다. ❖

삶과 죽음을 다스린다

_ 북두칠성과 남두육성

앞에서 죽음과 삶이 어떻게 만나는지를 보았다. 그렇다면 실제로 삶과 죽음을 누가 어떻게 다스리는지 살펴보자. 한국 신화에서 태어날 아이를 점지하고 세상으로 내보내는 일은 삼신할미가 맡는다. 아이가 태어나면 집안의 조상신과 집을 지키는 여러 신들이 아이를 지킨다(집의 신에 대해서는 뒤에서 살펴본다). 그리고 사람이 죽으면 저승으로 가게 되는데 그곳에는 시왕(저승에서 죽은 사람을 재판하는 열 명의 대왕)이 있어 판결을 한다. 시왕 가운데 우리에게 가장 친숙한 신은 바로 염라대왕이다.

그런데 서양에서든 동양에서든 별이 사람의 운명을 좌우한다는 믿음이 있었다. 서양의 경우에 그리스의 철학자 플라톤을 따르던 학파는 인간이 태어날 때 그 영혼이 천국에서 내려오는 출구가 있는데 그것이 프레세페 성단이라고 믿었다. 프레세페 성단은 게자리의 중심에 있다. 프레세페는 '구유'라는 뜻이며 서양에서는 벌집이라고도 한다. 프레세페 성단이 많은 별로 이루어져 있다는 것을 처음으로 관측한 사람은 갈릴레이였다. 이전에는 프레세페 성단을 구름처럼 생긴 하나의 천체로 생각했다. 그렇기 때문에 갈릴레이 이전 시대 사람들은 날씨를 예측하는 데도 프레세페 성단을 이용했다고 한다.

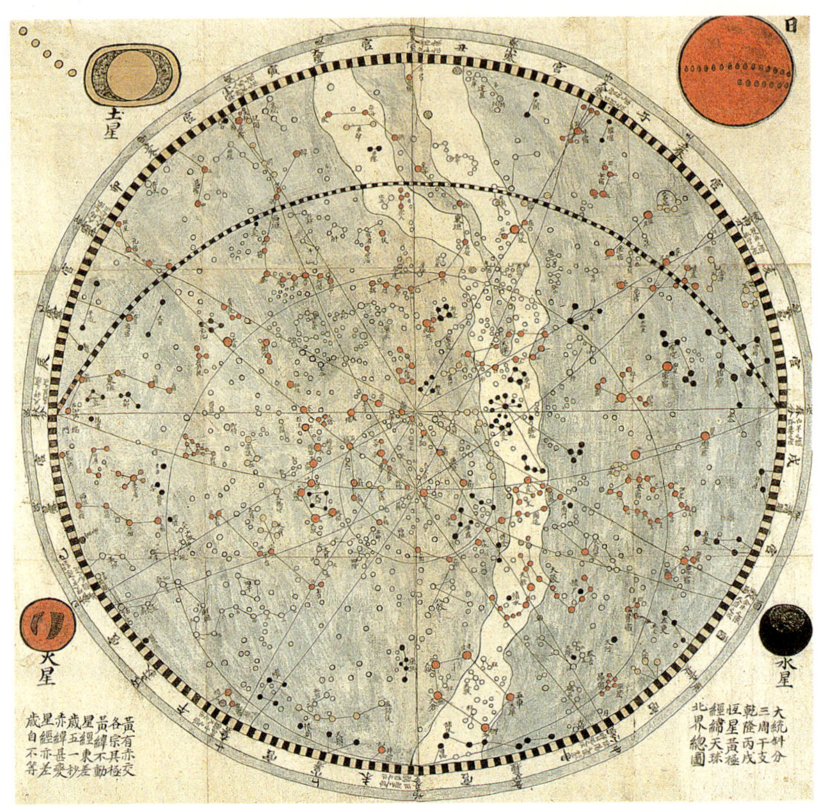

옛 천문 지도 옛 사람들은 별을 보며 인간의 삶과 죽음의 이치를 생각했다. 국립민속박물관 소장.

한편 중국에서는 프레세페 성단을 시체의 무더기라고 하며 매우 불길한 것으로 이해했다. 중국의 별자리에서 프레세페를 둘러싼 별들은 귀수(鬼宿, 천구를 황도에 따라 28등분 한 것 가운데 스물셋째에 해당하는 별자리)에 속한다. 그렇다면 중국에서는 어떤 별이 사람의 삶과 죽음을 관장한다고 믿었을까? 그것은 바로 북두칠성과 남두육성이다.

중국에서는 궁수자리에서 활과 켄타우로스의 가슴을 연결하는 국자 모양의 여섯 별을 남두육성이라 했다. 남두육성은 북두칠성의 국자를 축소해 놓은 것처럼 보이는데, 그래서 젖이 흐르는 강인 은하수의 젖을 뜨는 국자라는 별칭을 가지고 있다. 천문학에서는 켄타우로스가 겨누고 있는 화살의 방향을 따라가면 은하계의 중심이 나온다고 한다.

우리나라의 전통적인 종교에서는 북두칠성을 신으로 섬겼다. 옛날 할머니들이 흔히 '칠성님'이라고 말하는 게 바로 북두칠성이다. 그래서 굿을 하는 무당의 신당에 가 보면 고깔을 쓴 일곱 명의 얼굴이 그려진 무신도를 볼 수 있다. 무신도는 무당들이 섬기는 신을 그려 놓은 그림이다. 절에 가면 칠성각이라는 전각이 더러 있는데, 이곳도 칠성, 그러니까 북두칠성을 모시고 소원을 비는 곳이다. 칠성의 이름은 탐랑성, 거문성, 녹존성, 문곡성, 염정성, 무곡성, 파군성이다. 이 가운데 파군성은 『삼국지』에서 제갈공명의 죽음과도 연관이 있는 별이다. 제갈공명은 자기의 수명을 늘리기 위해 기도를 하다가 파군성이 붉게 타오르는 것을 보고 자기의 죽음을 직감했다. 바로 그때 위연이라는 장군이 문을 열고 들어왔는데 그 바람에 촛불이 꺼지고 제갈공명은 피를 토하고 쓰러졌다. 파군성은 군사를 주관하는 별로, 그를 상대로 전쟁을 하거나 승부를 걸게 되면 반드시 패한다는 말이 전한다.

북두칠성과 남두육성을 만난 사람들   중국에 관로라는 유명한 점쟁이가 살았다. 그는 과거의 일이건 미래의 일이건 모두 알 수 있는 사람이었다. 어느 날 관로가 말을 타고 시골길을 터벅터벅 지나다가 문득 밭에서 일하는 소년의 얼굴을 보고 혀를 차며 중얼거렸다.

"불쌍한 것."

그 말을 들은 소년이 이유를 물었다.

"너의 얼굴을 보니 스무 살을 넘기지 못하고 죽겠구나."

관로의 말을 듣고 깜짝 놀란 소년은 아버지에게 달려가 그 사실을 알렸다. 아버지는 아들을 앞세우고 저만치 가고 있는 관로에게 뛰어갔다.

칠성도 북두칠성은 도교, 불교, 무속에서 다양한 모습으로 등장한다. 국립민속박물관 소장.

그리고 바닥에 엎드려 눈물을 흘리며 아이를 살려 달라고 사정했다. 관로는 아이가 불쌍했지만 함부로 하늘의 비밀을 누설할 수는 없었다.

"나는 점을 치는 사람일 뿐이지, 수명을 늘리거나 줄이지는 못 하오. 그것은 인간의 힘으로 할 수 있는 일이 아니니 돌아가시오."

그러나 아들과 아버지는 관로의 옷자락을 잡고 늘어졌다. 생사가 달린 일이었기 때문이다. 관로는 자기가 실수를 했다는 것을 알았지만 이미 엎질러진 물이었다. 하는 수 없이 그들에게 방법을 가르쳐 주었다.

"훌륭한 술 한 항아리와 맛있는 고기를 준비해서 당신네 밭 끝으로 가 보시오. 거기 큰 뽕나무가 있고, 그 아래서 신선 둘이 바둑을 두고 있을 거요. 당신들은 아무 말 없이 술과 고기를 권하시오. 신선들이 뭐라고 해도 대꾸하지 말고 그저 절만 하면 될 거요."

그 이야기를 들은 아버지와 아들은 곧바로 향이 좋은 술과 맛있는 사슴 고기를 준비해서 뽕나무 아래로 가 보았다. 그곳에는 관로가 말한 대로 두 신선이 마주 앉아, 누가 왔는지도 신경 쓰지 않고 바둑에만 열중하고 있었다. 아버지와 아들은 관로가 가르쳐 준 대로 아무 말 없이 고기와 술을 내놓았고, 신선들은 바둑을 두면서 술을 마시고 고기를 먹었다. 어느덧 저녁 무렵이 되자 북쪽에 앉아 있던 신선이 그제야 누군가 주위에 있다는 것을 알아차리고 무서운 얼굴로 말했다.

"이곳에서 뭘 하는 거지? 저쪽으로 가거라."

아버지와 아들은 아무 말도 하지 않고 계속해서 절만 했다.

"이제까지 잘 먹고 마셨으면서 그렇게 무섭게 굴 건 뭐 있누?"

남쪽에 앉은 신선이 이렇게 말하고 나서 웃으며 덧붙였다.

"마음껏 먹고 마셨으니 사례도 해야겠지."

북쪽에 앉은 신선은 그제야 아이의 얼굴을 물끄러미 보았다.

"이 아이의 수명은 태어나기 전부터 결정되어 있었기 때문에 이젠 어

쩔 수 없어."

북쪽에 앉은 신선이 여전히 무서운 얼굴로 말했다.

"그렇다면 좀더 조사를 해 볼 터이니 장부 좀 빌려 주게."

남쪽에 앉은 신선이 이렇게 말하자, 북쪽 신선은 마지못해 낡은 장부를 남쪽 신선에게 건네주었다. 남쪽 신선은 장부를 이리저리 넘기며 열심히 뭔가를 찾았다.

"이것도 아니고……. 아, 여기 있군."

남쪽 신선이 장부에서 소년의 이름을 찾아 냈다.

"흐흠, 수명이 십구(十九) 세로군. 그럼 이렇게 하면 되겠군."

그 말과 함께 십(十)과 구(九)를 바꾼다는 표시를 했다.

"이제 이 아이는 구십(九十) 세까지 살 수 있을 게야."

북쪽 신선도 하는 수 없다는 듯 너털웃음을 터뜨렸다.

아버지와 아들은 그길로 돌아와 관로를 찾아가서 자기들이 본 것을 그대로 이야기했다.

"흐흠, 북쪽 신선은 북두칠성이고 남쪽 신선은 남두육성이요. 북두칠성은 죽음을 관장하고, 남두육성은 삶을 관장하지요. 여하튼 잘 됐소."

관로는 그 말을 남기고 어디론가 사라져 버렸다.

별을 보며
영원을 꿈꾸다

중국에서 사람이 죽으면 머리를 북쪽으로 향하게 하는 것도 북두칠성이 죽음을 관장한다는 믿음에서 나온 것이다. 또 우리나라에서

수성도(壽星圖) 삶을 관장하는 남두육성을 그린 것이다. 국립민속박물관 소장.

칠성판 죽음을 관장하는 별인 북두칠성을 본떠 만들었으며, 관 바닥에 깔았다.

북두칠성의 모양을 본떠서 일곱 개의 구멍을 내어 만드는 칠성판(七星板)도 이와 관계가 있다. 칠성판은 관의 바닥에 까는데, 이는 도교의 영향이다.

북두칠성의 모양에 대한 생각은 민족마다 다르다. 아메리카 원주민과 그리스인들은 곰이라고 생각했고, 이집트에서는 북두칠성과 별들을 소와 누워 있는 인간, 악어를 등에 진 하마의 행렬로 보았다. 영국에서는 농부의 마차나 쟁기로 보았고, 아라비아에서는 관이라고 보았다.

북두칠성의 일곱 개 별 가운데 미자르라는 별 옆에, 말을 탄 사람이라는 뜻을 가진 작은 별이 하나 바짝 붙어 있다. 로마 시대에 병정을 뽑을 때 시력 검사에 사용했다는 이 별은 눈이 나쁜 사람은 볼 수가 없다. 이렇게 가까이 인접해 있는 별을 이중성(二重星)이라고 한다.

북두칠성은 북반구에서 볼 때 북극을 중심으로 커다란 원을 그리며 하루에 한 바퀴를 돈다. 이러한 별을 주극성(周極星)이라고 한다. 이것도 우리의 눈으로 볼 때 그렇다는 말이다. 지구도 자전과 공전을 하며 매우 빠른 속도로 태양 주위를 돌고 별들도 저마다 정해진 속도와 정해진 방향으로 움직이고 있기 때문에, 북두칠성의 모양은 옛날부터 끊임없이 변해 왔다. 다만 우리 인간의 수명이 채 100년도 되지 않기 때문에 그 변화를 알아차리지 못할 뿐이다. 고대 사람들은 이처럼 인간의 삶이 지극히 짧기 때문에 영원히 변하지 않는 듯한 별과 별자리에 우리의 삶과 죽음을 의탁했는지도 모른다.

비슈누의 화신, 나의 화신

_ 아바타

사이버 공간에서 자기를 표현하기 위해 흔히 쓰이는 아바타(avatar)는 인도 신화에서 유래를 찾을 수 있다. 아바타를 꾸미기 위해 청소년들이 많은 돈을 들이기도 하는데, 충분히 이해할 수 있다. 아바타는 또 다른 나를 표현하는 일이기 때문이다. 그것은 직접 멋진 옷을 입고 아름답게 몸을 치장하는 것과 다르지 않다.

아바타는 화신(化身)이라는 뜻의 고대 인도어 아바타라에서 나온 말이다. 화신이란 신이 인간으로 모습을 바꿔 세상에 나타나는 것을 뜻한다. 그러니까 우리가 신은 아니지만 사이버 공간에서 자기가 원하는 모습으로 자유자재로 바꾼다는 의미에서 아바타라는 이름을 붙인 것이다.

신화에서 신이 모습을 바꿔 인간 세상에 나타나는 일은 흔하다. 신화 시대에 신들은 빈번하게 인간의 모습을 하고 이 땅에 나타났다. 한국 신화에서도 하늘의 신 환웅이 인간의 모습을 하고 땅 위에 내려온다.

인도 신화를 대표하는 신은, 이 세상을 창조하는 브라흐마, 세상을 유지하는 비슈누, 그리고 세상을 파괴하는 시바이다. 그러니까 이 세 신은 우주의 원리를 표현한다고 할 수 있다. 이 우주의 원리를 우리의 삶에 적용시키면 태어나서 살다가 죽음을 맞이하는 과정과 똑같다. 이들 가운데 비슈누는 열 가지 모습으로 세상에 나타났다. 그것이 바로 비슈누

브라호마 우주의 창조신. 머리가 넷으로, 세계를 네 방향에서 굽어본다(왼쪽). **시바** 파괴의 신이자 악한 자에게 벌을 주는 무서운 신이지만, 수호신이기도 하며 춤과 음악을 즐긴다(가운데). **비슈누** 세상을 유지하고 균형을 잡는다(오른쪽).

의 화신, 곧 아바타라이다. 비슈누는 땅과 하늘의 질서를 뒤엎는 악마가 나타날 때마다 출현해 세상을 구원하는데, 그것은 비슈누가 세상을 유지하는 역할을 하는 신이기 때문이다. 열이면서 하나이고 하나이면서 열인 비슈누의 아바타를 살펴보자.

물고기 회신

성경의 노아에 해당하는 인물이 힌두교에도 있는데, 그의 이름은 마누이다. 마누가 어느 날 손을 씻기 위해 물을 떠 왔다. 그런데 물 속에서 무슨 소리가 들려 깜짝 놀라 들여다보니, 아주 작은 물고기가 말을 하고 있는 게 아닌가. 그것은 비슈누가 몸을 바꿔 나타난 것이었다. 물고기는 얼마 후 일어날 홍수에 대해 전한 다음, 자기를 구해 주면 자기도 마누를 구해 주겠다고 제안했다.

마누는 물고기를 물병에 따로 넣어 두었다. 그런데 물고기는 금방 자라 물병에 넣어 둘 수가 없게 되었다. 마누는 물고기를 물통에 옮겨 넣었다. 하지만 그 역시 금방 차고 넘쳤다. 하는 수 없이 마누는 호수로 물고기를 가져가 풀어 주었다. 그러나 물고기는 계속 자라 호수도 좁아졌다. 마침내 마누는 물고기를 바다에 풀어 놓았다.

물고기 화신

"이제 곧 홍수가 닥칠 거예요. 배를 만드세요."

마누는 물고기가 시키는 대로 배를 만들었다. 물고기의 말대로 이내 홍수가 일어났고, 마누는 배를 타고 물 위를 정처 없이 떠돌았다. 그때 그 물고기가 나타나 밧줄로 자기 뿔에 배를 묶어서 어디론가 끌고 가기 시작했다. 그렇게 해서 닿은 곳이 히말라야 산맥의 꼭대기였다. 히말라야 산맥도 반 이상 물에 잠겨 있었다.

그곳에서 마누는 세상의 물이 빠지기를 기다렸다. 물이 빠지자 땅 위에는 마누 말고는 아무도 남아 있지 않았다. 그는 정화된 버터와 발효시킨 우유 따위 제물을 하늘에 바치면서 자손을 내려 달라고 기도했다. 그렇게 일 년이 지나자 제물 속에서 여자가 하나 나왔다. 그녀의 발자국에는 버터가 고여 있었다. 신들이 그녀를 보고 서로 차지하려고 했으나 그 여자는 자기가 마누의 딸이라고 하면서 마누에게로 갔다. 그리고 둘이 함께 신들에게 제물을 바쳤다. 그 후 마누와 여자는 결혼해서 지금의 인류를 낳았다. 마누의 이야기는 세계적으로 널리 퍼져 있는 홍수 신화 중 하나이다.

거북 화신

아직 신들이 죽음에서 놓여나지 못했을 때의 일이다. 신들은 죽지 않는 방법을 찾기 위해 창조신인 브라흐마에게 상의를 했지만, 비슈누를 찾아가 보라는 말만 들었을 뿐이다. 신들이 비슈누를 찾아가자 그는 다음과 같이 말했다.

"우유의 바다를 저어서 거기서 나온 불사의 음료인 암리타를 마셔라. 그것을 마시면 결코 죽음에 이르지 않을 것이다."

신들은 우유의 바다를 저으려고 했지만 바다가 너무 넓었다. 바다를 저을 막대기조차 구할 수가 없었다. 그러자 비슈누는 만다라 산을 뒤집어서 저으면 된다고 일러 주었다. 신들은 형제인 악마들과 함께 만다라 산을 뒤집어 저었다. 신과 악마는 원래 아버지는 같지만 어머니가 다른 이복형제였다. 그런데 또다른 문제가 생겼다. 바다 밑바닥에 구멍이 뚫리고 산이 가라앉으려고 했다. 이를 해결한 것은 비슈누였다.

비슈누는 거북으로 변해서 바다에 숨어들었다. 그러자 밑바닥의 물은 우유 상태로 변하고 여러 가지가 그곳에서 태어났다. 처음 나온 것은 살아 있는 모든 생명체의 어머니인 암소였다. 다음으로 술의 여신 바루니가 나타났고, 행운의 여신 락슈미가 나타났다. 그리고 마침내 의술의 신인 단완타리가 손에 항아리를 들고 나타났다. 항아리에는 마시면 영원히 죽지 않는 음료가 들어 있었다.

신들과 악마들은 서로 불사의 음료를 마시려고 싸웠는데, 악마가 이

겨서 항아리를 차지했다. 만약 악마들이 음료를 마시면 신들에게는 큰 위험이 닥칠 순간이었다. 그때 아름다운 여인 모히니가 나타났다. 비슈누가 이번에는 여인으로 모습을 바꾼 것이다. 모히니는 악마들에게 다가가 불사의 음료를 공평하게 나누어 주겠다며 항아리를 빼앗았다. 악마들은 여인의 아름다움에 홀려 순순히 항아리를 내주고 말았다.

모히니는 신들에게 불사의 음료를 나누어 주었다. 그런데 신들 사이에 악마의 하나인 라후가 숨어 있다가 한 모금을 마셨다. 해와 달이 그것을 발견하고 비슈누에게 알렸고, 비슈누는 원반을 던져 라후의 목과 손발을 잘랐다. 하지만 이미 음료를 마셨기 때문에 라후의 머리는 영원히 죽지 않게 되었다. 그 후 라후는 틈만 나면 자기를 고자질한 해와 달을 삼켰다. 인도에서는 일식과 월식이 라후 때문에 생긴다고 전해 오고 있다.

멧돼지 화신 히라니야크샤라는 이름을 가진 악마가 브라흐마 신에게 끊임없이 희생제를 지내면서 오랫동안 수행을 했다. 이에 감동한 브라흐마가 그의 앞에 나타나서 소원을 물었다. 악마는 신이나 인간, 그리고 동물에 의해서도 절대로 죽지 않는 힘을 달라고 했다. 그러나 그는 동물의 이름을 하나하나 열거하면서 멧돼지의 이름을 빠뜨리고 말았다.

강한 힘을 얻은 악마는 그때부터 신과 인간을 차례로 정복하기 시작했다. 악마는 점점 더 오만해지고 흉포해졌다. 심지어 브라흐마가 잠에 빠져 있을 때 신성한 경전인 베다까지 훔쳤다. 또한 악마는 사람들이 살고 있는 땅을 바닷속으로 던졌다. 견디다 못한 신들과 사람들은 비슈누를 찾아가 도움을 청했다. 비슈누는 명상을 통해, 악마가 브라흐마 신에게 말할 때 멧돼지를 빠뜨렸다는 걸 알았다.

비슈누는 멧돼지로 변신해 악마
와 싸우기 시작했다. 악마는 브라
흐마로부터 받은 힘, 그러니까 어
떤 신이나 인간, 동물도 자기를 해
치지 못한다는 그 힘을 믿고 멧돼
지와 맞섰다. 싸우는 도중 악마는
자기가 소원을 말할 때 멧돼지의
이름을 빠뜨렸음을 깨달았지만 때
는 늦었다. 이미 멧돼지의 날카롭

고 무시무시한 이빨이 몸을 꿰뚫었기 때문이다.

멧돼지는 악마를 쓰러뜨리고 재빨리 바닷속으로 들어가 이빨에 육지
를 걸어 끌어올렸다. 이로써 세상에는 다시 평화가 찾아왔다.

나르싱하 화신　히라니야크샤에게 히라니야카시푸라는 형제가 있었
다. 둘 다 원래 비슈누 신의 문지기였는데, 잘못을 저
질러 그 벌로 악마로 태어났다. 히라니야카시푸도 힘든 고행을 해서 브
라흐마로부터 신이나 인간, 그리고 어떤 동물에게도 죽음을 당하지 않
는 힘을 얻었다. 악마는 힘을 얻자마자 곧바로 신의 세계로 달려가 싸움
을 걸었다. 신들은 아무리 해도 그를 죽일 수가 없었다. 마침내 악마는
신들의 왕 인드라까지 물리치고 세계의 왕이 되었고, 모두 그 앞에 무릎
을 꿇을 수밖에 없었다.

그러나 히라니야카시푸의 아들 프라흐라다는 아버지의 말을 따르지
않았다. 프라흐라다는 아버지의 적인 비슈누를 섬겼다. 그래서 아버지
는 아들을 죽이려고 했다. 그는 자객을 보내기도 하고 맹독을 가진 뱀을
보내기도 했으며, 장작을 쌓아 놓고 태워 죽이려고도 했지만, 비슈누의

나르싱하 화신

보호를 받는 아들은 상처 하나 입지 않았다. 또 높은 절벽에서 떨어뜨리기도 하고 바다 깊숙한 곳에 빠뜨리기도 했으나 죽기는커녕 아들은 나날이 힘이 강해졌다.

악마는 마지막으로 아들에게 비슈누가 어디에 있느냐고 물었다. 아들은 세상 어디에나 비슈누가 있다고 대답했다. 화가 난 악마가 옆에 있던 기둥을 힘껏 치자 기둥이 둘로 갈라지면서 몸의 반은 사람이고 반은 사자인 나르싱하가 나타났다. 악마는 자신 있게 나르싱하와 맞섰다. 세상의 그 어떤 신이나 인간, 동물도 자기를 해칠 수 없다고 생각했기 때문이다. 그러나 나르싱하는 신도 아니고, 인간도 아니며, 그렇다고 동물도 아니었다. 악마가 그 사실을 깨달았을 때는 이미 사자의 발톱과 이빨이 그의 몸을 갈기갈기 찢었을 때였다. 이렇게 해서 신들의 나라는 다시 평화를 찾았다.

난쟁이 화신 프라흐라다의 손자인 발리는 강한 힘을 얻기 위해 엄격한 수행을 하면서 신에게 희생제를 지냈다. 노력이 헛되지 않아 그는 강한 힘을 지니게 되었고, 곧 악마들의 왕이 되었다. 그런 다음 발리는 신들과 싸워 이겨 신들의 나라와 지상을 모두 다스리는 최고의 왕이 되었다.

신들의 왕인 인드라는 비슈누를 찾아가 자기의 자리를 되찾게 해 달라고 빌었다. 비슈누는 인드라의 청을 듣고 브라만 사제의 아들로 태어났는데 난쟁이였다. 난쟁이는 발리를 찾아가 자비를 요청했다. 그때 발

리 옆에 있던 사제는 난쟁이가 비
슈누임을 알아보고 발리에게 조심
하라고 귀띔했지만, 자기의 힘을
과신한 발리는 사제의 말을 무시
했다. 발리는 거만한 태도로 원하
는 것을 말하라고 했다. 난쟁이가
말했다.

　"제가 세 걸음을 걸을 만큼의
공간을 주십시오."

　발리는 난쟁이의 모습을 보고 크게 비웃으며 수락했다. 그러자 난쟁
이는 비슈누의 모습으로 변했다. 그가 두 걸음을 걷자 이미 하늘과 땅을
모두 걸었고, 마지막 걸음으로 당황해하는 발리의 머리를 밟아 지옥으
로 밀어넣었다. 이렇게 해서 땅과 하늘은 평화를 되찾게 되었다.

파라슈라마 화신　파라슈라마는 성자인 자마다그니의 막내아들로 태어
났다. 자마다그니는 아내가 악마의 꾐에 넘어가 부정
을 저지르자 아들들에게 어머니의 목을 치라고 명령했다. 네 아들이 아
버지의 명령을 거절했다. 그러자 자마다그니는 그들을 바보로 만들었
다. 막내인 파라슈라마는 아버지의 명령에 따라 도끼로 어머니의 목을
베었다. 그러고 나서 아버지에게 어머니를 살려 내어 과거에 부정을 저
지른 기억을 지울 것과 형제들을 다시 원상태로 만들어 줄 것을 부탁했
다. 자마다그니는 그 부탁을 들어주었다.

　한 번은 신들의 도움으로 천 개의 팔을 갖게 된 크샤트리아 계급의 왕
이 자마다그니의 집 앞을 지나가다가 무엇이든 나오게 할 수 있는 소를
몰래 훔쳤다. 이를 알게 된 자마다그니는 뛰어난 능력을 발휘해서 왕을

죽이고 소를 되찾아 왔다. 그러나 피는 피를 부르는 법이다.

아버지가 자마다그니에게 살해된 것을 안 왕자가 밤에 몰래 찾아가 잠들어 있는 자마다그니를 죽였다. 비록 원수를 갚은 것이었으나, 사제 계급인 브라만을 죽인 것은 큰 죄악이었다. 이를 알게 된 파라슈라마는 크샤트리아 계급과 전쟁을 벌였다. 잘 알다시피 인도에는 네 계급이 있는데, 성직자인 브라만, 귀족과 전사 계급인 크샤트리아, 평민인 바이샤, 노예 계급인 수드라가 그것이다. '도끼를 든 라마'라는 뜻의 파라슈라마는 스물한 번의 전투로 크샤트리아를 전멸시키고야 말았다.

라마 화신

머리가 열 개이며 무서운 힘을 가진 라바나 형제는 누구보다 고된 수행을 했다. 특히 라바나는 엄청난 고행을 했다. 만 년 동안 아무것도 먹지 않았고 천 년마다 자기의 머리를 하나씩 제물로 바쳤다. 마침내 열 번째 머리를 바치려고 할 때 브라흐마가 나타나 소원을 물었다. 라바나는 전쟁에서 신이나 악마에게 패하지 않게 해 달라고 빌었다. 브라흐마는 소원을 이루게 해 주었을 뿐만 아니라 제물로 바친 아홉 개의 머리도 돌려주었다.

강력한 힘을 갖게 된 라바나는 곧바로 악마와 신들을 상대로 싸움을 벌였다. 오랜 전투에서 수많은 신과 악마가 희생되었다. 라바나는 죽음의 나라에서 전투를 벌이기도 하고, 심지어 비슈누와도 싸웠다. 비슈누는 브라흐마가 약속을 지키기 위해 개입을 하자 라바나를 살려 둘 수밖

에 없었다. 신들의 세계는 라바
나 때문에 큰 혼란에 빠졌다.
그제야 브라흐마도 자기가 한
약속 때문에 일어난 혼란에 대
해 책임을 느꼈다. 신들은 신이
나 악마가 그를 죽일 수는 없고
인간만이 그를 죽일 수 있다는
결론을 내렸다.

비슈누는 자기의 신성을 쪼
개어 네 명의 아들로 태어났다. 그 가운데 하나가 라마였다. 하루는 라
바나의 여동생이 라마를 보고 한눈에 반해 이미 결혼한 라마에게 사랑
을 고백했다. 그 과정에서 다툼이 생겨 라바나의 여동생은 얼굴에 큰 상
처를 입었다.

그리하여 라바나와 라마의 싸움이 시작되었고, 이미 예정되어 있던
대로 라바나는 라마의 편을 든 원숭이에게 져 비참한 최후를 맞이했다.
라마의 이야기는 〈마하바라타〉와 함께 인도의 2대 서사시로 꼽히는 〈라
마야나〉에 나오는 이야기이다. 〈라마야나〉는 인도 사람들이 가장 좋아
하는 이야기이다. 한국 사람이라면 누구나 〈춘향전〉이나 〈심청전〉을 알
고 있듯이, 인도 사람이라면 〈라마야나〉를 모르는 사람이 없다.

크리슈나 화신   크리슈나는 비슈누의 화신이라기보다는 신이라고 말
해야 한다. 크리슈나는 피리를 손에 들고 있는 신이
다. 인도 사람들은 신을 통해 자유를 얻기 위해서는 속이 빈 대나무처럼
자기를 비워야 한다고 생각했다. 크리슈나가 들고 있는 피리는 속이 빈
대나무를 상징한다. 또한 피리를 연주하듯 스스로 몸의 오감을 연주해

크리슈나 크리슈나가 피리를 불며 암소를 돌보고 있다. 비슈누의 현신 중에서 가장 중시 되는 크리슈나는 독자적인 신으로 숭배되기도 한다.

서(말하자면, 명상을 해서) 신에 이르는 모습을 상징한다.

고대 인도의 종교는 브라만교로, 이는 사회 지배층을 위한 종교였다. 그런데 지금으로부터 2500여 년 전에 인도에 자이나교와 불교가 등장했다. 자이나교와 불교는 귀족이나 왕족을 위한 종교가 아니라 대중을 위한 종교였으므로 브라만교는 큰 위기에 빠지게 되었다.

크리슈나 화신

이에 브라만교가 대중적으로 탈바꿈한 것이 바로 힌두교이다. 힌두교는 세력을 유지하기 위해 기존의 종교 체계에 변화를 주어, 비슈누와 파괴의 신인 시바를 전면에 내세우고 비슈누의 친근한 이미지를 크리슈나와 라마에 투영시켰다. 이로써 크리슈나는 인도에서 가장 친숙한 신이 되었고, 힌두교는 원래의 교세를 되찾았다. 불교가 인도에서 탄생했는데도 인도에서 불교가 쇠퇴하고 힌두교가 성한 것도 이 때문이다.

붓다 화신 붓다는 불교의 창시자인 석가모니를 이르는 말이다. 그런데 비슈누의 화신으로서 붓다는 부정적인 이미지를 가지고 있다. 그것은 불교와 힌두교의 갈등에서 비롯되었다.

한 번은 신들이 악마들과 전쟁을 벌여 크게 패했다. 신이 악마에게 패한 것은 수행을 게을리했기 때문이다. 오히려 악마들은 경전의 가르침대로 엄격한 수행을 했기 때문에 신들의 힘보다 더 강해졌던 것이다. 신들은 자기들의 게으름을 반성하지 않고 비슈누에게 도움을 청했다.

"악마를 물리치기 위해서는 그들이 경전에 대한 연구와 수행을 포기

하게 만들어야 한다."

비슈누는 이렇게 말하고 온화한 붓다의 모습으로 변신해서 악마들 앞에 나타났다. 붓다는 악마들에게 교묘한 말로 경전 연구와 수행을 포기할 것을 권유했다. 악마들은 혼란에 빠졌고 붓다의 가르침을 따르기 시작했다. 그러자 자연스럽게 악마들은 힘이 약해졌고 신들은 쉽게 악마를 물리칠 수 있었다.

칼키 화신 칼키 화신은 아직 나타나지 않았다. 석가모니가 현재불이고 미륵이 미래불인 것처럼 칼키 화신도 미래에 나타날 비슈누의 화신이다. 종말의 때가 오면 악이 세상을 뒤덮게 되고 비슈누는 칼키가 되어 땅으로 내려와 악당들을 전

멸시킬 것이다. 칼키의 모습은 손에 불칼을 든 백마 탄 기사라고 한다.

이처럼 우주의 질서를 유지하는 신인 비슈누는 끊임없이 모습을 바꾸어 세상에 나타난다. 우리의 삶 또한 마찬가지이다. 다양성을 미덕으로 생각하는 현대 사회는 폐쇄나 고립보다는 개방을, 하나의 가치보다는 다양한 가치를 존중하고 인정한다. 아바타 또한 그 다양성을 드러내는 좋은 징표이다. 다만 한 가지 잊어서는 안 될 것은 비슈누가 열 개의 화신을 갖고 있지만 본래의 자기 모습을 잃지 않고 있음이다. 자기를 잃고서야 세상을 얻은들 무슨 소용이 있겠는가?

변신

고대의 신들은 자주 인간 세계에 나타났다. 그런데 제 모습으로 나타날 수 없었기 때문에 신들은 변신을 해야 했다. 그래서 신들의 본래 모습은 아무도 모른다.

제우스를 애인으로 두었던 세멜레가 본래의 모습을 보여 달라고 했다가 제우스의 몸에서 뿜어져 나오는 빛과 열 때문에 재가 된 것에서 볼 수 있듯이, 신들의 원래 모습은 인간에게 무서운 존재였다. 신들 또한 그 사실을 알았기 때문에 인간의 모습으로 변신해서 세상에 나타났다.

그렇다면 신들은 왜 변신까지 하면서 인간 세상에 나타나는 것일까? 무엇보다도 사람들에게 벌을 주거나 도와 주기 위해서이다. 그런데 세상에 나타난 신을 알아보지 못하고 박대를 해서 벌을 받는 경우나 친절하게 대해 보상을 받는 이야기가 많이 전해진다. 왜냐하면 신들은 대개 허름한 모습을 하고 나타났기 때문이다. 어쩌면 지금도 신들이 사람의 모습을 하고 우리 주위를 어슬렁거리고 있을지도 모른다. ❖

~ 만약 산에 절이 없었다면 아마도 산은 참 쓸쓸했을 것이고 산을 찾는 사람들의 재미도 많이 줄었을 것입니다. 우리나라에 불교가 들어온 것은 여러분도 잘 알다시피 삼국 시대입니다. 불교는 예부터 우리나라에 있던 샤머니즘, 다른 말로 무속(巫俗)이라고 일컫는 종교와 어울려 오랫동안 우리나라의 중요한 종교로 자리를 잡았습니다.

특히 불교가 융성한 때는 고려 시대입니다. 고려는 불교를 대표적인 종교로 삼아 기존의 샤머니즘, 유교 등 다른 종교와 조화를 이루며 찬란한 문화를 꽃피웠습니다. 그러다가 조선 시대에 들어 유교가 정치 이념이 되면서 불교를 비롯한 여러 종교들이 탄압을 받게 됩니다. 그렇다고 불교가 사라진 것은 아닙니다. 양지에서 음지로 옮겨 갔다는 말이지요.

III.

절에서 만나는 신화

불교의 사제인 승려들이 기거하며 수도를 하는 곳을 절이라고 합니다. 왜 절이라
말할까요? 그건 아무도 모르지만, 절에 가면 절을 많이 한다고 해서 절이라고 하게 됐다는
우스갯소리도 있습니다.

절에는 다른 종교의 사찰이 그러하듯이 수많은 상징이 숨어 있습니다. 절로 들어서는
일주문, 탑이나 부도, 법당과 법당 안에 있는 많은 그림들까지 가만히 살펴보면 어느 것 하나
소홀하게 지나칠 수가 없는 것들뿐입니다. 일주문이란 기둥이 하나로 되어 있다는 데서
나온 말이지만 한 마음을 의미하기도 하지요. 늘 한 마음을 갖고 수행하라는 뜻입니다.
그럼 일주문을 지나 절 안으로 들어가 볼까요?

미래를 노래하는 부처

_ 미륵불

미륵은 석가모니의 뒤를 이어 이 세상에 나타날 부처이다. 그래서 미륵은 미래에 올 부처라는 뜻으로 미래불(未來佛)이라고도 한다. 법당에는 모두 문패가 있다. 그러니까 법당의 이름을 보면 그곳의 주인을 알 수 있다는 말이다. 지장전이나 명부전은 지장보살과 시왕을 모신 곳이고, 대웅전은 부처를 모신 곳이며, 미륵전은 미륵을 모신 곳이다. 그러나 미륵불(彌勒佛)은 바위에도 많이 새겨져 있고, 산자락에 우뚝 솟아 있기도 하다.

미륵이 미래에 올 부처라면 지금은 어디에 있을까? 미륵은 육욕천(六欲天)의 하나인 도솔천에서 열심히 수행을 하고 있다. 도솔천에는 칠보로 된 궁전이 있고 수많은 천인(天人)들이 살고 있으며, 이곳 사람들의 키는 800미터 정도이고 수명은 사천 살인데 인간의 사백 살이 도솔천에서는 일주일이라고 한다. 참고로, 육욕천은 불교에서 이르는 삼계(三界) 중 하나인 욕계(欲界)에 딸린 여섯 하늘을 말하는데, 사천왕천, 도리천, 야마천, 도솔천, 낙변화천, 타화자재천이 그것이다.

미륵이 태어나는 것은 석가모니가 죽은 지, 불교 용어로 말하자면 열반한 지 56억 7000만 년이 흐른 뒤이다. 그런데 과학자들은 현재 태양의 나이가 약 50억 년이고 앞으로 남은 수명도 50억 년 정도일 것으로 추측

미륵불 미륵 신앙에서는 미륵이 나타나 고통에 시달리는 사람들을 구해 주리라고 믿는다. 미륵리사지에 있는 미륵불.

한다. 이 계산대로라면 태양계가 소멸한 뒤에 미륵이 나타난다는 말인
데, 누가 알겠는가? 새로운 태양이 나타나고 지구에는 미륵이 태어날지.

천 년은커녕 백 년도 살기 힘든 평범한 사람들에게 56억 년은 까마득
한 시간이다. 그래도 사람들은 살기가 힘들 때마다 56억 년의 시간을 무
시하고 곧 미륵이 나타나 세상을 구원해 주기를 간절히 빌었다. 왜냐하
면 미륵이 고통에 시달리는 사람들을 구해 준다고 믿었기 때문이다.

옛 문헌을 보면 신라의 화랑들도 미륵 사상에 심취했고, 심지어 후고
구려를 세운 궁예를 비롯한 많은 사람들이 스스로 세상을 구할 미륵이라
고 주장했다. 특히 고려 시대에 미륵 사상이 크게 유행했는데, 현재 우리
나라에 남아 있는 미륵불은 고려 시대에 새겨진 것들이 대부분이다.

이렇게 당장이라도 미륵이 나타나 세상을 구원한다는 것이 미륵하생
(彌勒下生) 신앙이다. 이와 달리 미륵상생(彌勒上生) 신앙은 살아 있을
때 열심히 수양을 하여 죽어 도솔천으로 가서 미륵과 함께 지내다가, 미
륵이 지상으로 내려올 때 함께 내려와 미륵의 설법을 듣고 아라한, 즉
번뇌에서 벗어난 존재가 된다는 것이다.

미륵에 얽힌 이야기는 수도 없이 많다. 『삼국유사』에도 수차례 등장하
며, 지방 곳곳에 미륵이 오기를 바라는 마음을 담은 이야기가 많이 전해
온다. 또한 신화로도 전해지는데, 함경도에 전하는 신화인 창세가(創世
歌)가 있다. 성경의 창세기처럼 창세가는 세상이 처음 만들어졌을 때를
노래한 것이다.

세상이 생겨난 이야기 — 창세가

미륵이 태어난 것은 하늘과 땅이 생길 때였다. 그때
까지 하늘과 땅은 서로 붙어 있었다. 미륵은 먼저 하
늘과 땅을 떼어 놓아야겠다고 생각했다. 그래서 하늘을 솥뚜껑 꼭지처
럼 도드라지게 만들고 땅의 네 귀퉁이에 구리 기둥을 세워 하늘과 땅을

떼어 놓았다.

세계의 다른 신화에서는 하늘과 땅이 흔히 부부로 등장하며, 하늘과 땅을 떼어 놓는 것은 아이들이다. 그리스 신화에서는 대지의 여신 가이아와 하늘신 우라노스의 막내아들인 크로노스가 청동 낫으로 하늘과 땅을 떼어 놓는다. 폴리네시아 신화에서는 아이가 머리를 땅에 박고 두 발로 하늘을 밀어올려, 부모인 하늘과 땅을 떼어 놓는다.

그런데 미륵이 태어날 당시 하늘에는 해와 달이 각각 두 개씩 있었다. 맨먼저 미륵은 하늘에서 해와 달을 하나씩 떼어 내어 북두칠성과 남두육성을 비롯한 별을 만들었다. 다음으로 미륵은 칡으로 옷을 지어 입었다. 조끼처럼 등에 걸치는 등거리를 만드는 데 옷감 한 필이 들었고, 소매를 다는 데 옷감 반 필이 들었다.

미륵은 그때까지 음식을 날로 먹었다. 미륵은 음식을 끓이고 익히기 위해 물과 불을 얻어야겠다고 생각했다. 그래서 먼저 메뚜기를 잡아다가 물었다. 메뚜기는 이렇게 대답했다.

"저는 밤이면 이슬을 받아먹고 낮이면 햇볕을 받아먹고 사는데 어찌 물과 불의 근원을 알겠습니까? 개구리에게 물어 보세요."

미륵은 이번에 개구리를 잡아다 물었다. 개구리의 대답도 메뚜기와 다르지 않았다. 개구리는 혹시 생쥐는 알지 모르겠다며 미루었다. 미륵은 생쥐를 잡아다 물었다.

"물과 불은 어디에서 나오느냐?"

그러자 생쥐가 되물었다.

"그걸 알려 드리면 저에게 무엇을 주시겠습니까?"

미륵이 대답했다.

"이 세상의 뒤주를 너에게 주겠다."

이때부터 쥐가 사람들이 사는 집에서 쌀을 먹고 살게 되었다. 생쥐는

하늘과 땅 세계 신화에서는 하늘과 땅이 흔히 부부로 등장한다. 이집트에서는 하늘의 여신 누트와 대지의 남신 게브가 태초의 부부이다(위). 인디언 나바호족의 그림에서 하늘의 신과 대지의 신은 각각 별과 옥수수로 치장하고 있다(아래).

미륵에게 물과 불이 어디에서 나오는지 알려 주었다.

"금정산에 가면 차돌과 쇠가 있는데 이것들을 부딪치면 불이 나옵니다. 물은 소하산에 있는 샘물에서 시작됩니다."

이렇게 해서 미륵은 물과 불이 어디에서 나오는지 알게 되었고, 이때부터 음식을 불에 익혀서 먹을 수가 있게 되었다. 그 다음에 미륵은 한 손에는 금쟁반을, 다른 한 손에는 은쟁반을 들고 하늘을 향해 노래를 불렀다. 그러자 하늘에서 벌레가 다섯 마리씩 금쟁반 은쟁반 위로 떨어졌다.

벌레는 쟁반 위에서 자랐고 금쟁반에 담긴 금벌레는 남자가 되고 은쟁반에 담긴 은벌레는 여자가 되었다. 이들이 서로 결혼을 해서 지금처럼 세상에 많은 사람들이 생겨났다.

이렇듯 미륵이 세상에 있을 때는 모든 것이 평안했다. 사람들은 싸우지 않고 화목하게 지냈고 서로 속이지도 않았다. 그런데 어느 날 석가가 나타났다. 석가는 이 세상을 미륵의 손에서 빼앗고 싶었다. 그래서 누가 이 세상을 다스릴지를 놓고 내기를 하자고 했다. 미륵이 대답했다.

"더럽고 축축한 석가야, 정 그렇다면 내기를 하자."

미륵은 동해에 금으로 만든 병에 금줄을 달아 던졌고, 석가는 은으로 만든 병에 은줄을 달아 던졌다. 줄이 먼저 끊어지는 쪽이 내기에서 지는 것이었다. 그런데 석가의 줄이 먼저 끊어지고 말았다.

두 번째 내기는 여름에 성천강을 얼게 하는 것이었다. 이 내기에서도 미륵이 이겼다. 석가는 다시 내기를 하자고 졸랐다. 그래서 이번에는 꽃 피우기 내기를 했다. 둘이 한 방에 누워서 무릎 위로 모란꽃을 피우는 쪽이 이기는 것으로 했다. 미륵은 깊은 잠에 빠졌다. 석가는 옆에서 자는 척했다. 석가는 미륵이 잠든 사이에 미륵의 무릎 위로 핀 모란꽃을 꺾어 자기 무릎 위에 꽂았다. 미륵은 석가가 무슨 짓을 했는지 알았지만 귀찮아서 석가에게 이 세상을 내주었다.

"내 무릎에 꽃이 피었는데 너는 그걸 꺾어 꽂았으니, 꽃이 피어도 열흘을 못 가고 심어도 십 년을 가지 못할 것이라. 이제 네가 세상을 차지하면 세상에는 온갖 나쁜 일이 생기게 될 것이다."

그 후로 이 세상에는 나쁜 짓을 하는 사람들이 생겨났고, 싸움과 속임수, 살인과 같은 악한 일이 일어났다.

그런데 불교의 미륵 이야기와 창세가는 차이가 난다. 창세가에서는 원래 미륵이 세상을 다스렸는데 석가모니가 세상을 가로챘다는 것이다. 하지만, 이렇듯 석가모니가 좋은 세상을 빼앗았으니 미륵의 시대가 와서 다시 아름답게 만들어 주었으면 하는 소망이 창세가에는 담겨 있다. 그러니까 석가모니가 나쁘다는 것이 아니라, 살기 힘든 세상에 누군가 나타나 구원해 주었으면 하는 바람이 더 크다고 보면 될 듯하다.

한국의 대표적인 미륵불

한국을 대표하는 불상을 꼽으라면 단연 국립중앙박물관에 있는 반가사유상을 꼽을 수 있다. 국보 제78호인 반가사유상은 미륵불이다.

우리나라는 유난히 미륵 신앙이 강했기 때문에 미륵불도 많이 남아 있다. 미륵 하면 가장 먼저 생각나는 곳은 전북 익산에 있는 미륵사지, 충북 중원 미륵리사지에 있는 미륵불, 전남 화순의 운주사 등을 꼽을 수 있다. 익산의 미륵사는 『삼국유사』에서 서동요로 유명한 백제의 무왕이 세웠다고 전해진다. 그러나 현재 미륵불은 남아 있지 않다. 충북 중원에 있는 미륵리사지는 신라의 마지막 태자와 공주인 마의 태자와 덕주 공주의 사연이 간직되어 있는 곳이다. 천 개의 탑과 천 개의 불상으로 유명한 운주사에는 누워 있는 큰 불상이 있는데, 이 불상이 일어나면 천 년 동안 태평성대가 이어진다고 한다. 이 생각은 미륵 사상에서 유래한 것이다. ❖

지하 세계에도 왕들이 산다

_ 시왕

사람이 죽으면 어디로 갈까? 많은 사람들은 염라대왕 앞에 가서 재판을 받는다고 믿는다. 염라대왕은 지하세계를 다스리는 열 명으로 이루어진 시왕(十王) 가운데 하나로, 그 이름은 인도 신화에 나오는 죽음의 신 야마에서 유래했다.

시왕을 하나하나 열거해 보면, 진광왕, 초강왕, 송제왕, 오관왕, 염라왕, 변성왕, 태산왕, 평등왕, 도시왕, 전륜왕이 그들이다.

절의 명부전이나 지장전에 가면 시왕의 모습을 볼 수가 있다. 정면에 지장보살이 있고, 옆에는 도명존자와 무독귀왕이 함께 있다. 도명존자는 저승사자가 그를 다른 사람으로 착각하는 바람에 저승에 갔다가 다시 돌아온, 그러니까 죽었다가 다시 살아난 승려이다. 무독귀왕은 지장보살의 전생 이야기에 등장하는 저승의 안내자이다. 둘 다 저승을 잘 알고 있는 존재이다. 그리고 그 옆으로 시왕이 재판관의 모습을 하고 늘어서 있다. 사람이 죽으면 시왕 앞에 가서 죄질에 따라 판결을

명부전

시왕 지장보살, 도명존자, 무독귀왕을 중심으로 양쪽에 시왕이 서 있다.

받는다. 시왕이 다스리는 지옥은 다음과 같다.

1. 진광왕(秦廣王) : 칼이 꽂힌 산을 지나게 하는 도산(刀山) 지옥

2. 초강왕(初江王) : 끓는 물에 담그는 화탕(火蕩) 지옥

3. 송제왕(宋帝王) : 얼음 속에 묻는 한빙(寒氷) 지옥

4. 오관왕(忤官王) : 칼로 몸을 베는 검수(劍樹) 지옥

5. 염라왕(閻羅王) : 집게로 혀를 뽑는 발설(拔舌) 지옥

6. 변성왕(卞城王) : 독사가 몸을 감는 독사(毒蛇) 지옥

7. 태산왕(泰山王) : 톱으로 뼈를 자르는 거해(鉅骸) 지옥

8. 평등왕(平等王) : 쇠침을 박은 철판에 올려놓는 철상(鐵床) 지옥

9. 도시왕(都市王) : 바람이 온몸을 휘감는 풍도(風塗) 지옥

10. 전륜왕(轉輪王) : 깜깜한 암흑 속에 가두는 흑암(黑闇) 지옥

끔찍한 지옥을 다스리는 시왕이지만, 뭐 그렇다고 무턱대고 이들을 무서워할 것은 없다. 『서유기』에서 손오공이 여의봉으로 시왕이 있는 저승 세계를 쑥대밭으로 만들고, 그것도 모자라 수명이 기록되어 있는 생사부(生死簿)를 마음대로 조작할 때, 시왕들은 한쪽에서 두려움에 벌벌 떨고만 있었다. 또 우리나라 신화를 보면, 강님이라는 고을 아전이 저승으로 가서 염라대왕을 붙잡아 오기도 했다. 강님의 이야기는 제주도에서 전해진다.

먼 옛날 동경국이라는 나라에 버무왕이 아들 일곱과 함께 살았다. 하루는 어린 세 형제가 나무 그늘에서 장기를 두고 있는데 스님 한 분이 지나가며 혼잣말로 중얼거렸다.

"내가 관상을 보니 너희 세 형제는 열다섯을 넘기지 못하겠구나."

세 형제는 이 말을 듣고 깜짝 놀라 집으로 달려가 아버지에게 전했다. 버무왕 또한 놀라서 스님을 불러 후하게 시주를 하고 아이들의 사주를 봐 달라고 부탁했다. 스님이 말하기를, 아이들이 수명이 짧아 열다섯 살을 넘길 수가 없겠지만 자기가 기거하는 절에서 삼 년 동안 수도를 한다면 수명이 늘어날 것이라고 했다. 버무왕은 아이들이 중이 되더라도 수명을 늘리는 게 먼저라고 생각하고 세 형제를 스님에게 맡겼다. 버무왕은 눈에 넣어도 아프지 않을 아이들과 헤어지는 것을 슬퍼하며 비단과 무명 아홉 필을 쥐어 주었다.

하루가 가고 한 달이 가고 일 년이 지나가고 마침내 삼 년이 지나갔다. 꼬박 삼 년 동안 불공을 드린 세 형제는 부모님이 무척 보고 싶었다.

그래서 스님에게 고향으로 돌아가고 싶다고 말했다. 스님은 승낙을 했지만 집에 가는 도중 과양 땅을 지날 때 조심하라고 일렀다.

"자칫하면 삼 년 불공이 허사가 될 수도 있느니라."

세 형제는 아버지가 준 비단과 무명 아홉 필을 메고 고향으로 향했다. 고향으로 가는 형제의 발걸음은 가벼웠다. 그런데 이상하게 과양 땅에 들어서자 배가 너무 고팠다. 얼마나 배가 고팠는지 한 발자국도 걷기가 힘들었다. 형제는 비단과 무명을 주고 밥을 얻어먹기로 했다.

먼저 첫째가 눈앞에 보이는 부잣집으로 들어갔다. 그 집의 주인은 과양생이었는데 그의 아내는 첫째를 몽둥이로 흠씬 두들겨패서 쫓아 냈다. 뒤이어 들어간 둘째도 몽둥이찜질을 당했다. 그래도 포기하지 않고 막내까지 집으로 들어가 시주를 부탁했다. 과양생의 아내는 스님이 연거푸 셋이나 들어오자 그제야 예삿일이 아닌 줄 알고 식은 밥을 물에 말아서 내주었다.

세 형제는 밥을 먹고 나서 밥값으로 무명을 주려고 과양생의 아내를 다시 찾았다. 과양생의 아내는 세 형제가 비단과 무명을 가지고 있는 것을 보고 태도가 돌변했다. 세 형제를 안으로 들인 뒤 맛난 음식과 술을 잔뜩 내놓았다. 세 형제는 술에 취해서 깊은 잠에 빠지고 말았다.

세 형제가 곯아떨어지자 과양생의 아내는 삼 년 묵은 참기름을 끓여서 세 형제의 귀에 부었다. 세 형제는 부모님의 그림자도 보지 못하고 그만 세상을 떠나고 말았다. 과양생과 그의 아내는 밤에 세 형제의 시체를 몰래 연못에 던져 버렸다.

과양생의 아내는 일주일 후에 세 형제의 시체를 빠뜨린 연못을 지나다가 예쁜 꽃 세 송이가 떠 있는 걸 보았다. 꽃이 무척 예뻐 집으로 가지고 와서 장식을 했는데, 이상하게도 과양생의 아내가 꽃 앞을 지나갈 때마다 꽃이 달려드는 게 아닌가. 화가 난 과양생의 아내는 꽃 세 송이를

화로에 던져 넣었다.

그런데 얼마 후 화로를 뒤적이던 과양생의 아내는 구슬 세 개가 화로 속에 있는 걸 보았다. 과양생의 아내는 구슬의 영롱한 빛깔에 반해 노리개로 쓰려고 화로에서 꺼냈다. 하루는 과양생의 아내가 구슬을 갖고 놀다가 입에 넣었는데 구슬이 저절로 스르르 목구멍으로 넘어가고 말았다. 그리고 얼마 후 과양생의 아내는 아이를 가졌다. 열 달이 지나자 아이가 태어났는데 아들 세 쌍둥이였다.

과양생의 아들 삼 형제는 똑똑했다. 인근에 그 누구도 삼 형제만큼 글공부를 잘하지 못했다. 열다섯 살 되던 해에 삼 형제는 과거를 보았는데 나란히 장원급제를 했다. 이 소식은 곧바로 과양생의 집에도 전해졌고, 과양생은 큰 잔치를 열어 사람들을 대접하고 삼 형제를 기다렸다.

삼 형제가 도착하자 과양생 부부는 먼저 문을 맡은 문신에게 절을 하도록 시켰다. 옛날 사람들은 문, 부엌, 화장실 등 모든 집 안에 신이 있다고 믿었다. 그래서 먼길을 떠나거나 먼길에서 돌아왔을 때 먼저 문신에게 절을 했다. 그런데 이상하게도 삼 형제가 문신에게 세 번 절한 다음 다시 고개를 들지 않았다.

과양생의 아내가 달려갔을 때 세 아들은 이미 죽어 있었다. 삼 형제는 한날 한시에 태어나 한날 한시에 과거에 급제하고 한날 한시에 세상을 떠났다. 과양생 부부는 너무나 억울했다. 과양생의 아내는 관가를 찾아가 삼 형제를 살려 달라고 떼를 썼다. 처음에 원님은 죽고 사는 문제는 원님이 관여할 문제가 아니라며 거들떠보지도 않았다. 하지만 과양생의 아내는 날마다 관가로 찾아와 욕을 퍼붓고 발광을 했다.

참다못한 원님은 가장 영리한 관원인 강님을 불러서 염라대왕을 잡아 오라고 명령했다. 살아 있는 사람이 저승에 갈 수도 없는데 하물며 염라대왕을 어떻게 잡아 온다는 말인가? 원님은 과양생 아내의 생떼를 강님

염라대왕 죽은 자를 심판하는 염라대왕의 모습. 업경대(가운데 보이는 거울)에 죄상이 낱낱이 비쳐진다.

에게 떠넘긴 것이다. 강님은 난감했다. 날마다 한숨만 쉴 뿐 방법이 없었다. 그러나 현명한 아내가 조상신의 도움을 받아 강님을 저승으로 갈 수 있게 해 주었다. 강님은 잠복하고 있다가 세상으로 나오는 염라대왕을 습격해서 밧줄로 묶었다.

염라대왕은 강님이 이끄는 대로 원님 앞으로 갔다. 동헌에서 재판이 벌어졌다. 염라대왕이 과양생 부부에게 아들들을 어디에 묻었는지 물었다. 과양생 부부는 염라대왕이 시키는 대로 삼 형제를 묻은 무덤을 파헤쳤다. 그러나 시체는 어디에도 없었다.

염라대왕은 과양생 부부를 데리고 연못으로 갔다. 염라대왕이 금부채로 연못물을 세 번 때리자 순식간에 물이 말라 바닥이 드러나면서 삼 형제의 뼈가 모습을 드러냈다. 염라대왕이 뼈를 모아 놓고 다시 금부채로 세 번 때렸다. 그러자 살이 붙은 삼 형제는 기지개를 펴며 오랜 잠에서 깨어나듯 살아났다.

"이 아이들이 너희 아들들이냐?"

과양생 부부는 고개를 주억거리며 그렇다고 대답했다. 그러나 과양생 부부를 본 삼 형제는 죽일 듯이 과양생 부부에게 달려들었다. 삼 형제는 절에서 부모님을 만나러 돌아가다가 과양생의 아내에게 죽음을 당한 아이들이었다. 삼 형제는 꽃송이가 되었다가 다시 구슬이 되어 과양생 아내의 몸 속으로 들어가 다시 태어났던 것이다.

"원수는 내가 갚아 줄 터이니 너희들은 부모님을 찾아가거라."

염라대왕은 삼 형제를 고향으로 돌려보낸 다음, 소 아홉 마리를 끌고 오라고 했다. 그리고 과양생 부부의 팔다리 하나하나에 소 한 마리씩을 묶어 사방으로 달리게 했다. 과양생 부부의 몸은 갈기갈기 찢어졌다. 그리고 찢어지고 남은 것을 방아로 찧자 가루가 되어 바람을 따라 날아갔다. 이 가루는 하늘에서 모기와 각다귀로 변했다. 사람으로 살 때도 남의 살과 피를 뜯어먹던 과양생 부부는 죽어서도 사람들의 피를 빠는 곤충이 되고 말았다.

강님 이야기는 매우 긴 장편이다. 여기서는 강님이 저승으로 가는 이야기, 염라대왕을 잡아 오는 과정을 생략했다. 이후 강님은 염라대왕의 요청을 받아들여 저승사자가 된다. 염라대왕이 강님의 영특함을 높이 사서, 요즘 말로 특채를 했던 것이다. 강님은 염라대왕의 기대대로 그동안 수많은 저승사자가 잡지 못해 삼천 년을 죽지 않고 살고 있던 동방삭을 체포했다. 사연은 이렇다.

강님은 물가에서 숯을 열심히 씻었다. 지나가는 사람들이 왜 숯을 씻느냐고 물으면, 강님은 언제나 검은 숯을 씻어서 하얗게 만들려 한다고 대답했다. 하루는 어떤 사람이 지나가다 똑같은 질문을 했고 강님도 똑같은 대답을 했다. 그러자 그 사람이 한참을 웃다가 이렇게 말했다.

"내가 삼천 년을 살았지만 검은 숯을 씻어서 하얗게 만든다는 말은 처음 듣는다."

"이놈, 드디어 잡았구나. 가자, 저승으로."

저승에 가서 염라대왕을 잡아 온 강님의 이야기는 참으로 놀랍다. 저승에 간다는 것은 죽어야만 할 수 있는 일이지만 강님은 조상신들의 도움으로 무사히 자기 일을 수행했다. 이는 우리 민족이 죽음에 대해

동방삭 삼천 년을 산 동방삭은 결국 강님에게 붙잡히고 만다. 명나라 오위가 그린 동방삭.

어떻게 생각하고 있는지를 잘 보여주는 이야기이기도 하다. 서양 사람들은 죽은 사람을 유령이나 망령이라 해서 두려워했지만, 우리는 죽음이라는 게 삶의 연장이고 죽은 사람 역시 살아 있는 사람을 해치기보다는 도움을 주려 한다고 생각했다. 가장 대표적인 예가 바로 조상으로, 우리가 조상에게 차례를 올리고 제사를 지내는 것은 늘 조상을 생각하고 조상들로부터 도움을 받기 위함이다. 실제로 복권에 당첨된 사람들이 꾼 꿈 가운데 가장 많은 것이 조상 꿈이라고 한다. 죽은 사람과 산 사람이 함께 사는 세상이 바로 우리 민족이 지닌 세계관이다.

천국과 지옥

신화 시대에는 지옥이 따로 없었다. 지옥이 없다는 것은 천국 또한 없다는 뜻이다. 굳이 찾는다면, 이미 여러 시대가 지나갔는데 그 시대가 지금보다 훨씬 살기 좋은, 그래서 천국 같은 시대였다고 표현할 뿐이다. 또한 죽어서 가는 곳도 그저 저승이라 말할 뿐이지, 이 세상에서 사는 것과 크게 다르지 않다고 생각했다.

신화에서 종교가 갈라져 나오면서 천국과 지옥이 생기기 시작했다. 선한 일을 많이 하면 천국에 가고 악한 일을 하면 지옥에 간다는 생각이 일어난 것도 이때부터이다. 그런데 신의 힘이 강해질수록 지옥은 더 무서운 곳으로 변했다. 신의 힘이 강해진다는 것은 악의 힘이 그만큼 강해진다는 뜻이기 때문이다.

우리나라에서 지옥이 생긴 것은 불교가 들어오면서부터이다. 그러나 동양의 지옥은 서양의 지옥보다 훨씬 덜 고통스러운 곳이다. 『서유기』에서 손오공이 저승으로 쳐들어가 시왕들을 혼내 준다든지, 우리 신화에서 강님이 염라대왕을 붙잡아 오는 것에서 볼 수 있듯이, 서양의 지옥과는 성격이 달랐다. ❖

영광의 얼굴

_ 귀면

귀면(鬼面)은 귀신의 얼굴이라는 뜻이다. 그렇다면 귀신의 얼굴을 보기 위해 어디로 가야 할까? 화장실? 무덤가? 아니다. 귀면을 보려면 절에 가야 한다. 법당 한 구석에서 다리도 없고 팔도 없으며 몸뚱이도 없이 오직 얼굴만 있는, 그래서 멋지다고 말하기는 어려운 험하게 생긴 얼굴을 만날 수 있다.

귀면은 사실 이름만치나 사납게 생긴 얼굴이다. 뱀파이어처럼 양쪽 송곳니를 드러낸 것도 있고, 눈을 부릅뜨고 노려보는 것도 있다. 게다가 얼굴이 납작하기까지 하다. 한편으로 납작한 탓에 귀엽게 보이기도 한다. 게다가 입에 연꽃이나 풀잎을 물고 있는 귀면도 많다. 이런 생김새 때문에 사람들은 때때로 귀면을 용으로 착각한다. 납작한 얼굴에 꽃을 문 귀면의 정체는 과연 뭘까?

절 구석구석에 귀면이 많은 것은 나쁜 기운이 들어오지 못하게

귀면 경주 불국사의 문고리에 새겨진 귀면.

귀면 전등사 처마 밑의 귀면.

막기 위함이다. 절 초입에서 사천왕이 삿된 것들이 들어오지 못하게 막
고 있는 것처럼, 귀면도 사악한 무리들이 법당 같은 곳에 들어오지 못하
게 감시하는 역할을 맡고 있다.

그런데 어째서 많은 이름 가운데 귀신의 얼굴이라는 이름을 얻었을
까? 귀면의 다른 이름은 '영광의 얼굴'이다. 귀신의 얼굴이 왜 영광의
얼굴일까? 그 비밀을 밝히기 위해서 귀면의 출생지인 먼 인도로 찾아가
보자.

시바와
'영광의 얼굴' 인도에 잘란다라라는 거인 왕이 있었다. 잘란다라 왕
은 오랫동안 고통스럽고 힘든 수행을 견디고 마침내
무한한 힘을 얻었다. 인도에서는 수행을 통해 깨달음을 얻게 되고 그에
따라 강한 힘을 가질 수 있다고 믿었다.

잘란다라 왕은 수행을 통해 얻은 힘으로 세상의 신들에게 도전했다. 신들은 왕을 당해 낼 수 없었다. 왕은 세상에서 신들을 몰아 내고 새로운 질서를 만들었다.

그렇지만 잘란다라의 욕심은 거기서 끝나지 않았다. 한층 오만해진 왕은 세계를 창조하고 유지하는 자이며 파괴자이기도 한 시바 신에게 도전하기로 마음먹었다. 그는 시바 신에게 악룡 라후를 보냈다. 라후는 달을 잡아먹는 일을 맡은 괴물이었다.

인도 사람들은 달이, 한낮의 이글거리는 태양에게 수분을 빼앗긴 동물과 식물 세계에 신선한 수분을 흘려보내 주어 소생시킨다고 믿었다. 달은 신들의 불로장수약인 암리타를 마실 때 사용하는 잔이기도 했다. 이전에 라후는 달을 삼키려다가 실패한 적이 있었다.

여기서 잠깐 악룡 라후의 이력을 살펴보자. 힌두 신화에 따르면, 해와 달을 삼켜서 일식과 월식을 일으키는 것은 악룡 라후였다.

당시 신들은 불로불사의 신주(神酒)인 암리타를 마셨다. 그리스 신화의 '넥타르', 북유럽 신화에 나오는 '청춘의 사과'와 마찬가지로 암리타를 마시면 늙지도 죽지도 않았다.

그런데 신으로 변장한 악룡 라후가 신들이 잔치를 베풀고 있는 곳에 끼어들어 이 신주를 마셨다. 다른 신들은 알아차리지 못했는데 해와 달이 라후를 알아보았다. 해와 달은 늘 라후에게 쫓기고 있어서 라후의 얼굴을 잘 알고 있었던 것이다. 그들은 최고신인 비슈누에게 이 사실을 고해 바쳤다.

그 말을 들은 비슈누 신은 격노했다. 신주는 신 이외에 그 누구도 마실 수 없는 것이었다. 비슈누 신은 당장 악룡 라후의 목과 손발을 잘랐다. 그러나 라후는 이미 신주를 마셨기 때문에 죽지 않았다. 머리와 손발은 그대로 하늘로 올라갔다. 잘린 머리에서는 사나운 뿔이 돋고 눈은

시바와 아내 파르바티

146

툭 튀어나왔으며 보기에도 끔찍한 턱을 가지게 되었다. 그 뒤에도 라후의 머리는 때때로 해와 달을 삼켜 일식과 월식을 일으켰다고 한다.

인도인들은 악룡 라후의 잘린 머리와 손발이 하늘의 별자리가 되었다고 생각했는데, 그것이 지금의 바다뱀자리이다. 그리고 암리타를 따라 마신 잔은 컵자리에 해당한다.

암리타는 힌두 신화에서 생명의 물이다. 후세 사람들은 암리타가 인드라가 즐겨 마신 소마와 비슷한 것이라고 생각한다. 한편 미국의 어느 학자는 소마가 광대버섯이라고 주장하기도 했다. 광대버섯은 신경에 작용해 환각 상태에 이르게 하는 독버섯으로, 생명에는 거의 지장이 없다고 한다.

이것은 소마가 환각 성분을 지니고 있음을 나타내는 듯한, 『베다』의 다음 문구에서 추정한 것이다. "우리는 소마를 마시고 불사신이 되었다. 우리는 빛 속으로 걸어 들어갔고 신들을 알게 되었다."

악룡 라후에 대한 이야기는 이 정도로 하고, 잘란다라 왕이 시바에게 도전하기 위해 악룡 라후를 보낸 이야기로 돌아가자. 당시 시바는 고행을 막 끝내고 결혼을 하려던 참이었다. 시바의 아내가 될 여자는 히말라야의 아름다운 딸 파르바티였다. 파르바티는 시바와 결혼해서 전쟁의 신 스칸다라는 아들을 낳기 위해 인간의 모습으로 태어난 것이다.

라후는 시바에게, 빛나는 보석처럼 아름다운 신부를 세상의 새로운 주인인 잘란다라에게 넘기라고 했다. 시바는 크게 분노했으며, 그래서 양미간에 있는 깨달음의 점에서 무시무시한 힘이 뿜어져 나왔다. 그것은 끔찍한 사자 머리를 한 괴물의 모습으로 변했다. 시바의 명령이 떨어지면 당장이라도 라후를 잡아먹을 태세였다.

이 괴물은 깡마르고 야위었으며 도저히 채워질 수 없는 굶주림에 시달리고 있는 악마였다. 그러나 생긴 것과는 달리 강한 힘을 지니고 있었

으니, 목구멍에서는 천둥처럼 으르렁거리는 소리가 울려 나왔고 눈은 불꽃처럼 타올랐으며 텁수룩한 갈기는 우주공간으로 휘날렸다.

천하에 둘도 없는 괴물인 라후도 크게 놀랐다. 라후는 자기가 그 괴물 사자를 감당할 수 없음을 직감했다. 두려움에 떨며 어찌할 바를 모르던 라후는, 자기를 구하기 위한 마지막 수단으로 시바의 품속으로 뛰어들었다. 자비의 신 시바는 모든 것을 용서하고 도움을 주는 신이다. 누구라도 시바에게 자비를 요청하면 들어주어야 했다. 따라서 시바는 괴물 라후를 구해 주어야 하는 입장이 되고 만 셈이다. 상황은 전혀 엉뚱한 방향으로 흐르기 시작했다.

시바는 괴물 사자에게 라후를 살려 주라고 명령했다. 그러나 아무것도 먹지 못한 괴물 사자는 심한 굶주림에 시달려 시바에게 먹을 것을 요구했다. 시바는 괴물 사자를 물끄러미 바라보면서 생각했다. 자신이 라후를 구할 수 있을지는 몰라도 괴물 사자는 새로운 희생물을 찾아 온 세상을 돌아다닐 것이다.

시바는 괴물 사자에게 그의 손과 발을 먹으라고 제안했다. 괴물 사자는 자기의 손과 발을 먹기 시작하더니 걸신들린 듯이 팔과 다리마저 삼켰고, 결국 자기의 배와 가슴, 심지어 목까지 삼키고 말았다. 남은 것은 얼굴뿐이었다.

이 괴물은 주기적으로 창조된 우주를 파괴하는 신의 힘을 상징한다. 또한 종말의 때에 이르러 모든 것을 재로 만들고 스스로 억수처럼 쏟아지는 비에 의해 꺼지는 우주적인 화염의 분노와 굶주림을 보여 준다. 그것이 바로 시바의 힘이고 모습이다. 시바는 얼굴밖에 남지 않은 괴물을 바라보며 미소를 지었다. 그리고 이렇게 외쳤다.

"앞으로 너는 키르티무카, 즉 '영광의 얼굴'로 알려질 것이다. 너는 나의 문에 영원히 자리하게 될 것이다. 너를 숭배하는 데 게을리하는 자는 결코 나의 은총을 얻지 못하리라."

　　그 후 '영광의 얼굴'은 시바 사원의 기둥과 기둥 사이에 있는 상인방 (기둥 사이 벽 윗부분을 가로지르는 나무) 위에 걸어 두는 전형적인 상징물로 자리잡았다. 즉, 악을 물리치는 상징물이 된 것이다. 이 '영광의 얼굴'이 바로 귀면이다. 불교가 점차 강한 힘을 얻게 되면서 키르티무카는 무서운 얼굴을 한 귀면으로 바뀌었다. 우리나라에서는 귀면을 낯휘라고도 한다.

귀면과 치우상

2002년 월드컵 때 한국 응원단인 붉은 악마가 도깨비의 얼굴을 내걸었다. 그 도깨비의 얼굴이 치우의 얼굴이라는 설명과 함께 말이다. 치우는 신화에 나오는 인물이다. 오래된 문헌을 보면, 치우는 동이족의 장군으로 중국 황제와 오랫동안 싸웠고 결국 탁록의 전투에서 패해 목숨을 잃었다고 한다. 여러 책들에서는 치우가 여섯 개의 팔과 네 개의 눈, 소의 뿔과 발굽, 구리로 된 머리와 쇠로 된 이마를 하고 있으며, 큰 안개를 일으킬 수 있는 사람이라고 묘사하고 있다. 또한 전하는 말에 따르면, 황제는 치우를 무서워했다고 한다. 사람들은 흔히 자기가 무서워하는 것을 과장하기 마련이다. 평범한 사람과 싸워 이겨서는 영웅이 될 수 없다. 이런 면에서 치우의 모습은 많이 과장되었을 것이다. 치우가 무섭게 묘사되었다는 것은 그만큼 치우를 무서워했다는 증거이다. 그러니까 치우를 괴물이나 도깨비의 모습으로 묘사하는 것은 중국을 대표하는 황제의 생각이라는 것이다. 동이족의 입장에서 볼 때 치우는 훌륭한 장군이지 괴물이 아니었다는 말이다. ❖

신비한 환상 동물

_ 용

 절에는 용이 산다. 물론 살아 있는 용은 아니지만, 법당의 처마 밑을 보면 수염을 날리며 눈을 부릅뜬 용이 있을 것이다. 이 용은 법당을 지키는 지킴이라고 할 수 있다. 용은 불법을 지키는 팔부중(八部衆) 가운데 하나이다(팔부중에 대해서는 157쪽 참조).

그런데 동양의 용과 서양의 용은 서로 다르다. 생긴 것도 다르고 맡은 일이나 성격도 전혀 다르다.

동양의 용은 네 가지 신비한 동물인 기린, 봉황, 용, 거북 중 하나로, 생김새는 다음과 같다. 용의 뿔은 수사슴의 뿔을 닮았고, 머리는 낙타를, 눈은 토끼를, 목덜미는 뱀을, 배는 조개를, 비늘은 잉어를, 발은 독수리나 매를, 발바닥은 호랑이를, 귀는 암소를 닮았다고 한다. 이와 달리 서양의 용은 대개 날카로운 발톱과 날개가 달린, 몸집이 큰 뱀의 모습을 하고 있다. 날개 달린 뱀인 용은, 물질을 상징하는 뱀과 정신을 상징하는 새가 결합된 형태이다. 이때 뱀은 생명을 잉태한 바다를 상징하기도 한다.

중국에서 용은 황제를 의미한다. 또한 구름이나 비, 또는 수량이 풍부한 강에 비유되었다. 용은 뿔과 발과 비늘이 있고 척추를 따라 가시가

용 두 눈을 부릅뜨고 법당을 지킨다. 대흥사의 용(왼쪽)과 전등사의 용(오른쪽).

꼿꼿이 서 있다. 『한비자』에는 역린(逆鱗)이라는 말이 나온다. 용의 비늘 가운데 거꾸로 선 것을 가리키는 말로, 용은 평소에 순하지만 역린을 건드리면 크게 노한다고 한다. 그래서 임금의 분노를 비유해서 역린이라고도 했다.

용은 언제나 여의주를 입에 물고 있는데, 이 여의주를 빼앗기면 무력해진다고 한다. 그것은 여의주가 우주의 영적 본질을 의미하기 때문이다.

용은 매우 다양한 상징을 지닌다. 동양에서 용은 신성한 환상 동물로 나타나는 경우가 많은 반면, 서양에서는 주로 사악한 성질을 지닌 괴물로 묘사된다. 그래서 서양 신화에 나오는 많은 영웅이나 정복자는 용과 싸워 이긴 자로 묘사된다. 용을 뜻하는 영어의 드래곤은 '예리한 눈으로 본다'는 말에서 유래했다. 여기서 짐작할 수 있듯이, 한편으로 용은 어떤 것을 지키는 수호의 역할을 맡았다. 그래서 많은 영웅들은 용을 죽이고 용이 지키고 있는 보물이나 비밀스러운 지식을 차지했다. 뒤집어 생각해 보면, 용을 죽이고 보물이나 지식을 차지했기 때문에 영웅이 된 셈이다.

용(또는 큰 뱀)을 죽이는 것은 사회가 직면한 고난을 극복하는 것을 의미한다. 또한 개인적으로는 자기 내부에 자리잡고 있는 어두운 본성을 다스리고 억제하는 것을 의미한다.

이집트에서는 아포피스라는 뱀이 어둠을 지배한다고 생각했다. 그래서 이집트의 신전에서는 날마다 아포피스와 싸우는 태양신 라를 원조하기 위해 의식을 거행했다. 사람들은 해가 지면 아포피스의 군대가 라의 군대를 습격해서 몰아 낸다고 생각했다. 그리고 아침이 되면 라의 군대가 아포피스의 군대를 몰아 내지만, 아포피스의 군대는 태양의 힘을 약화시키기 위해 때로는 낮에도 출몰해서 하늘에 폭풍의 구름을 일으킨다고 생각했다.

북유럽 신화에도 큰 뱀이 등장한다. 북유럽 신화에 나오는 악신인 로키는 거인과 관계를 맺어 늑대와 뱀을 낳았는데, 신탁에 따르면 이 괴물들이 신의 권력을 빼앗을 것이라고 했다. 그래서 신들은 늑대를 마법의 띠에 묶고, 뱀을 바다에 던졌다. 뱀은 점점 자라서 바다와 대지를 휘감고, 마침내 자기의 꼬리를 물게 되었다. 세상의 종말인 신들의 황혼이 닥쳐오면 뱀은 대지를 삼킨다.

신성한 용 우리나라의 경우, 용은 대개 신성한 동물로 등장한다. 한 가지 예를 들어 보면, 김유신과 함께 삼국을 통일한 신라의 문무왕은 죽을 때가 되자 스스로 용이 되어 일본의 침입을 막겠다고 유언했다.

『삼국유사』에 나오는 선묘도 스스로 용이 되었다. 신라의 3대 고승으로 꼽히는 의상이 중국에서 유학할 때 선묘라는 여자가 의상을 깊이 사모하게 되었다. 그러나 승려의 신분이었던 의상은 선묘에게 알리지 않고 신라로 돌아왔고, 뒤늦게 그 사실을 알게 된 선묘는 용이 되어 신라로 따라왔다. 경북 영주에 있는 부석사는 의상이 창건한 절로, 그곳에 선묘의 사당이 있으며 용이 된 선묘가 부석사에 있다고 전해진다.

한편 『삼국유사』에는 사악한 용이 등장하기도 한다. 사악한 용이 계율을 받고 선하게 바뀌는 내용으로, 이야기의 주인공은 혜통이다.

혜통이 하루는 시냇가에서 놀다가 수달 한 마리를 잡았다. 그는 수달의 뼈를 뒷동산에 버렸는데, 다음날 가 보니 뼈가 어디론가 사라지고 없었다. 이상하게 여긴 혜통이 남아 있는 자취를 따라가자 뼈가 예전에 살던 구멍으로 돌아가 새끼 다섯 마리를 안은 채 쭈그리고 앉아 있는 게 보였다. 혜통은 오랫동안 그 모습을 보다가 세속의 삶을 버리고 중이 되었다.

중이 된 혜통은 당나라로 가서 무외라는 뛰어난 고승에게 가르침을 청했다. 그러나 무외는 혜통이 동쪽 변방에서 온 사람이라고 무시하며 가르침을 주지 않았다. 혜통은 삼 년 동안 봉사했지만 끝내 가르침을 얻지 못했다.

혜통은 분개하여 머리에 화로를 뒤집어썼다. 그러자 정수리가 갈라지면서 벼락이 치는 듯한 소리가 났다. 이 소리를 들은 무외가 혜통의 머리에서 화로를 벗기고 주문을 외어 상처를 치료했다. 상처는 아물었지만 혜통의 머리에는 임금 왕(王)자 모양의 흉터가 남았다. 그 후 무외는 혜통을 가까이에 두고 가르침을 전했다.

때마침 당나라의 공주가 병에 걸려 무외에게 치료받기를 원했다. 그러나 무외는 혜통을 대신 보냈다. 혜통이 흰 콩 한 말과 검은 콩 한 말을

은그릇에 담아 주술을 부리자, 흰 옷을 입은 귀신 군대와 검은 옷을 입은 귀신 군대가 나타나 공주의 몸 속에 있던 사악한 용을 쫓아 냈다.

이렇게 쫓겨난 용은 혜통에게 앙심을 품고 혜통의 고향인 신라로 건너와 행패를 부렸다. 용은 혜통과 친분이 깊은 정공이라는 사람의 집 밖에 있는 버드나무에 숨어 있었다. 정공은 그것을 모르고 무성한 가지를 뻗은 버드나무를 사랑했다. 용 때문에 나라가 어지러워지자 왕은 버드나무를 베어 버리라 명했다. 정공이 명령에 따르지 않자 왕은 그를 죽이고 그 집을 없앴다.

한편 정공을 죽인 왕은, 정공과 친한 혜통이 복수할까 봐 두려워서 군대를 보내 혜통을 죽이고자 했다. 병사들이 들이닥치자 혜통은 병을 하나 들고 앞으로 나섰다. 그리고 붉은 물감을 묻힌 붓으로 병의 목을 긋고 나서 병사들에게 각자의 목을 살펴보라 일렀다. 병사들의 목에는 붉은 줄이 그어져 있었다. 병을 깨면 병사들은 모두 죽을 판이었다. 병사들은 모두 도망치고 말았다.

얼마 후 신라의 왕녀가 병에 걸려 혜통에게 치료받기를 원했다. 혜통은 왕녀의 병을 고쳐 주고, 정공이 용의 간계에 걸려 형벌을 당했음을 왕에게 알려 주었다. 왕은 오해를 풀고 정공의 가족들에게 내린 벌을 거두었다. 또한 혜통을 국사로 삼았다. 혜통은 용을 찾아 내 타이르고 살생을 하지 말라는 계율을 주었다. 용은 다시는 나쁜 짓을 하지 않았다.

한편 일본 신화에서는 야마타노오로치라는 큰 뱀(또는 용)이 퇴치되어야 마땅할 존재로 등장한다.

최고신인 아마테라스의 동생인 스사노오는 나쁜 짓을 한 벌로 하늘에서 추방되었다. 스사노오가 내려온 곳은 일본의 서북부에 해당하는 이즈모라는 곳이었다. 스사노오는 강물에 젓가락이 떠내려오는 것을 발견

스사노오 폭풍의 신 스사노오가 바다의 용(뱀)과 싸우고 있다.

하고 강 위쪽에 사람이 살고 있음을 알았다. 그는 강을 거슬러 올라갔다. 그런데 그곳에서 그는 이상한 광경을 목격했다. 백발이 희끗한 노부부가 딸을 붙잡고 울고 있는 것이었다. 의아하게 여긴 스사노오가 그들에게 다가가 물었다.

"너희들은 누구냐?"

"저는 국토의 신인 오호야마츠미의 아들입니다. 그리고 내 딸은 쿠시나다히메라고 합니다."

"그런데 어찌하여 이렇게 슬피 울고 있느냐?"

"본래 저희에게는 딸이 여덟 있었는데 야마타노오로치라는 뱀이 해마다 하나씩 잡아먹고 이제 막내만 남았습니다. 지금 그 뱀이 나타날 때입니다. 그래서 죽음과 이별을 슬퍼하고 있는 것입니다."

"야마타노오로치란 뱀은 어떻게 생겼느냐?"

노인의 설명에 따르면, 야마타노오로치는 눈이 붉은 꽈리와 닮았고

몸뚱이에 머리 여덟 개와 꼬리 여덟 개가 달려 있다고 했다. 야마타는
'머리 또는 꼬리가 여덟 개로 갈라져 있다'는 뜻이다. 그리고 뱀의 몸에
는 노송나무와 삼나무가 돋아나 있고, 길이는 여덟 계곡과 여덟 산봉우
리에 걸칠 만큼 길며, 배에서는 언제나 피가 뚝뚝 떨어지는 매우 끔찍한
괴물이라고 했다. 스사노오는 잠깐 생각하고 나서 말했다.

"내가 구해 주면 나에게 딸을 주겠느냐?"

"고마우신 말씀이지만 저희는 당신이 누구인지 알 수 없습니다. 잘 모
르는 사람에게 딸을 줄 수는 없지 않겠습니까?"

"나는 아마테라스의 동생인 스사노오로, 얼마 전에 하늘에서 내려왔
다."

그 말은 들은 노부부는 곧바로 엎드려 절을 하고 말했다.

"딸을 거두어 주신다면 영광입니다."

스사노오는 딸을 참빗으로 변신시켜 머리에 꽂은 다음 노부부에게 일
렀다.

"아주 독한 술을 빚고 울타리를 세워라. 울타리에 여덟 개의 입구를
만들고 입구마다 선반을 만든 다음, 선반마다 독한 술이 든 통을 놓아
두어라."

노부부는 스사노오가 시킨 대로 준비해 놓고 기다렸다. 얼마 지나지
않아 야마타노오로치가 큰 몸을 이끌고 나타났다. 뱀은 술통을 보더니
머리를 처박고 게걸스럽게 술을 마시기 시작했다. 독한 술을 모두 마신
뱀은 잔뜩 취해서 그 자리에 누워 잠이 들었다. 스사노오는 그 틈을 이
용해 칼을 뽑아 뱀을 갈기갈기 자르고 찢었다.

그 때문에 강물은 핏빛으로 변했다. 그런데 뱀의 몸뚱이 중간 부분을
자를 때 칼날이 상했다. 이상하게 생각한 스사노오가 칼끝으로 그 부분
을 조심스럽게 갈라 보니 거기에는 매우 훌륭한 칼이 한 자루 들어 있었

다. 그는 그것을 아마테라스에게 바쳤다. 이것이 바로 쿠사나기라는 칼이다. 일본 신화에서 칼은 거울, 곡옥(曲玉)과 함께 왕위를 나타내는 상징물의 하나이다. 쿠사는 강하다는 뜻이며, 나기는 뱀을 가리키는 말이다. 그러니까 쿠사나기는 강한 힘을 가진 뱀의 몸에서 얻은 칼이라는 뜻으로 이해하면 된다.

　그리스 신화에서 페르세우스가 바다의 괴물로부터 구한 안드로메다와 결혼한 것처럼, 스사노오와 쿠시나다히메는 결혼을 하고 이즈모에 궁궐을 짓고 살았다. 여기서 스사노오가 괴물 뱀을 죽인 것은 사회의 혼란을 수습하고 지배자가 되는 과정을 보여 주는 것이기도 하다.

산을 지키는 신

_ 산신

절에 있는 산신각은 산을 지키는 신, 그러니까 산신을 모신 장소이다. 다시 말해서 불교와 아무런 상관이 없는 건물이다. 불교에서는 산신을 숭배하지 않는데 왜 절마다 산신각이 있는 걸까?

그것은 불교가 이 땅에 들어올 때 전부터 있던 신앙인 산신 신앙을 흡수했기 때문이다. 어디든 그렇지만 뭔가 새로운 것이 들어오면 자리를 잡는 과정이 필요하다. 마찬가지로 불교도 이 땅에 들어와 국가적인 종교가 되는 과정에서 이전의 종교를 많이 받아들였다.

그것은 그리스도교가 자기네 종교를 널리 알리기 위해 다른 종교에서 따르던 여신 신앙을 흡수하여 마리아 숭배를 내세운 것이나, 대부분의 민족들이 연말에 축제를 벌이는 것을 받아들여 크리스마스를 연말로 정한 것과 비슷한 맥락이다. 이런 현상을 습합(褶合)이라고 한다. 산신각도 이러한 습합 과정에서 절에 자리잡게 된 것이다.

이 땅의 산신 신앙이 잘 나타나 있는 것은 단군 신화이다. 단군 신화는, 하늘의 신이 이 땅에 내려와서 단군을 얻고 단군은 왕이 되어 세상을 훌륭하게 다스리다가 산신이 된다는 구조를 갖고 있다. 물론 산신각에 있는 산신이 단군이라는 말은 아니다. 단군을 산신 신앙의 원래 모습

산신각 절마다 산신각이 있는 것은 불교가 정착하는 과정에서 이미 있던 종교를 받아들였기 때문이다. 화순 운주사.

으로 볼 수 있다는 말이다.

단군 신화를 모르는 사람은 없다. 그러나 단군 신화를 제대로 알고 있는 사람도 별로 없다. 한국 고대의 신화 세계로 들어가 보자.

단군의 탄생 하늘에 사는 환웅은 평화롭고 아름다운 땅을 내려다보며 좋아했다. 널리 이롭게 할 땅이라고 생각했기 때문이다. 그래서 환웅은 아버지 환인에게 자기의 바람을 말했고 환인도 승낙을 했다.

하늘신의 아들 환웅은, 바람을 다스리는 풍백, 비를 내리게 하는 우사, 병을 다스리는 의사, 멋진 집을 짓는 목수, 나무를 심고 푸른 숲을 아름답게 가꿀 정원사, 맛난 음식을 만드는 요리사 등 3000명이나 되는 많은 무리를 거느리고 신단수 아래로 내려왔다.

신단수는 아주 큰 나무로 하늘신이 살고 있는 하늘로 올라가는 통로였다. 환웅을 비롯해서 하늘에서 내려온 사람들은 신단수 앞에서 하늘에 제사를 지내고 좋은 세상을 만들겠다고 다짐했다. 사람들은 열심히 일했고 환웅은 자그마치 360가지의 일을 맡아서 다스렸다.

하루는 곰과 호랑이가 나타났다. 사람들이 사는 모습이 보기 좋아서 자기들도 사람이 되고 싶다고 했다. 환웅은 곰과 호랑이에게 사람이 되려면 어두운 동굴 속에 들어가 햇빛을 보지 말고 쑥과 마늘만 먹으며 백일을 지내야 한다고 말했다. 여기서 어두운 동굴로 들어가는 것은 새롭게 태어나기 위한 것이다. 동굴은 어머니의 자궁을 상징하기도 한다.

그 말을 따라 둘은 동굴 속에서 쑥과 마늘만 먹으며 견뎠다. 그러다 호랑이는 더 이상 견딜 수가 없어서 동굴 밖으로 뛰쳐나갔다. 하지만 곰은 여전히 참았고, 마침내 정신을 잃고 쓰러졌다. 다시 정신을 차렸을 때 곰은 예쁜 여자로 변해 있었다. 사람들은 그녀를 웅녀라고 불렀다.

곰이 사람 되고 사람이 곰 되는 이야기는 수많은 신화에서 발견된다. 흔히 우리는 사자가 백수의 왕이라고 생각하지만, 고대인들은 곰이 백수의 왕이라고 생각했다. 또한 곰을 신으로 생각한 민족도 많았다. 특히 동북아시아 지역과 북아메리카 지역에서 곰은 최고신이었다. 그러나 옛날 우리 민족의 주요 활동 무대였던 만주 지역은 곰과 더불어 호랑이가 많이 서식하는 곳이어서 곰과 호랑이가 함께 단군 신화 속에 등장한다. 그리고 남쪽으로 내려올수록 곰보다는 호랑이가 주로 이야기에 등장한다. 이 때문에 우리에게는 곰 이야기가 별로 없다.

사람이 된 웅녀는 이번에는 아이를 낳고 싶었다. 그래서 날마다 세상의 한가운데에 있는 신단수에 가서 빌고 또 빌었다. 웅녀의 소원을 이루게 해 준 것은 환웅이었다. 환웅 자신이 웅녀와 결혼을 하기로 결심했던 것이다. 결혼식은 우주나무인 신단수 앞에서 거행되었으며, 우주가 하

나 되는 훌륭한 결혼식이었다. 하늘과
땅, 동물과 식물이 모두 한 마음으로
축복하고 기뻐했다.

그리고 얼마 후 아이가 태어났다.
그 아이가 바로 단군이다. 이렇게 단
군은 세상 모두의 축복을 받고 태어났
으며 우리 민족의 시조가 됨으로써 이
땅에 태어난 모든 사람들이 이렇게 축
복받은 존재임을 대변해 준다.

세계의 많은 신화들은 인간이 어떻게 처음 이 세상에
나타났는지를 이야기하고 있다. 북유럽 신화를 보면
최고신 오딘이 물푸레나무와 느릅나무로 남자와 여자를 만들었고, 그리
스 신화에서는 프로메테우스가 진흙으로 빚어 만들었으며, 남아메리카
신화에서는 여러 가지로 만들었지만 모두 실패하고 결국 잘려 나간 신
의 손가락이 사람이 되었다고 한다.

또한 신이 인간을 창조한 이유에 대해서도, 메소포타미아 신화에서처
럼 신들을 대신해서 노동을 할 노예로 만들기 위해서라거나, 남아메리
카 신화에서 보듯 신들을 찬양하고 제사를 바칠 존재가 필요했기 때문
이라고 한다.

그런데 단군 신화는 앞에서 살펴본 대로, 우주와 세상의 축복 속에서
단군이 태어났고, 또한 우리 모두도 그렇게 태어났음을 웅변하는 아름
다운 이야기이다.

단군은 고조선을 세우고, 아버지 환웅이 한 것처럼 많은 일을 했다.
전하는 말에 따르면 단군은 1908세까지 살았다. 그리고 단군은 산으로

들어가 산신이 되었다. 한국 사람들의 상상 세계에서는 북쪽과 하늘, 그
리고 산은 같은 이미지를 갖고 있다. 따라서 산신이 되었다는 것은 환웅
이 하늘에서 내려온 것처럼 단군이 하늘로 돌아갔음을 뜻한다. 그것은
비가 내려 그 물이 산을 타고 논으로 흘러들고 다시 강이나 바다로 흘러

가 수증기가 되어 하늘로 올라가는 이치와 다르지 않다.

옛 그림을 보면 산신은 늘 호랑이와 함께 나오며 할아버지의 모습을 하고 있다. 실제로 절에 있는 산신각에 가 보면 이를 쉽게 확인할 수 있다. 호랑이와 할아버지가 함께 있으면 바로 그 할아버지가 산신이다. 그 것은, 그리스 신화를 묘사한 그림에서 날개 달린 아이가 활을 들고 있으면 사랑의 신 에로스이고, 뱀 두 마리가 얽혀 있는 지팡이를 들고 날개 달린 신발을 신고 있으면 전령의 신인 헤르메스이며, 삼지창을 들고 있는 수염 난 남자는 포세이돈임을 쉽게 알 수 있는 것과 마찬가지이다.

우리 주위에서도 같은 원리를 찾아볼 수 있다. 예컨대 늘 같은 옷을 입고 다니는 사람이 있다면, 그의 얼굴을 보지 않고 뒷모습만 보아도 그 사람임을 쉽게 알 수 있는 것이다.

산악 신앙

산악 신앙은 크게 둘로 나눌 수 있다. 하나는 산 자체를 믿는 것이다. 산에 가 보면 독특하게 생긴 바위도 있고 깊고 높은 산이 주는 신성함도 있는데, 바로 이런 바위나 산 자체를 믿는 것이다. 히말라야 산맥처럼 보통 사람들이 접근하기 어려운 산이거나 우리의 백두산과 같은 산이 바로 이런 경우이다. 그래서 산에 가서 기도나 기원을 하는 것이다. 또한 신라 시대에 화랑들이 명산을 찾아다니며 수련을 한 것도 이런 생각을 바탕에 둔 까닭이다. 그 전통이 이어져 많은 위인들이 산을 찾아 기도를 하고 삶의 깨달음을 얻은 경우를 역사 속에서 발견할 수 있다.
또 하나는 위의 믿음을 바탕으로 산에 신이나 정령이 있다고 믿는 것이다. 산신의 경우가 이에 해당된다. 특히 우리나라는 산이 많은 나라였기 때문에 산에 대한 생각이 유달랐다. ❖

미로(迷路)와 미궁(迷宮)을 구별할 줄 아나요? 미로는 길이 얽혀 있어 한번 들어가면 빠져나오기 힘든 길을 가리킵니다. 그러나 미궁은 길이 하나밖에 없습니다. 프랑스에 있는 샤르트르 성당 바닥에는 이 미궁이 있습니다. 많은 관광객들이 신발을 벗고 미궁을 걷습니다. 길이 복잡하게 보여도 자기의 길만 따라가면 어느덧 중심에 이르게 됩니다. 미궁은 들어가는 길과 나오는 길이 같습니다. 왜냐하면 길이 하나밖에 없으니까요. 그러므로 우리가 흔히 쓰는 "사건이 미궁에 빠졌다"라는 표현은 틀린 말입니다. 미궁에서는 길을 잃을 염려가 전혀 없으니까요.

미궁은 신화를 닮았습니다. 들어갈 때와 나올 때 길이 같지만 들어갈 때와 나올 때의 나의 모습이 달라져 있기 때문입니다. 예를 들면, 그리스 신화에서 테세우스는 미궁에 갇혀 있던 괴물 황소 미노타우로스를 죽이고 미궁을 빠져나옵니다. 그런데 겉모습은 달라진 게 없지만 테세우스는 다른 사람이 되어 있습니다. 미궁에 들어갈 때는 아테네의 왕자였지만, 괴물을 죽이고 나올 때는 그리스

IV. 길에서 만나는 신화

최고의 영웅으로 변한 거지요. 그래서 미궁에 들어갈 때 도와 준 크레타의 공주 아리아드네와 미래를 약속했지만, 미궁에서 나온 뒤에는 스스로 달라졌기 때문에 도중에 아리아드네를 버리고 홀로 돌아갔다고 생각할 수도 있습니다.

우리의 삶 또한 미궁과 비슷합니다. 어느 유명한 철학자는 이런 말을 했습니다.

"우리는 길에서 나고 길에서 죽는다. 그저 별을 따라갔을 뿐!"

우리가 걸어가는 길, 그것이 삶이고 그 삶은 미궁과 닮아 있으며, 그렇기 때문에 우리의 삶은 매우 신화적일 수밖에 없습니다. 뒤집어 말하면 신화는 우리의 삶을 보여 주고 있다는 거지요. 이 장에서는 길을 걸으며 만날 수 있는 몇 가지 상징을 통해 신화를 보려고 합니다.

집을 지키는 신들

_ 성주신과 집의 신들

 옛날 우리 조상들은 비록 생명이 없는 물건이라도 오래되면 스스로 힘을 가지게 된다고 믿었다. 여기서 생겨난 것이 도깨비이다. 그래서 도깨비는 모습도 다양하게 나타난다. 그리고 사람들은 도깨비가 오래 살았기 때문에 초능력을 가지게 되었다고 믿었다. 도깨비 방망이는 두들기면 원하는 것이 무엇이든 나오는 신기한 방망이이다.

그뿐만 아니라 사람들은 집 안 곳곳에 신이 산다고 믿었다. 문에는 문신, 부엌에는 조왕신이 살고, 심지어 화장실에도 신이 산다고 생각했다. 집을 떠나 멀리 갈 때는 조상신에게도 알리지만 문을 나설 때 문신에게도 절을 했다. 정말로 신이 있는지 없는지는 그리 중요하지 않다. 옛날 사람들이 그만큼 삼가고 조심하며 살았다는 말이다.

또한 길을 나서면 장승과 솟대 등이 서 있어서 길을 가는 사람들을 지켜 주었다. 그리고 보이지 않는 곳에서 조상신이나 집의 신들이 지켜 준다고 믿었다. 서양에도 수호천사가 있어서 사람들을 지켜 준다는 믿음이 있듯이, 이 점은 동서양이 다르지 않다.

우리나라에서 집의 신은 성주신이다. 그리고 성주신의 신화를 성주풀이라고 한다. '풀이'라는 말은 그 신의 내력을 풀어 낸다는 의미를 지닌

장승과 솟대 집과 마을, 그리고 길 가는 이들을 지켜 준다.

168

다. 따라서 풀이는 신화와 같은 말이 된다.

한국 신화에서 집의 신이 된 사람은 황우양이다. 황우양은 뛰어난 목수였다. 한 번은 하늘의 궁궐이 무너지자 하늘에서 황우양을 부른다. 황우양은 아내의 도움을 얻어 하늘로 간다. 그때 아내가 길을 가는 도중에 만나는 사람과 말을 하지 말라고 했지만 소진랑이라는 자가 약을 올리는 바람에 말을 섞고 말았다. 소진랑은 황우양을 속여 옷과 말을 바꾸어 황우양의 집으로 가서 재산과 아내를 빼앗는다. 한편 황우양은 불길한 꿈을 계속 꾸게 되고 서둘러 일을 마친 다음 집으로 돌아온다. 그러나 집은 잡초만 무성할 뿐이었다. 소진랑이 모든 재산을 빼앗아 자기 집으로 옮겼기 때문이다. 그러나 황우양은 아내의 도움을 받아 소진랑을 굴복시키고 집을 다시 지어 성주신이 되었다. 성주신은 집 안의 모든 신을 다스리는 신으로, 나라로 따지자면 임금이다.

간단하게나마 성주신이 어떤 과정을 거쳐서 집에 자리를 잡았는지 살펴보았다. 그렇다면 신들끼리의 갈등과 다툼은 없을까? 없을 리가 없다. 예부터 화장실과 부엌은 서로 마주 보지 않게 지었다. 물론 위생 문제 때문에도 그렇겠지만, 이것은 부엌의 조왕신과 화장실의 측신 사이의 다툼과도 연관이 있다.

집 안에 자리잡은 신들의 사연 제주도에서는 큰굿이라는 굿이 행해진다. 큰굿 가운데 문전본풀이가 있다. 문전본풀이는 집 안의 여러 신들이 자리를 잡는 이야기이다.

옛날 남선 고을의 남선비와 여산 고을의 여산 부인이 부부로 살았다. 집은 가난한데 아이들은 자꾸 태어나 모두 일곱 형제나 되었다. 부부는 먹고살 궁리를 하다가 곡식을 사고 파는 무역을 하기로 결정했다.

남선비는 배를 한 척 마련하고 쌀을 살 수 있는 밑천을 모았다. 그리고 처자식을 남겨 둔 채 무역을 하러 떠났다. 배는 물결 따라 흘러가다가 오동 나라 오동 고을에 닿았다. 이 고을에는 노일제대귀일의 딸이라는 아주 마음씨 나쁜 여자가 살고 있었다. 그녀는 남선비가 쌀을 사러 왔다는 말을 듣고 재빨리 선창가로 달려갔다.

노일제대귀일의 딸은 남선비에게 접근해서 온갖 아양을 다 떨었다. 세상 물정을 잘 모르는 순진한 남선비는 그녀가 내기 장기를 두자는 말에 속아서 며칠 동안 장기를 두었는데 번번이 남선비가 졌다. 남선비는 타고 갔던 배와 쌀을 사려고 가져갔던 돈을 모두 잃었다. 이제는 올 수도 갈 수도 없는 처량한 신세가 되고 만 것이다. 남선비는 하는 수 없이 노일제대귀일의 딸을 첩으로 삼아 기대어 살 수밖에 없었다. 마음씨 나쁜 첩이 남편에게 잘할 까닭이 없었다. 움막 같은 곳에 남선비를 살게 하고 먹을 것도 제대로 주지 않았다. 비참한 생활을 하기를 몇 년째, 남선비는 눈까지 어두워졌다.

한편 몇 년을 기다려도 남편이 돌아오지 않자 여산 부인은 아이들을 한 자리에 불러모았다. 여산 부인은 남선비를 찾으러 가겠다며 배를 한 척 만들어 달라고 부탁했다. 다음날부터 일곱 형제는 산에 올라가 나무를 베어 배를 만들었다. 여산 부인은 아들들을 남겨 두고 혼자 배에 올랐다. 배는 물결 따라 흘러가다가 오동 고을에 닿았다. 그러나 남편을 찾을 일이 막막했다. 그때 아이들이 부르는 노랫소리가 들려왔다.

"너무 약은 척하지 마라. 남선비가 약은 척해도 노일제대귀일의 딸에게 속아 움막에서 겨로 만든 죽을 먹고 있단다."

여산 부인은 아이들에게 물어 고개 넘고 산을 넘어 남선비가 사는 움막에 찾아갔다. 여산 부인은 움막 안에다 대고 하룻밤 묵어 가기를 청했다. 그러나 남선비는 집이 좁아서 재워 줄 수 없다고 거절했다. 여산 부인이 들어 보니 틀림없는 남편의 목소리였다.

"어째 인심이 이렇습니까? 부엌이라도 좋으니 하룻밤 묵어 가게 해 주세요."

마음이 약한 남선비는 마지못해 승낙을 했다. 여산 부인은 눈물을 참으며 윤기가 흐르는 쌀로 밥을 해서 남선비 앞에 내놓았다. 그리고 자기가 여산 부인임을 밝혔다. 둘은 손을 마주 잡고 재회를 기뻐했다. 그때 노일제대귀일의 딸이 들이닥쳤다.

"아니, 이놈이 겨죽이라고 배불리 먹여 놨더니 여자를 끌어들여?"

남선비는 먼 곳에서 아내가 찾아왔노라고 사실대로 말했다. 그러자 노일제대귀일의 딸은 재빨리 태도를 바꾸어 아양을 떨며 여산 부인의 손을 잡았다.

"아이고, 형님. 이 먼길을 어떻게 오셨단 말이오. 우선 시원하게 목욕이라도 같이 합시다."

여산 부인은 노일제대귀일의 딸이 이끄는 대로 주천강으로 갔다. 노일제대귀일의 딸은 등에 물을 뿌려 주겠다며 여산 부인에게 옷을 벗고 돌아서라고 한 다음 그대로 힘껏 밀어 버렸다. 여산 부인은 물 속에서 허우적거리다가 그만 세상을 떠나고 말았다. 노일제대귀일의 딸은 재빨리 여산 부인의 옷으로 갈아입고 남선비에게 돌아갔다.

"노일제대귀일의 딸이 행실이 고약해서 주천강 연못에 빠뜨려 죽였습니다."

앞을 못 보는 남선비는 기뻐하며 노일제대귀일의 딸을 여산 부인으로 생각하고 고향으로 가자고 말했다. 고향에 이르니 일곱 형제가 마중을 나와 있었다. 모두 정성을 다해 부모를 맞았는데, 막내만은 어머니가 이상하다고 말했다. 그래서 형제들은 어머니가 집을 제대로 찾아가는지 보기로 했다.

노일제대귀일의 딸이 집을 알 까닭이 없었다. 그녀는 아버지를 찾기 위해 고생을 많이 해서 그렇다고 변명했지만, 형제들은 그녀가 가짜임을 알아차렸다. 형제들은 어머니를 그리워하며 허구한 날 눈물로 지냈다. 노일제대귀일의 딸도 그 사실을 알고서는 짐짓 아픈 체했다. 사랑하는 아내가 앓아눕자 남선비는 걱정이 태산 같았다. 노일제대귀일의 딸이 말했다.

"요 앞에 가면 점쟁이가 있을 터이니 내 병을 낫게 하려면 어떻게 해야 하는지 물어나 보소."

노일제대귀일의 딸은 남선비가 나가자 지름길로 먼저 가서 남선비가 오기를 기다렸다. 그리고는 남선비가 아내의 병에 대해 묻자 점쟁이처럼 손가락으로 짚어 보는 척하다가 대답했다.

"아들이 일곱 있군. 일곱 형제의 간을 먹으면 나을 거야."

남선비는 어깨를 축 늘어뜨린 채 집으로 가서 아내에게 점쟁이의 말을 전했다. 그러자 노일제대귀일의 딸은 그럴 수 없다며 다른 점쟁이에게 물어 보라고 말했다. 그러고는 또다시 샛길로 가서 남선비를 기다렸다. 남선비가 아내의 병에 대해 묻자 이번에도 똑같은 대답을 했음은 물론이다.

그녀는 남선비보다 먼저 집으로 돌아와서 배가 아프다며 방바닥에서 뒹굴고 있었다. 그 모두가 계략인 줄을 모르는 남선비는 두 점쟁이가 같은 말을 했기 때문에 더 이상 의심을 하지 못했다. 일곱 형제는 그 이야기를 듣고 노일제대귀일의 딸이 자기들을 죽이려고 한다는 것을 알았지만, 그저 눈물만 주르륵 흘릴 뿐이었다. 울다 지쳐 잠이 든 형제의 꿈에 어머니인 여산 부인이 나타나 살아날 방도를 일러 주었다.

형제는 어머니가 일러 준 대로 새끼멧돼지 여섯 마리를 잡았다. 막내가 멧돼지의 간 여섯 개를 들고 집 안으로 들어갔고, 다른 형제들은 집

제주도의 통시와 정지 이 사진들은 예전 제주도의 화장실과 부엌을 보여 준다. 제주도의 문전본풀이에서는 부엌과 화장실을 비롯하여 여러 신들이 집 안에 자리잡는 과정이 소개된다.

을 에워쌌다. 막내가 집으로 들어가기 전에 말했다.

"내가 큰 소리를 지르거든 뛰어들어 오세요."

노일제대귀일의 딸은 여전히 아픈 척하고 있었다. 막내는 간 여섯 개를 내놓고 밖으로 나와 몰래 안을 들여다보았다. 노일제대귀일의 딸은 입술에 피만 살짝 묻혀서 간을 먹은 척하고는 숨겨 놓았다. 막내가 다시 방으로 들어가 노일제대귀일의 딸에서 물었다.

"몸은 어떠신지요?"

"많이 좋아졌는데, 하나만 더 먹으면 완쾌할 듯하다."

막내의 간까지 먹겠다는 말이었다. 막내는 큰 소리를 지르며 노일제대귀일의 딸에게 달려들었다. 그 소리에 형제들도 모두 뛰어들어 왔다. 그러자 노일제대귀일의 딸은 바깥으로 도망치지도 못하고 벽에 구멍을 뚫어 화장실로 도망을 쳤고, 거기서 자기 머리카락으로 목을 매어 죽었다. 이렇게 해서 노일제대귀일의 딸은 화장실의 신인 측도부인(厠道婦人)이 되었다. 한편 남선비도 정신없이 달아나다가 낯선 사람이나 짐승의 출입을 막기 위해 걸쳐 놓은 굵은 막대기에 목이 걸려 죽었다. 그래

서 그는 나무 기둥의 신인 주목지신(柱木之神)이 되었다.

일곱 형제는 다시 복수를 하려고 죽은 노일제대귀일의 딸을 화장실에서 끄집어 냈다. 먼저 다리를 찢어 용변을 볼 때 디디고 앉는 납작한 돌로 만들고 몸도 잘게 찢어서 버렸다. 그 중에 배꼽은 굼벵이가 되었고, 몸은 빻아서 바람에 날리자 각다귀와 모기로 변했다.

복수를 끝낸 일곱 형제는 서천 꽃밭으로 가서 뼈를 되살리는 뼈살이꽃과 살을 되살리는 살살이꽃, 숨을 되살리는 숨살이꽃을 얻어서 주천강 연못으로 달려갔다. 그러나 물이 차 있어서 어머니의 시신이 어디 있는지 알 수가 없었다.

"비나이다, 비나이다. 연못물을 마르게 해서 어머니의 몸을 찾을 수 있게 해 주십시오."

형제가 이렇게 빌자 물이 마르기 시작했고 어머니의 뼈가 고스란히 드러났다. 뼈를 한 자리에 수습해서 차례대로 꽃으로 때리니 여산 부인이 기지개를 펴며 자리에서 일어났다.

"봄잠을 달게 잤구나."

일곱 형제는 어머니를 모시고 고향으로 돌아왔다. 여산 부인은 오랫동안 물 속에 있어서 추웠기 때문에 따뜻한 불을 쬘 수 있는 부엌의 신, 곧 조왕신이 되었다. 또한 형제들은 각각 동서남북과 중앙의 장군이 되고 여섯째는 뒷문의 신이 되었다. 영리한 막내는 앞문으로 들어가 문신이 되었다. 그 후로 명절이나 제사 때 문신에게 문전제라는 의식을 치르고 음식을 조금 떠서 지붕과 조왕신에게 올리게 되었다.

또한 여산 부인과 노일제대귀일의 딸 사이가 좋지 않았기 때문에 부엌과 화장실은 서로 멀리 떨어져 있어야 하며, 화장실의 것은 돌 하나, 나무 한 조각이라도 부엌에 가져가면 안 된다는 말이 생겼다.

옛말에 화장실과 처갓집은 멀수록 좋다는 말이 있다. 그러나 현대에는 반대로 화장실과 처갓집은 가까울수록 좋다고 한다. 예전에야 위생 문제도 있어서 화장실과 부엌은 될 수 있는 대로 멀리 떨어져 있어야 했지만, 지금이야 그렇지 않다. 무엇보다 중요한 것은 우리가 어디를 가든 신들이 있어서 지켜보고 있으니 말과 행동을 삼가야 한다는 점이다.

길 위의 하위 신들

장승, 솟대, 서낭당 등은 길에서 만날 수 있는 하위 신들이다. 하위라고 해서 낮다는 뜻이 아니라 그만큼 우리에게 친숙하다는 뜻이다. 그러니까 예전에 나라에 큰 일이 있을 때나 마을에 문제가 생겼을 때는 큰 신들에게 고하고 해결을 도모했지만, 개인적인 일이 있을 때는 하위 신들을 찾았다는 말이다. 예를 들면, 아이가 없는 사람은 장승의 코를 갈아먹으면 아이를 낳는다는 속설이 전해지기도 한다. 또한 장승이나 솟대 등은 마을의 경계를 나타내기도 하고 다른 지역에서 들어오는 나쁜 기운을 막는 역할도 했다.
길을 가다가 돌무더기에 돌을 하나 얹고 두 손을 모아 빈 적이 있는가? 적어도 그런 모습을 본 적은 있을 것이다. 길가에 나뒹굴던 돌은 돌무더기, 곧 서낭당에 얹히면서 매우 성스러운 의미를 지닌 돌이 되고 신앙의 대상이 된다. 성스러움과 속된 것의 차이는 이처럼 종이 한 장 차이이다. 길뿐만 아니라 우리 주변을 둘러보면 신성한 것들이 많이 널려 있다. ❖

일본 국기에 얽힌 신화

_ 아마테라스

일본의 국기는 참으로 그리기 쉽다. 하얀 종이에 한 가운데 둥근 원을 그리고 빨갛게 칠하면 그만이다. 이렇게 간단한 일본 국기는 무엇을 상징할까? 그것은 다름 아닌 태양이다. 그리고 그 태양은 일본 신화에 나오는 최고신 아마테라스를 상징한다. 아마테라스가 일본 신화에서 최고신이면서 태양신이기 때문이다.

일본이 제국주의로 치닫던 시기에 일본의 국기는 빛이 퍼져 나가는 모양으로 표현되었다. 그것은 태양의 빛이 퍼지는 모습이었지만, 한편 군대의 힘으로 세계로 뻗어 나가겠다는 일본 군국주의의 의지가 담겨 있는 것이기도 했다.

일본 신화는 우리에게 많이 알려져 있지 않다. 중국과 일본의 신화가 우리 신화나 역사와 깊이 연관되어 있어서 다루기가 쉽지 않기 때문이다. 특히 일본 신화의 경우, 신라의 왕자가 등장하기도 하고 직간접으로 한반도와 연관이 된다. 특히 일본 신화는 8세기에 정리되는 과정에서 많이 가공되었다는 점도 고려하면서 보아야 한다.

어쨌든 일본 신화는 두 신으로부터 시작된다. 태초의 신이 따로 있지만 흔적만 남아 있고, 실제로는 이자나기와 이자나미라는 두 신에 의해 펼쳐진다. 두 신은 신들의 명령에 따라 세상에 내려와 먼저 지금의 일본

이자나기와 이자나미 두 신은 일본 땅과 그 땅을 다스릴 신들을 낳았다.

을 구성하고 있는 땅을 낳고, 그 다음에 땅을 다스릴 신들을 낳았다. 그런데 여신인 이자나미가 불의 신을 낳다가 그만 불에 타 죽고 말았다.

이자나기는 아내를 그리워하며 죽은 자의 나라인 황천으로 이자나미를 찾아간다. 이자나기는 이자나미에게 다시 지상으로 돌아가서 다 못 끝낸 신들을 낳는 일을 계속 하자고 졸랐다. 그러자 이자나미는 안으로 들어가 저승의 신과 의논해 보겠다고 하면서, 이자나기에게 절대로 자기의 죽은 몸을 보려 하지 말라고 부탁했다. 그러나 궁금증이 생긴 이자나기는 몰래 들어가 이자나미의 몸을 보았는데 이미 썩어서 구더기가 득시글거렸다. 이자나기는 그만 이자나미에게 정이 떨어져서 도망을 쳤다. 망신을 당했다고 생각한 이자나미는 저승의 군대를 풀어 쫓아왔다. 이자나기는 천 명이 힘을 합쳐야 들 수 있는 천인석이라는 돌을 세워 이승과 저승을 구분짓고 서로 넘나들지 못하게 했다.

고대 사람들은 죽음에 대해 많은 고민을 했던 것으로 보인다. 세상에 죽음이 생겼음을 말하려고 하는 이런 신화들을 보면 그렇다. 세계의 신화 가운데는 죽음의 이유를 설명하는 신화가 많다. 신화에서는 사람들이 죽게 된 이유를 무엇이라 생각했을까?

음식과 관련된 것으로는, 돌을 음식으로 선택하지 않고 바나나를 선택했기 때문에 돌처럼 영원히 살지 못하고 죽게 되었다는 신화가 있으며, 창조주와 그에 대립하는 존재의 갈등에서 인간의 죽음이 비롯되었다고 하는 신화, 그리고 신과 인간의 매개자인 토끼, 개, 도마뱀 등의 잘못으로 인간이 영원히 살지 못하고 죽음을 맞이한다는 신화도 있다. 그런가 하면 사람들이 잘못을 저질렀기 때문에 신의 벌을 받아 죽게 되었다고 전하는 신화도 있다.

아마테라스는 이자나기가 저승에 다녀온 다음에 태어났다. 이자나기는 부정한 나라에 다녀왔다는 생각으로 몸을 씻었는데, 이 과정에서 열 명의 신이 태어났다. 그 다음에 눈과 코를 씻었는데, 왼쪽 눈에서 아마테라스가 태어나고 오른쪽 눈에서 츠쿠요미가 태어났으며, 코에서는 스사노오가 태어났다. 이자나기는 이렇게 태어난 세 신을 보고 무척 기뻐했다. 그는 목에 걸고 있던 구슬을 아마테라스에게 주면서 천상계를 다스리라고 말했다. 그리고 츠쿠요미에게는 밤의 세계를, 스사노오에게는 바다를 다스리라고 명령했다. 여기서 아마테라스는 여신이고, 스사노오는 남신이다.

그런데 스사노오는 바다로 가지 않았다. 대신에 누이인 아마테라스가 있는 하늘로 갔다. 하늘로 간 스사노오는 여러 가지 나쁜 짓을 저질렀다. 한 번은 음식물을 관장하는 여신인 오호케츠히메에게 음식을 달라고 했다. 여신은 코와 입, 엉덩이에서 여러 가지 재료를 꺼내어 요리를 했다. 그러나 이를 본 스사노오는 음식이 더럽다며 여신을 죽였다. 그뿐만 아니었다. 아마테라스가 경작하는 논두렁을 부수고 그 논에 댈 물이 흐르는 개천도 메워 버렸다. 게다가 아마테라스가 제물을 먹는 신전에 오물을 뿌리기까지 했다.

그러나 아마테라스는 화를 내지 않고 동생을 감쌌다. 그러다 결국 일이 나고 만다. 어떤 여자가 신에게 바칠 옷을 짜고 있을 때 스사노오가 용마루에 올라가 천장에 구멍을 내고 얼룩말의 가죽을 떨어뜨렸다. 베 짜던 여자가 이를 보고 놀라는 바람에 베틀의 북에 찔려 죽고 말았다.

이를 본 아마테라스는 분노와 함께 두려움을 느꼈다. 그녀는 석굴의

아마테라스 태양신 아마테라스가 동굴로 숨어 세상이 캄캄해지자 신들이 꾀를 내어 아마테라스를 끌어 낸다.

문을 열고 들어가 숨었다. 해가 모습을 감추자 천상계는 어두워졌고 땅 위에도 암흑이 찾아왔다. 세상에는 끊임없이 밤만 이어졌으며, 어둠은 온갖 재앙을 낳았다.

신들은 한 자리에 모여 앞으로 어떻게 할지 대책을 논의했다. 지혜가 뛰어난 오모히카네 신이 묘안을 내놓았다. 먼저 닭을 모아 울게 하고 강에서 단단한 돌을 주워 와 거울을 만들었으며, 500개의 구슬을 꿴 장식물도 만들었다. 그러고 나서 제의를 올리고 점을 쳤다. 점괘에 따라 여러 가지 준비를 한 다음, 팔의 힘이 센 아메노타지카라오 신이 석실 옆에 숨었다. 그리고 아메노우즈메가 머리에 넝쿨나무를 꽂고 대나무 잎을 손에 쥔 채, 뒤집어 놓은 통 위에서 발을 세차게 구르며 춤을 추었다.

그녀는 춤을 추면서 젖가슴을 드러냈고 치마의 끈을 늘어뜨렸다. 그 모습을 보고 있던 신들은 하늘이 떠나갈 정도로 큰 웃음을 터뜨렸다. 한 편 아마테라스는 밖에서 시끄러운 소리가 나자 의아하게 여겼다. 바깥은 분명히 어둠에 휩싸여 있을 텐데 웃음소리가 들리니 이상할 만도 했다. 호기심을 견디지 못한 아마테라스는 문을 조금 열고 밖을 내다보았다. 춤을 추던 아메노우즈메가 그 모습을 보고 말했다.

"당신보다 더 존귀한 신이 있기 때문에 우리는 즐겁게 웃으면서 놀고 있어요."

그러고는 미리 준비한 거울을 아마테라스 앞에 내놓았다. 거울에 비친 것이 자기라는 것을 모르는 아마테라스는 점점 강한 호기심에 사로잡혀 석굴의 문을 조금 더 열었다. 그때 아메노타지카라오가 힘차게 아마테라스를 밖으로 끌어 냈다. 그러자 세상이 갑자기 밝아졌다. 이렇게 해서 세상은 다시 빛을 되찾았다.

아마테라스가 돌아온 뒤 신들은 스사노오에게 많은 속죄물을 물게 하고 수염과 손발톱을 모두 잘라 죄를 씻게 한 다음 하늘에서 추방했다.

이 이야기는 일식을 설명한 것이라고 해석하기도 한다. 태양인 아마테라스가 동굴 속에 숨는 것은 일식이 진행됨을 뜻하고, 아마테라스가 조금씩 모습을 드러내는 것은 일식이 끝남을 뜻한다는 것이다.

앞의 신화는 태양신인 아마테라스의 모습을 잘 드러낸 신화이다. 이후 일본 신화는 아마테라스 계열과 스사노오 계열의 갈등 속에서 전개된다. 다시 말해서 아마테라스는 하늘의 신을 대표하고 스사노오는 땅의 신을 대표해서 그의 후손들이 서로 부딪친다. 이를 우리나라와 연관시켜 아마테라스는 백제, 스사노오는 신라에서 건너간 후손이라는 연구 결과도 있다.

한국 신화와 일본 신화

한국은 일본과 지리적으로 가까울 뿐만 아니라 언어나 생김새 등에서 많은 것을 공유하고 있다. 반면 중국과는 국경을 마주하고 있지만 여러 가지로 다른 점이 많다. 신화 또한 그렇다.

한국 신화와 일본 신화는 닮은 점이 많다. 예를 들면, 하늘신의 아들인 환웅이 하늘에서 내려와 단군을 낳고 고조선을 세운 것처럼, 일본에서는 하늘신이며 태양신인 아마테라스의 손자 니니기가 땅으로 내려왔고 그 후손이 바로 일본을 다스리는 천황이 된다. 또한 지렁이의 아들로 태어난 견훤의 이야기도 일본에 그대로 전해지고 있다. 이렇게 구체적인 이야기 외에 신화의 구조도 비슷하다.

또한 신화뿐만 아니라 나무꾼과 선녀, 해와 달이 된 오누이 등의 설화도 거의 비슷하다. 이처럼 한국 신화와 일본 신화가 서로 닮은 것은 고대에 두 나라가 밀접한 관계였음을 보여 준다. ❖

신화의 이미지를 두르다

_ 상표

우리 주위를 둘러보면 신화에서 그 이름을 따온 것들이 참으로 많다. 우리들이 즐겨 먹는 박카스는, 그리스 신화에 나오는 술의 신인 디오니소스가 로마 신화에서는 바쿠스로 이름이 바뀌었는데 거기서 따온 것이다. 또한 속옷 상표로 유명한 비너스도 마찬가지이다. 그리스 신화에서 아름다움의 여신인 아프로디테는 로마 신화에서 베누스인데 그것을 영어로 읽은 것이 비너스이다. 이는 너무 유명한 것이라 설명할 필요가 없을 정도이다.

옷에도 신화에서 따온 이름이 꽤 있다. 옴팔로스는 '세상의 배꼽'이라는 뜻으로 그리스의 델포이에 있는 신성한 돌을 말한다. 그리스 사람들은 델포이가 세상의 중심이라고 생각했던 것이다. 신화에 따르면 제우스가 세상의 중심을 알기 위해 독수리 두 마리를 서로 반대편으로 날려 보냈다고 하는데, 독수리가 만난 곳이 바로 델포이였다.

메이폴은 5월 축제에 꽂아 두었던 장대로, 그 역시 장대가 세워진 곳이 세상의 중심이라는 의미를 갖고 있다. 화장품 이름 가운데 칼리라는 것이 있다. 칼

옴팔로스 그리스 사람들은 이 돌이 있는 델포이가 세상의 중심이라고 여겼다.

칼리 칼리는 자애로운 어머니이자
파괴의 여신으로, 사람을 죽이는 칼과
생명을 선사하는 씨앗 접시를 손에 들고 있다.

리는 인도 신화에 나오는 여신이다.

자동차 이름에도 신화의 흔적이 보인다. 지금은 만들지 않는 차이지만, 베스타는 로마 신화에서 불의 신 이름이다. 베스타는 그리스 신화에서는 제우스의 딸 헤스티아에 해당한다. 헤스티아는 그다지 중요한 신은 아니었지만 로마 신화에서는 불의 신 베스타로 매우 중요한 신 가운데 하나가 되었다.

또한 타이탄(Titan)이라는 트럭이 있었는데, 이것은 그리스 신화에 나오는 거인족인 티탄족의 이름에서 따온 것이다. 그만큼 힘이 좋은 트럭이라는 이미지를 주기 위해서이다. 괴물이나 거인과 연관된 또다른 것으로는 태풍을 가리키는 사이클론(Cyclone)과 타이푼(Typhoon)이 있는데, 이것은 각각 외눈박이 거인 키클롭스(Cyclops)와 그리스 신화 최고의 괴물인 티폰(Typhon)에서 유래했다. 그리고 거인을 뜻하는 자이언트(Giant)란 말도, 대지의 여신 가이아가 제우스를 몰아 내기 위해 세상에 내보낸 거인족인 기가스(Gigas)에서 유래했다.

한때 고급차였던 아카디아(Arcadia)는, 그리스 사람들의 이상향이며 그리스 신화의 주무대 가운데 하나였던 아르카디아에서 유래한 것이다. 아르카디아는 그리스 서쪽 지방으로 이오니아해를 사이에 두고 이탈리아와 그리스가 마주 보고 있는 지역이다.

원래 아르카디아 지방은 무척 메마른 곳이었다. 아르카디아 지방이

아카디아 아르카디아는 그리스인들의 이상향이자 그들 신화의 주무대이다. 아르카디아의 이름을 딴 자동차 아카디아.

그리스 사람들의 목가적인 이상향이 될 만큼 풍요로워진 것은, 한 사냥꾼의 사랑으로 말미암은 것이다. 알페이오스라는 이름을 가진 이 사냥꾼의 사랑 이야기를 들어 보자.

알페이오스(지금의 알피오스)는 아르카디아 지방을 가로질러 흐르는 강이다. 원래 몹시 메마르고 건조한 지역이었던 그곳에 강이 흐르면서 푸르름을 선사하고 생명의 환희를 안겨 주게 된 이야기이다.

이상향이 된 아르카디아 티탄이자 대양의 신인 오케아노스의 아들 알페이오스는 원래 사냥꾼이었다. 알페이오스는 어느 날 사냥의 여신 아르테미스에게 사랑을 느낀 다음부터 사냥감을 쫓듯 아르테미스를 쫓아다녔다. 그는 아르테미스를 깊이 사랑한 나머지 다른 여자는 거들떠보지도 않았다. 사실 알페이오스의 사랑은 사랑이라기보다는 사냥꾼이라는 직업에서 비롯된 것으로 사냥의 여신에 대한 존경이었다. 그러나 사랑을 잘 알지 못했던 알페이오스는 그것을 사랑으로 알았다.

아르테미스는 사람들에게 가혹한 신 가운데 하나였다. 악타이온이라

184

아르테미스와 악타이온 아르테미스가 자신의 알몸을 본 악타이온을 차갑게 노려보고 있다. 악타이온은 곧 사슴으로 변해서 사냥개에게 물어뜯길 처지에 있다. 티치아노의 그림.

는 사람이 우연히 자기의 벗은 몸을 보았다는 이유로 그가 기르던 사냥개에게 물려죽게 만들기도 했고, 테베의 왕비 니오베가 자기 어머니를 모욕했다는 이유로 그녀의 열네 명 자식들 가운데 아들 딸 하나씩만 남기고 모두 활로 쏘아죽이기도 했다. 아르테미스는 알페이오스가 스토커처럼 자기 뒤를 따라다니는 것을 알아차렸다.

하지만 아르테미스는 알페이오스의 감정이 인간적 욕망이라기보다 사냥의 여신에 대한 순수한 끌림이라고 보았기 때문에, 자기를 쫓아다니는 사냥꾼 알페이오스에게 해를 입히지 않았다. 오히려 알페이오스와 게임을 했다. 그것은 알페이오스가 마음속에 담고 있는 것이 사랑이 아니라 존경임을 깨우쳐 주려는 것이었다.

아르테미스는 자기를 따르는 님프들에게 얼굴에 진흙을 바르라고 말하고 자기도 얼굴에 진흙을 발랐다. 그리고 알페이오스 앞에 나타났다. 알페이오스는 얼굴에 진흙을 바르고 늘어서 있는 여자들 가운데 누가 아르테미스인지 찾아 낼 수 없었다. 알페이오스는 그토록 사랑하는 아르테미스를 알아보지 못했다는 것에 충격을 받았다. 알페이오스는 그제야 자기의 감정이 사랑이 아니었음을 깨달았다.

알페이오스는 아르테미스를 대신할 여자를 찾았다. 어느 날 님프 하나가 목욕하는 것을 보고 알페이오스는 감전이 된 듯한 전율을 느꼈다. 님프의 이름은 아레투사였다. 아레투사는 신이 아니었기 때문에 알페이오스의 사냥꾼다운 끈질긴 추적을 피할 수도 없었고, 아르테미스처럼 게임을 할 수도 없었다.

아레투사 역시 알페이오스가 그랬던 것처럼 잘못 생각한 게 있었다. 그녀는 처녀의 부끄러움에 빠져 알페이오스를 싫어하며 자꾸만 피하려고 했다. 알페이오스를 진짜 싫어한 것이 아니라 부끄러움이 아레투사를 방해했던 것이다. 이번에는 알페이오스가 아레투사에게 그것을 알려 주어야 했다. 그러나 그는 방법을 몰랐다.

아레투사는 이오니아해를 건너 지금의 이탈리아에 있는 시칠리아까지 도망쳤다. 거기서 그녀는 아르테미스에게 빌어 샘이 되었다. 그리스 신화에는 이와 같은 변신 이야기가 많다. 다프네는 월계수로 변신했고 시링크스는 갈대로 변신했다. 그러자 아폴론은 월계수 잎으로 머리에 쓰는 관을 만들었고, 판은 시링크스가 변신한 갈대로 악기를 만들었다.

그러면 알페이오스는 어떻게 했을까? 아레투사가 사라지자 알페이오스는 이오니아해를 바라보며 고민했다. 그들 사이에는 이오니아해라는 큰 바다가 가로막고 있었다. 알페이오스는 고민 끝에 스스로 강물로 변했다. 아레투사가 물이 되었으니 그 역시 물이 된 것이다. 강이 된 알페이오스는 이오니아해 밑바닥을 지나 시칠리아까지 흘러갔다. 그리고 샘이 된 아레투사와 합쳐졌다. 아폴론이나 판처럼 월계수나 갈대로 변신한 상대를 안타까운 마음으로 바라보지 않고 알페이오스는 스스로 연인과 같아진 것이다.

그 후 아르카디아 지방에는 사랑의 환희가 가득한 풍요로운 강이 흐르게 되었고 메말랐던 땅에는 푸르름이 살아났다. 그리스 사람들은 흘러가는 강물 앞에 서서 보이지 않는 사랑을 보았다. 그리고 그들은 알페이오스와 아레투사의 사랑 이야기를 만들어 냈다. 그리하여 고대 그리스 사람들은 아르카디아를 목가적이고 낭만적인 이상향으로 생각하게 되었다.

곡물의 신 자청비 이렇듯 우리 주변에서 쓰이는 이름에는 주로 그리스 신화에서 따온 것이 많다. 하지만 우리 민족에게도 이에 버금가는 아름답고 신기한 이야기가 많다.

근래에 나온 술 이름 가운데 자청비라는 게 있다. 한자는 다르게 쓰지만 자청비는 제주도 신화에서 따온 말이다. 자청비(自請妃)는 자청해서 낳은 딸이라는 뜻으로, 아이가 없던 부모가 오랫동안 정성을 들여서 낳은 딸이었다. 자청비는 우연히 글공부를 하기 위해 하늘에서 내려온 문 도령을 만나 좋아하게 되었다. 자청비는 문 도령과 장래를 약속했지만 하늘로 돌아간 문 도령한테서 소식이 없자, 집을 나와 문 도령을 찾아다닌다. 그녀는 여러 가지 힘든 일을 겪으면서도 끝까지 포기하지 않고 자

기의 운명을 개척해 나간다. 마침내 자청비는 문 도령을 만나 결혼을 하고, 하늘에서 일어난 전쟁을 승리로 이끄는 데 결정적인 공을 세운다. 그리고 땅으로 내려와 곡물의 신이 되었다.

지금까지 우리는 신화 하면 그리스 로마만 떠올리는 경향이 있었다. 그래서 상품의 이름을 지을 때도 주로 그리스 신화에서 많이 따왔다. 하지만 이제부터는 앞에서 예를 든 것처럼 우리 신화에도 관심과 애정을 가졌으면 한다.

가이아 이론

상표뿐 아니라 학문이나 사상에도 신화 속 이름이 적절히 활용된다. 그 가운데 가이아 이론을 예로 들 수 있다. 가이아는 그리스 신화에 나오는 대지의 여신이다. 그리스 신화의 최고신인 제우스가 가이아의 손자일 정도로 그리스의 모든 신들은 가이아로부터 나왔다고 봐도 된다.

가이아 이론은 1978년에 영국의 대기학자 제임스 러브록이 제창한 이론이다. 가이아 이론은 지구를 그저 흙덩어리가 아닌 살아 있는 유기체로 보아야 한다는 것이다. 그러니까 지구도 우리 인간처럼 아픔이나 슬픔을 느끼는 생물이라는 말이다. 다른 말로 하자면 지구를 대지의 여신 가이아로 생각한다는 것이다.

따라서 숲을 베어 낸다든지 산을 허무는 것과 같은 환경 파괴적인 짓을 저지르면 지구인 가이아는 고통스러워하고 스스로 치유하기 위해 태풍 같은 자연 재해를 일으킨다고 한다. 가이아 이론에 따르면, 근래에 부쩍 자연 재앙이 많이 일어나는 것은 그만큼 현대인들이 환경 파괴를 많이 자행했기 때문이다. 현재도 진행되고 있는 지구 온난화 현상을 비롯한 여러 환경 문제와 연관해서 가이아 이론은 많은 과학자들의 주목을 받고 있다. ❖

밤하늘을 보며 신화를 꿈꾸다

_ 별자리

현대 과학은 우주의 신비를 많이 밝혀 냈다. 옛날 인류의 조상들이 신비로움을 느끼며 바라보던 밤하늘은 이제 더 이상 경외의 존재가 아니다. 풍부한 상상력으로 만들어진 별자리도 에디슨의 전기 발명으로 대표되는 현대 과학 문명의 불빛 속에서 그 빛을 잃고 있다.

대도시에서 밤하늘을 올려다보면 흐릿한 빛만 눈에 들어올 뿐이다. 그런데 언제부터인가 애써 시간과 돈을 들여 별자리를 관찰하는 사람들이 늘고 있다. 현대인은 왜 다시 별과 별자리, 천체에 깊은 관심을 보이는 걸까? 사람들 내면에 자리하고 있는 과거에 대한 집단적 기억에서 파생된 향수 때문일까? 아니면 21세기 우주 시대를 열망하는 동경의 눈길이라고 보면 될까?

맑은 날 밤하늘에 박혀 있는 별을 보면 신비로움을 넘어서는 그 무엇이 있음을 분명히 느끼게 된다. 이 느낌은 태고에 살았던 고대인이나 현대를 살고 있는 현대인이 크게 다르지 않을 것이다. 고대인은 별의 반짝임에서 신을 생각했고 경외심 가득한 눈길을 주고받았을 것이다. 그래서 신화는 밤에만 낭송되고 이야기되었다. 밤하늘의 별자리가 생기게 된 이야기도 자연에 대한 외경심과 함께 할아버지에게서 손자에게로 전해졌

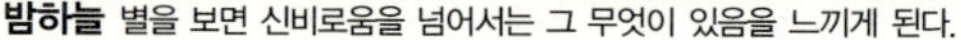

을 것이다. 그래서 밤이면 하늘에는 물론 가슴 속에서도 별들이 더욱 빛났을 것이다.

별자리는, 밤하늘에서 별들의 움직임을 보고 풍부한 상상력으로 그 연관성을 생각해 내어 그것을 신화의 영웅이나 동물들의 상징으로 도식화한 것이다. 이렇게 만들어진 별자리는 오랜 세월이 지났지만 여전히 처음 만들어졌을 때의 모습을 유지하고 있다.

오늘날 우리가 보는 밤하늘은 그리스인이 바라보던 밤하늘과 비교하여 거의 변함이 없다. 우주는 영겁(永劫)이란 말이 연상시키는 것처럼 매우 느리게 변화하기 때문에, 그 옛날 만들어진 별자리가 아직도 그대로 밤하늘에서 빛나고 있는 것이다.

물론 헤아리기 어려울 정도로 많은 세월이 흐른다면 별자리에도 변화가 생길 것이다. 국자 모양의 북두칠성이 기하학적인 도형으로 변할 수도 있다. 그러나 적어도 고대 그리스인과 현대인 사이에는 변화가 없다. 별자리는 이런 성질 때문에 생활에도 활용되었다.

별자리를 잘 알고 있으면 낯선 곳으로 여행을 할 때 방위와 시간을 알수 있었다. 그래서 별자리는 낯선 지역을 여행하는 사람이나 선원, 비행사 등에게 반드시 필요한 지식이었다. 지금은 그 유용성이 사라졌지만 활용 가치는 그대로 살아 있다. 또한 앞으로 지구를 벗어나 우주 여행을 하는 시대가 오면 별자리는 방향을 아는 중요한 수단이 될 것이다.

현재 공식적인 별자리는 모두 88개이다. 그 가운데 그리스 신화에서 유래한 것이 많은데, 17~18세기에 만들어진 별자리는 신화와 관계 없이 대개 창시자의 개인적인 상상력을 바탕으로 만들어졌다.

17~18세기에 몇몇 유럽 천문학자들이 여러 가지 이유를 내세우며 별자리를 새로 정리하려고 했다. 그들은 예부터 전해 오는 별자리를 버리고 새로운 이름을 붙이려고 했는데, 이를테면 이런 식이었다.

프랑스의 한 천문학자가 '고양이자리'라는 별자리를 만들었는데, 그는 이렇게 설명했다. "나는 고양이를 좋아하고 고양이를 숭배하고 있다. 60여 년 동안 나는 쉬지 않고 일을 했다. 따라서 내가 좋아하고 숭배하는 고양이자리를 하늘에 만들어도 이해해 줄 것이다."

이와 달리 개인이 아니라 집단이 별자리를 바꾸려고 한 경우도 있었다. 17세기에 목사 단체를 중심으로 별자리를 완전히 바꾸려고 한 사건이다. 목사들이 볼 때 하늘은 신의 신성한 거처이기 때문에, 밤하늘의 별자리에 우상숭배자의 이름이 붙어 있는 것이 못마땅했던 것이다. 그래서 이들은 별자리의 이름을 그리스도 성도의 이름으로 바꾸려고 했다. 말하자면 양자리를 베드로자리, 물고기자리를 마태자리, 그리고 물론 태양은 예수 그리스도, 달은 성모 마리아로 바꾸려는 식이었다.

이것은 그리스도교 내부에서도 비판을 받았다. 예를 들어 "예수 그리스도가 서산을 넘어갔다(일몰)"라든지, "그리스도가 성모 마리아한테 먹혔다(일식)" 따위의 우스꽝스런 경우가 생길 것이기 때문이었다. 물론 천문학자들이 맹렬히 반대하기도 했지만, 결국 이 일은 목사들의 무식함만을 드러낸 해프닝으로 막을 내렸다.

또다른 경우인데, 별자리까지도 권력에서 예외일 수 없다는 것을 보여 준 사건이 있었다. 1808년 독일의 어느 천문학자가 나폴레옹의 환심을 사기 위해 매우 아름다운 별자리인 오리온자리를 나폴레옹자리로 개명할 것을 주장했다. 그러나 그 주장은 다른 나라 학자들은 말할 나위도 없고 프랑스의 천문학자들에게조차 비웃음을 샀다.

현재의 별자리는 이런 우여곡절을 겪은 뒤 1922년에 국제천문학회에서 최종적으로 결정되었다. 결국 사소한 분란을 거쳐 그리스 신화를 바탕으로 만들어진 별자리로 되돌아간 셈이다.

현대의 천문학자들은 좌표를 기준으로 작업을 하기 때문에 사실상 별자리는 필요 없다. 그렇지만 별자리를 우리의 기억 속에서 없애 버리지 않는 이유는 별자리가 고대 문명의 기념비이기 때문이다. 그리고 이를 넘어 신화로 가득 찬 밤하늘이 현대인에게 주는 위안은 절대로 과소평가할 수 없을 것이다.

그리스뿐만 아니라 세계 각지에 별자리와 연관된 신화가 많이 있다. 이 신화들 역시 별자리의 생김새에서 유래한 것이 많은데, 특히 모양이 특이한 전갈자리, 북두칠성 등에 많은 이야기가 전해 온다. 신화를 보면 그 민족의 특성을 알 수 있다. 다음에 전갈자리에 얽힌 두 가지 이야기를 살펴보자.

먼 옛날 뉴질랜드에 마우이라는 사람이 살고 있었다. 그는 뉴질랜드 원주민인 마오리족의 조상이 된 사람이다.

마우이는 세 형제 가운데 막내였는데 형들은 언제나 동생을 무시하고 구박을 일삼았다. 함께 낚시를 가서도 동생에게는 바늘을 주지 않고 맨손으로 물고기를 잡게 했다.

그들에게는 봉양을 해야 하는 연로한 할머니가 있었다. 원래대로라면 세 형제가 번갈아 음식물을 갖다 주고 시중을 들게 되어 있었지만, 형들은 그 일을 거의 마우이에게 미루었다. 어느 날 마우이가 음식물을 가지고 할머니를 찾아갔더니 할머니는 목숨이 위독한 상태에 놓여 있었다.

"이제까지 나를 돌보아 주어 고맙구나. 내가 죽으면 내 뼈로 낚싯바늘을 만들어라. 반드시 좋은 일이 생길 게야."

거친 숨을 내쉬며 말을 마친 할머니는 마우이의 손을 잡고 세상을 떠났다. 마우이는 할머니의 유언대로 턱뼈로 낚싯바늘을 만들어 형들이 있는 곳으로 돌아갔다. 형들은 마침 낚시를 하러 가려던 참이었다. 마우이가 따라나섰지만 형들은 평소처

마우이 마오리족의 시조

럼 마우이를 데리고 가려 하
지 않았다.

마우이는 형들 몰래 배에
숨어 들어가 난바다에 이르
렀을 때 모습을 드러냈다. 형
들은 짜증이 났지만 되돌아
갈 수는 없는 노릇이었다. 마
지못해 함께 낚시를 하기로
했지만 화가 난 형들은 마우
이에게 미끼를 나누어 주지
않았다.

마우이는 하는 수 없이 자
기 코를 주먹으로 쳤다. 코에서 피가 흘러나왔다. 마우이는 그 피를 낚
싯바늘에 묻혀 바다에 던졌다. 그리고 얼마 지나지 않아 마우이의 낚싯
바늘에 거대한 것이 걸려들었다. 형들도 깜짝 놀라 있는 힘을 다해 함께
낚싯줄을 끌어올렸다.

그런데 그것은 거대한 섬이었다. 수면 가까이 끌려온 섬은 아직도 요
동을 치고 있었다. 형들은 포기하고 바다로 뛰어들었다. 그러나 마우이
는 끝까지 물고늘어져 섬을 망 속에 넣을 수 있었다.

마우이가 낚은 섬은 뉴질랜드의 북쪽에 있는 섬으로, 마우이는 그곳
의 왕이 되어 마오리족의 조상이 되었다고 한다. 지금도 그 섬을 마우이
의 섬이라고 한다.

그리고 마우이가 섬을 낚는 데 사용한 바늘은 하늘로 올라가 반짝이
는 별이 되었는데, 이것이 S자 모양의 전갈자리라고 한다.

마우이의 이야기 말고도 전갈자리에 얽힌 신화가 많이 있다. 하나를 더 소개해 본다.

고대 중국에 제준이라는 신이 있었다. 그에게는 아내가 여럿 있었는데, 그 중 희화는 열 개의 태양을 아들로 낳았다. 또한 상희라는 아내는 열두 개의 달을 딸로 낳았다.

그런데 제준에게는 달리 두 아들이 있었다. 각각 알백과 실침이라는 이름을 가진 이 형제는 둘 다 뛰어난 사람이었지만, 무슨 까닭인지 사이가 매우 나빴다. 그들은 될 수 있는 대로 마주치려고 하지 않았고, 어쩌다 마주치면 칼을 뽑아 들고 싸웠다. 그들의 사이를 좋게 하려고 주위에서 애를 썼지만 아무 소용이 없었다.

그래서 제준은 형인 알백을 상구로 보내 동방의 아름다운 별 삼성(三星)을 맡도록 했다. 삼성은 연인의 별이라고도 하고, 상구의 별이라는 뜻으로 상성(商星)이라고도 한다. 삼성은 지금으로 말하면 전갈자리의 안타레스를 중심으로 한 세 별로 이루어진 나라였다.

그리고 동생인 실침을 대하로 보내 서방의 삼성(參星)을 다스리도록 했다. 이 나라는 지금으로 말하면 오리온에 해당하는 나라였다. 그들은 저마다 자기 나라에서 열심히 일을 해서 명예와 부를 얻었다.

그렇게 그들은 서로 헤어져 있었기 때문에 서로 얼굴을 마주 볼 기회가 전혀 없이 삶을 마감했다고 전한다. 이에 후세의 시인 두보는 이렇게 읊었다.

삼성(參星)과 상성(商星)처럼
서로 만나지 못하네

지금도 형제 사이에 화목하지 못한 것을 삼상(參商)이라고 한다.

　그리스 신화에서 오리온은 전갈에 찔려 죽는데, 그 후 별자리가 되어서도 오리온과 전갈이 같은 하늘에서 마주치는 일은 절대로 없다. 오리온이 여전히 전갈을 무서워해서 전갈이 하늘에 있을 때는 숨어 버린다는 것이다. 물론 그것은 서로 백팔십 도 떨어져 있기 때문에 애초에 만날 수가 없는 두 별자리를 알백과 실침, 또는 오리온과 전갈의 이야기로 연결시킨 것이다.

태양계와 신들

태양 …	헬리오스·아폴론	목성 …	제우스
수성 …	헤르메스	토성 …	크로노스
금성 …	아프로디테	천왕성 …	우라노스
달 …	셀레네·아르테미스	해왕성 …	포세이돈
화성 …	아레스	명왕성 …	하데스

태양계의 행성들은 저마다 신들을 상징한다. 이 표를 보면 태양과 달에는 두 명의 신이 들어 있다. 헬리오스와 셀레네는 제우스 이전의 신, 그러니까 티탄들이 신들의 세계를 지배할 때의 신이다. 제우스의 시대가 되면서 태양과 달의 주인도 아폴론과 아프로디테로 바뀐 것이다. 한편으로 이것은 천체 가운데 태양과 달이 우리에게 매우 중요하다는 의미로도 볼 수 있다.

헤르메스는 수성을 맡고 있는데, 그것은 역시 빠르기와 연관이 있다. 수성의 주기는 88일로 태양계에서 가장 빠르다. 전쟁의 신 아레스가 화성을 담당하고 있는 것은 화성의 색깔 때문이다. 화성은 붉은색으로 전쟁이나 피를 상징한다. 그래서 예부터 점성술에서는 화성을 불길한 별로 생각했다.

신들의 왕인 제우스가 목성인 것에 대해 의아해할 수도 있다. 왜 태양이 아니고 목성일까 하고 말이다. 그런데 태양계의 천체 가운데 가장 큰 행성이 바로 목성으로, 목성은 태양보다 더 크다. 이 때문에 제우스와 목성이 묶인 것이다. 그리스 사람들은 천왕성, 해왕성, 명왕성을 알지 못했다. 이것은 훗날에 붙인 이름이다. ❖

생명이여, 영원하라

_ 구급차에 그려진 뱀과 지팡이

구급차를 유심히 본 적이 있다면 뱀이 지팡이에 몸을 감고 올라가는 그림을 알 것이다. 왜 구급차에 뱀과 지팡이가 그려져 있는 걸까?

먼저 그 모양은 그리스 신화에서 제우스의 전령 헤르메스가 가지고 다니는 지팡이 케리케이온을 닮았다. 헤르메스는 이복형인 아폴론에게 지팡이를 얻었다.

또한 뱀은 예로부터 생명을 상징했다. 고대인들은 뱀이 봄에 허물을 벗는 것을 죽었다가 다시 살아나는 재생이라고 보았다. 뱀은 영원히 죽지 않고 봄이면 다시 태어난다고 믿었던 것이다. 그리고 뱀이 땅 위를 기어다니지만 땅 속으로 들어가는 것을 보고 삶과 죽음의 경계를 넘나들 수 있는 생물이라고 생각했다. 다 그런 것은 아니지만 지하 세계는 죽음의 세계라고 생각한 민족이 많았기 때문이다. 게다가 뱀의 생김새가 남자의 성기를 닮아서 생식과 생명을 상징하는 것으로 여기기도 했다.

이런 이유로 그리스 신화에서 의술의 신인 아스클레피오스를 상징하는 것이 바로 뱀이다. 아스클레피오스는 죽은 사람도 살려 낼 수 있는 뛰어난 의술을 지니고 있었다. 이것은 바로 뱀의 이미지와 맞아떨어진다. 헤르메스와 아스클레피오스의 탄생에 얽힌 이야기를 살펴보자.

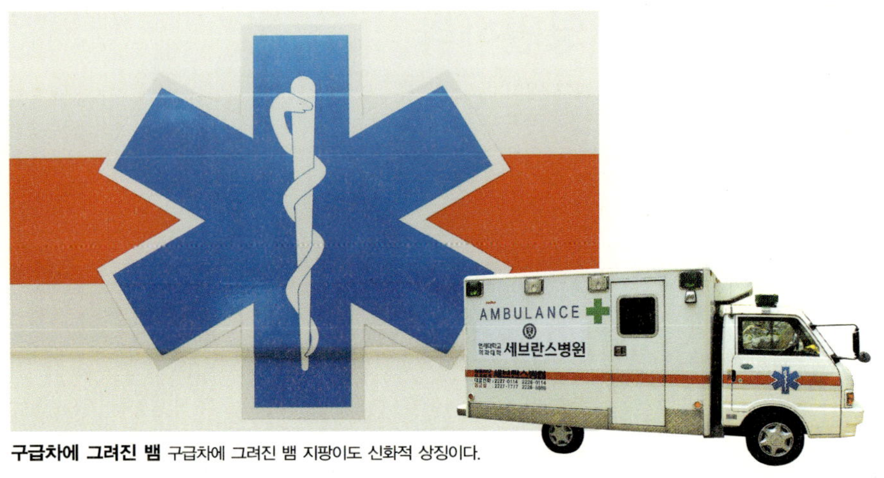

구급차에 그려진 뱀 구급차에 그려진 뱀 지팡이도 신화적 상징이다.

헤르메스는 티탄인 아틀라스의 딸 마이아와 제우스 사이에서 태어났다. 날 때부터 워낙 영리해서, 제우스가 바람을 피워 낳은 다른 자식들과 달리 헤라와 사이가 좋았다. 실제로 헤르메스는 헤라의 무릎에 앉아 헤라의 젖을 먹고 자랐다고 한다. 헤라가 질투심에 사로잡혀 태어난 지 일 년도 채 되지 않은 헤라클레스에게 뱀을 보내 죽이려 한 것과는 하늘과 땅 차이이다.

헤르메스가 태어나자마자 처음 한 일은 이복형인 아폴론의 소를 훔친 일이었다. 헤르메스는 소를 훔쳐서는 소꼬리를 쥐고 뒤로 걷게 만들어 발자국을 지웠다. 그는 소 창자와 거북의 등을 이용해 비파를 만들었다. 게다가 태연히 소 두 마리를 잡아서 신들에게 제사까지 지냈다. 물론 모든 일을 마친 다음 시치미를 뚝 떼고 동굴로 돌아와 강보에 누웠다.

소를 50마리나 도둑맞은 아폴론은 도둑을 잡으려고 했지만 흔적이 없었다. 아폴론은 점을 쳐서 헤르메스가 도둑임을 알아 냈다. 그러나 막상 범인을 잡기 위해 동굴로 가서 보니 그곳에는 갓난아이 하나가 깊은 잠에 빠져 있을 뿐이었다.

아폴론은 자는 아이를 깨워 소를 내놓으라고 했지만, 헤르메스는 자기가 태어난 지 하루밖에 되지 않아 소가 뭔지도 모른다고 잡아뗐다. 화가 난 아폴론은 헤르메스를 데리고 올림포스로 올라가 제우스에게 판결을 내려 달라고 했다. 모든 걸 다 알고 있던 제우스는 헤르메스의 영리함에 속으로 흐뭇했지만 소를 돌려주라고 명령했다.

헤르메스는 소를 숨겨 놓은 곳으로 아폴론을 데리고 가면서 아까 만든 비파를 꺼내 불었다. 아폴론은 태양의 신이기도 하지만 음악의 신이기도 했다. 처음 보는 악기에 정신이 팔린 아폴론은 비파와 소를 맞바꾸자고 제안했다. 순순히 응할 헤르메스가 아니었다. 헤르메스는, 자기가 소도둑임을 알아 낸 점치는 방법과 함께 아폴론이 가지고 있던 지팡이 케리케이온까지 끼워 주면 생각해 보겠다고 말했다. 안달이 난 아폴론은 선뜻 밑지는 장사를 하고 말았다.

제우스는 영리한 헤르메스를 자기의 전령으로 삼았다. 헤르메스의 로마식 이름은 메르쿠리우스로, 여기서 수은을 뜻하는 머큐리라는 말이 나왔다. 수은은 온도가 높아도 액체인 채로 남아 있는 금속이다. 수은을 바닥에 떨어뜨리면 빠르게 흘러 사라지는데, 그 빠르기 때문에 머큐리라는 이름이 붙었을 것으로 추측된다.

헤르메스는 신과 신, 신과 인간 사이를 매개하고 대립되는 요소를 결합시키고 조화시키는 일을 맡았다. 이런 그의 성격을 잘 보여 주는 것은 헤르메스와 아프로디테 사이에서 태어난 자식이 남녀의 성을 모두 가진 헤르마프로디토스라는 사실이다. 헤르메스는 제우스의 말을 그대로 전달하는 것이 아니라 그 말의 의미를 이해하고 해석해서 전달했기 때문에, 이 이름에서 해석학(hermeneutics)이란 말이 유래했다. 또한 별을 보고 점을 치는 점성술도 헤르메스에서 유래했는데, 점성술은 눈에 보이는 것을 말하는 것이 아니라 별을 보고 해석할 줄 알아야 하기 때문이다.

헤르메스 날개 달린 모자와 신발, 그리고 뱀 두 마리가 꼬여 있는 지팡이 케리케이온을 가졌다. 티에폴로의 그림.

헤르메스는 많은 일을 했다. 헤르메스의 가장 큰 공적은, 제우스가 그리스 신화에 나오는 최고의 괴물인 티폰에게 힘줄을 빼앗겨 사로잡혀 있을 때 힘줄을 되찾고 제우스를 구출해 티폰을 무찌르게 한 일이다.

헤르메스는 전령답게 하늘을 날 수 있는 날개 달린 신발과 케리케이온이라는 지팡이를 들고 다녔다. 아폴론에게 얻은 케리케이온에는 뱀 두 마리가 새겨져 있는데, 두 마리의 뱀은 서로 대립하는 것을 나타낸다. 예를 들어 하늘과 땅, 지상과 지하 등이 그것이다. 즉, 케리케이온은 하늘과 땅, 지상과 지하 세계를 다니면서 서로 대립하는 것을 결합시키는 헤르메스의 성격을 가장 잘 드러내는 물건인 셈이다.

한 번은 아폴론이 코로니스라는 여자와 사랑에 빠졌다. 코로니스는 까마귀란 뜻이다. 아폴론은 당시에는 흰색이었던 까마귀를 시켜 코로니스를 감시하게 했다. 그런데 코로니스는 다른 남자인 이스키스와도 사귀었다. 그녀의 뱃속에는 이미 아폴론의 아이가 자라고 있었는데도 말이다. 까마귀는 이 놀라운 소식을 아폴론에게 알렸다. 아폴론은 분노하여 코로니스에게 활을 쏘았다. 그리고 감시를 소홀히 한 죄를 물어 까마귀에게도 저주를 내렸다. 까마귀의 깃털이 지금처럼 까맣게 변한 것도 이때부터라고 한다.

아폴론은 코로니스를 화장하기 전에 태아를 꺼냈다. 그 아이가 바로 아스클레피오스이다. 아폴론은 아들을, 상반신은 사람이고 하반신은 말인 켄타우로스 케이론에게 맡겼다. 아스클레피오스는 케이론에게서 의술과 사냥 기술을 배웠다. 그런데 그가 실력을 발휘한 것은 의술이었다.

아스클레피오스가 뛰어난 의사라는 소문이 나자, 아픈 사람들은 그에게 치료를 받기 위해 먼길을 마다하지 않고 찾아왔다. 그래서 그가 있는 곳에는 언제나 사람들로 차고 넘쳤다.

더욱 놀라운 일은 아스클레피오스가 죽은 사람을 살려 낸 것이었다. 그것은 매우 위험한 일이었다. 아무리 뛰어난 의술을 가지고 있다고 해도 죽어야 하는 인간의 운명까지 거역해서는 안 될 것이기 때문이었다. 그것은 삶과 죽음을 주관하는 신의 영역에 도전하는 일이었다. 그래서 아스클레피오스를 상징하는 동물은 뱀이다. 뱀은 앞에서 본 대로 삶과 죽음을 넘나드는 존재인 것이다.

아스클레피오스는 아테나 여신에게서 메두사의 자매인 고르곤의 혈관에서 흘러나온 피를 얻었는데, 오른쪽 혈관에서 흘러나온 피를 인간을 파멸시키는 데 사용했고, 왼쪽 혈관에서 흘러나온 피로는 죽은 자를 살렸다.

그 일이 알려지면서 지하 세계의 신 하데스는 분노했다. 계속 죽은 사람이 살아나면 지하 세계는 엉망이 될 것이고, 더 나아가서 신의 세계에까지 영향이 미칠 터였다. 하데스는 제우스에게 강력하게 항의했다.

신들의 왕 제우스는 하데스의 부탁을 받아들여 아스클레피오스에게 벼락을 던져 죽였다. 아무리 뛰어난 의사라고 해도 자기의 목숨은 살릴 수 없는 법인가 보다. 그러나 아스클레피오스가 죽은 뒤에 제우스는 그를 신들의 자리에 끼워 주었다.

아스클레피오스는 에페오네와 결혼해서 마카온과 포달리리오스라는 아들을 두었다. 이들도 아버지의 뒤를 이어 의사가 되었는데, 특히 트로이 전쟁에 참전해서 부상을 당한 사람들을 돌보았다.

한편 아스클레피오스의 아버지인 아폴론은 자기 아들을 죽인 벼락을 만든 키클롭스를 죽였다. 제우스는 그 벌로 아폴론을 지하 감옥인 타르타로스에 가두려고 했지만, 아폴론의 어머니이자 제우스의 연인인 레토의 간절한 부탁을 받고 1년간 인간 밑에서 노예 생활을 할 것을 명령했다.

이렇듯 아폴론의 사랑을 받은 아스클레피오스는 그에 못지않게 그리스 사람들의 사랑도 듬뿍 받았다. 병을 낫게 해 준 공로도 있지만 영생에 대한 바람이 그 심리의 밑바닥에 깔려 있는 듯하다.

앞의 두 신화를 합치면 구급차에 그려진, 그러니까 뱀이 지팡이를 둘러싸고 있는 그림의 상징을 이해할 수 있게 된다. 즉, 구급차는 위급한 상황에 놓

아스클레피오스 뱀이 감고 올라가는 지팡이를 가지고 있다. 뱀은 삶과 죽음을 넘나드는 존재이다.

고대 주화 아스클레피오스를 새겼다.

여 있는 환자를 병원으로 실어나르는 일을 한다. 그러므로 헤르메스처럼 빠르게 환자를 병원으로 옮긴다는 뜻이 들어 있다. 이제 병원 응급실에 들어서면 환자의 생명은 의사에 손에 달리게 된다. 그러니 구급차의 문양에는 헤르메스처럼 빠르게 환자를 옮겨 아스클레피오스처럼 뛰어난 의술로 환자를 치료하기를 바라는 마음이 담겨 있다는 것이다. 신화를 알면, 흔히 보면서도 그 뜻을 모르던 상징의 세계를 열 수 있는 열쇠를 손에 쥐게 된다.

헤르메스, 21세기의 신

독일의 유명한 철학자인 니체는 세계를 크게 아폴론적 세계와 디오니소스적인 세계로 나누었다. 아폴론은 잘 알고 있는 대로 태양의 신이다. 태양 아래에는 비밀스럽거나 신비스러운 것이 존재할 수 없다. 밝은 빛 아래에서는 모든 것이 드러나기 때문이다. 따라서 아폴론적인 사회는 질서와 이성이 지배하는 사회라고 할 수 있다. 반면 디오니소스는 술의 신이다. 술에 취하면 세상이 어지럽고 하나가 둘로도 보인다. 이런 면에서 디오니소스적인 사회는 어둡고 비밀스러운 모습을 지닌다.

흔히 21세기를 문화의 세기라고도 하고, 끊임없이 변한다는 측면에서 유목민적인 시대라고도 한다. 이런 21세기의 특징에 가장 잘 맞는 신은 헤르메스라고 할 수 있다. 헤르메스는 원래 제우스의 전령이지만, 도둑의 신이기도 하고 상업의 신이기도 하며 여행의 신이기도 하다. 헤르메스는 매우 다양한 얼굴을 지닌 신이다. 문화가 다양성을 기초로 한다는 점에서도 헤르메스는 21세기에 잘 어울리는 신이다. ❖

신화는 먼 옛날 이야기가 아닙니다. 신화에 대한 오해가 생기는 것도 신화를 옛날 이야기로 생각하기 때문입니다. 우리는 흔히 "~ 신화가 무너졌다", "신화적인 사건"이라는 말을 하는데, 이때는 신화가 일어날 수 없는 일이나 거짓이라는 의미로 쓰인 것입니다. 신화를 옛날 이야기로만 생각하니까 괴물이 등장하거나 신들이 사람들과 벌이는 일이 모두 거짓이나 있을 수 없는 일로 생각되는 것이지요.

조금 다른 이야기로 들리겠지만, 사람이 치매에 걸리면 가장 먼저 잊는 것이 명사라고 합니다. 뒤집어 생각하면 우리 생활에서 명사가 가장 불필요한 것이라는 말이지요. 가장 늦게까지 남아 있는 것은 바로 동사입니다.

신화도 명사가 아닌 동사입니다. 무슨 말인가 하면 신화는 굳어 버린 이야기가 아니라 살아 움직이는 것이라는 말입니다. 그리고 신화에서 정작 눈여겨보아야 할 것은 신들의 이름이나

V.

일상에서
만나는
신화

사람들의 이름이 아니라 신들과 사람들의 행동입니다. 앞에서 영웅은 일반 사람들에게 삶의 모범이 되는 사람이라고 했습니다. 그것은 행동으로 보여 준다는 말입니다.

이렇게 신화는 화석화된 이야기도 아니고, 따라서 있을 수 없는 일이나 거짓을 가리키는 말이 아닙니다. 누군가의 말처럼 신화는 늘 우리 주위에 어슬렁거리고 있습니다. 다만 이야기로서만 보려고 하고 명사로서만 신화를 보려 하기 때문에 보지 못하고 만나지 못할 뿐입니다.

이 장에서는 우리 주위에서 쉽게 볼 수 있는 것 가운데 몇 가지를 뽑아 그것이 어떻게 신화와 만나는지 살펴보겠습니다.

일주일은 북유럽 신들의 이름에서

_ 달력

매일매일이 신의 날

우리가 늘 보는 달력에서도 신화를 만날 수 있다. 지금이야 생일을 확인하거나 일정을 짤 때만 달력을 쓰지만, 주로 농사를 짓던 예전에는 달력이 매우 중요한 물건이었다. 그래서 옛 선비들은 여름에는 부채를 만들어 가까운 사람에게 선물했고, 겨울이면 달력을 만들어 선물했다. 달력이 중요했던 것은 그만큼 시간을 이해하는 게 중요했기 때문이다. 그러나 현대인들은 시간을 이해하는 것보다는 시간의 활용, 그러니까 효율성에 더 많은 관심을 갖는다. 그건 시대가 변했기 때문이다.

그러나 독일의 작가 미카엘 엔데의 소설 『모모』에서처럼, 시간을 활용할 때 시간의 이해를 바탕으로 하지 않으면 효율성의 노예가 되기 쉽다. 일을 빨리 끝내는 것이 다가 아니라 얼마나 행복하고 즐겁게 일을 끝냈는지가 더 중요하지 않은가? 케이티엑스를 타면 시간적으로는 부산에 더 빨리 도착하겠지만, 심리적으로는 친한 친구들과 함께 재미있는 이야기를 나누며 무궁화호를 타고 가는 게 더 빠르게 느껴질 수도 있다. 시계 위의 시간이 더 중요할까, 내 마음속의 시간이 더 중요할까?

이렇게 시간은 사람들에게 소중한 것이다. 그 때문에 옛 사람들이 만든 달력에는 세상의 상징이 들어가 있다. 우리가 쓰는 일주일은 월화수

"

목금토일로 이루어져 있다. 그것은 세상을 구성하는 가장 중요한 다섯 가지인 나무(목), 불(화), 흙(토), 쇠(금), 물(수)에 해(일)와 달(월)을 합친 것이다. 앞의 다섯 가지는 오행(五行)이라 해서 동양 사람들의 의식 가장 밑바닥에 자리하고 있는 생각이다.

서양에서 일주일은 대부분 북유럽 신화에 등장하는 신들의 이름에서 따왔다. 목요일은 전쟁의 신으로 마법의 망치를 휘두르는 토르의 날이다. 화요일은 법을 관장하는 티르의 날이고, 수요일은 북유럽 신화의 최고신이며 세상에서 일어나는 모든 것을 알고 있는 오딘의 날이다. 오딘은 보탄이라고도 한다. 금요일은 아름다움의 여신 프레이야의 날이다. 단, 토요일은 로마 신화에 나오는 농업의 신인 사투르누스에서 따왔다. 일요일과 월요일은 우리가 쓰는 것처럼 해와 달에서 유래했다.

화요일 : 티르(Tyr, 법의 신)의 날

수요일 : 오딘(Odin, Wotan, 최고신)의 날

목요일 : 토르(Thor, 전쟁의 신)의 날

금요일 : 프레이야(Freyja, 아름다움의 여신)의 날

토요일 : 사투르누스(Saturnus, 로마 신화에서 농업의 신) 날

이렇게 신의 이름을 달력에 쓰는 것은 오늘날 나라마다 지폐에 위대한 사람의 초상을 넣는 것과 비슷하다. 그들을 기념하는 것이다. 그런데 북유럽의 신들이 어떤 신이기에 이들의 이름으로 요일을 만들었을까? 이 가운데 오딘에 대해서는 2장에서 살펴보았다. 로마 신화의 사투르누스는 그리스 신화에서 제우스의 아버지 크로노스와 대응된다. 그러나 크로노스가 부정적인 이미지가 강한 반면 사투르누스는 긍정적인 이미지가 강하다. 그러면 다른 신들에 대해서도 알아보자.

북유럽 신화에서 최고의 악당인 로키는 사악한 마음을 가진 서리 거인과 결혼해서 자식을 셋 얻었는데 모두 괴물이었다. 첫째는 펜리르라는 이름을 가진 괴물 늑대였고, 둘째는 요르문간드라는 이름을 가진 큰 뱀이었고, 셋째는 헬이라는 이름을 가진 끔찍한 여자였다. 헬은 상반신은 분홍색이고 하반신은 피부가 썩은 것처럼 검푸른색이었다. 신들은 둘째인 요르문간드를 바다에 던졌다. 훗날 완전히 자란 요르문간드는 지구를 한 바퀴 감을 수 있을 정도로 커졌다. 헬은 죽은 자의 나라로 보내 그곳을 다스리게 했다.

펜리르와 티르 괴물 늑대 펜리르를 끈에 묶는 조건으로 누군가가 손을 펜리르의 입에 넣고 있어야 했다.

문제는 괴물 늑대 펜리르였다. 신들은 펜리르에게 일단 족쇄를 채우기로 했다. 처음에 쇠줄로 묶었지만 펜리르가 몸을 한 번 비틀자 단번에 끊어졌다. 다음에는 쇠줄보다 더 굵은 줄을 만들어 묶었지만 마찬가지였다. 신들은 고민 끝에 마법의 끈을 만들기로 했다. 마법의 끈을 만들 수 있는 것은 지하에 사는 난쟁이들뿐이었다. 오딘은 황금을 주기로 하고 난쟁이들에게 마법의 끈을 주문했다.

난쟁이들은 고양이가 움직일 때 나는 소리, 여자의 수염, 산의 뿌리, 곰의 힘줄, 물고기의 숨, 새의 침으로 마법의 끈을 만들었다. 이 끈을 본 펜리르는 의심의 눈초리를 던졌다. 펜리르는 신들이 자기의 몸을 묶으려고 하는 것이 쇠줄이나 굵은 밧줄이 아니라 끈이라는 것을 알고 함정

이 있다고 생각했다. 펜리르는 자기가 끈에 묶이는 조건으로 신들 가운
데 하나가 자기의 입에 손을 넣고 있을 것을 제안했다. 펜리르는 신들이
자기를 속이려 한다고 생각했던 것이다. 결과가 뻔한 일에 나서는 신은
아무도 없었다. 그때 오딘의 아들이며 법을 다스리는 티르가 조용히 펜
리르의 입에 손을 넣었다.

그렇게 해서 마침내 펜리르를 묶을 수가 있었다. 펜리르는 온 힘을 다
해 끈을 끊으려고 했지만 힘을 주면 줄수록 끈은 펜리르의 살 속으로 파
고들었다. 펜리르는 고통스러워서 이를 악물었고, 이 때문에 티르는 한
쪽 손을 잃었다. 신들은 마법의 끈에 쇠사슬을 묶어 펜리르가 도망치지
못하게 했다. 그러나 종말의 때가 오면 펜리르는 마법의 끈을 풀고 최고
신 오딘을 물어 죽인다. 또한 티르는 사냥개 가름과 싸우다가 죽음을 맞
이한다.

토르   토르는 북유럽 신화에 나오는 전쟁의 신이다. 난쟁이
들이 만든 망치 묠니르를 무기로 쓴다. 토르의 이야기
는 북유럽 신화에서 많이 나오지만 가장 유명한 것은 로키와 함께한 우
트가르드로의 여행담이다.

하루는 토르가 거인들의 요새가 있는 우트가르드로 여행을 가겠다고
하자 꾀 많은 로키가 따라나섰다. 토르와 로키는 토르의 식량이자 교통
수단인 염소가 끄는 마차를 타고 떠났다. 처음으로 들른 곳은 사람들이
사는 집이었다. 집주인은 먹을 것으로 감자를 내놓았다. 그러나 감자로
양이 차지 않은 토르는 마차를 모는 염소 두 마리를 죽여 가죽을 벗겼
다. 그러고는 커다란 솥에 넣고 삶았다. 토르는 뼈를 씹지 말고 벗겨 놓
은 염소가죽 위에 올려두라고 부탁하고는 맛있게 고기를 뜯었다. 이렇
게 하면 다음날 염소가 되살아나기 때문이다.

그런데 그만 집주인이 뒷다리뼈 하나를 칼로 쪼갠 뒤
뼈 속의 즙을 빨아먹었다. 다음날 아침 염소가 살아나기는
했지만 뒷다리를 절었다. 토르는 크게 화를 냈지만, 그를
해치지는 않고 대신 아들 하나를 하인으로 삼았다.

토르 일행은 사람들의 세계인 미드가르드와 거인
들이 사는 우트가르드 사이의 바다를 건넜다. 그
러나 저녁이 되었지만 먹을 것은커녕 잠잘 곳도
찾을 수가 없었다. 한참을 찾아 헤맨 일행은 공터
에 있는 아주 이상하게 생긴 집을 하나 발견했다. 문이 없
고 한쪽은 탁 트여 있으며, 입구는 매우 넓었다. 물론 집 안
도 엄청나게 컸다.

오랜 여행으로 피곤했던 일행은 금세 곯아떨어졌다. 그런데 한밤중에
엄청나게 큰 소리가 들려왔다. 게다가 지진이라도 난 듯이 땅까지 흔들
렸다. 곤한 잠에서 깬 토르 일행은 투덜거리며 집 여기저기를 돌아다니
다가 아까보다 작은 방이 보이자 거기에 들어가 다시 잠을 청했다.

다음날 아침 토르 일행은 스크리미르라는 엄청나게 큰 거인을 만났
다. 그 거인은 장갑이 보이지 않는다며 찾고 있었다. 곰곰이 생각해 보
니 어젯밤 들어가 잔 곳은 바로 거인의 장갑이었다. 어이가 없는 노릇이
었다. 토르만 해도 덩치가 큰 편인데 고작 거인의 장갑, 그것도 엄지손
가락을 넣는 작은 방도 크다고 생각하고 널브러져 잠을 잤으니 말이다.

우트가르드에 도착한 토르 일행은 거인의 왕을 만났다. 왕은 특별한
재주가 없으면 우트가르드에 머물 수가 없다며 재주를 보여 달라고 했
다. 먼저 로키가 나서서 음식 먹기 시합을 벌였다. 긴 탁자에 음식을 쌓

토르와 요르문간드 토르는 요르문간드를 이기지만 자신도 죽고 만다. H. 푸셀리의 그림

아 놓고 양쪽에서 먹기 시작했다. 중간쯤에서 만나기는 했지만 로키는 뼈를 먹지 않고 살만 먹었는데 상대는 통째로 먹었다. 로키의 패배였다.

이번에는 술 마시기 시합을 했다. 토르는 술잔을 받아들고 쭉 들이켰다. 한참을 마셨다고 생각하고 술잔을 내려놓았는데 아주 조금밖에 줄지 않았다. 이상하다고 생각하고 다시 들이켰지만 마찬가지였다.

그 다음에는 씨름을 하기로 했다. 왕의 편 선수는 엘리라는 할머니였다. 그러나 토르는 엘리를 들 수가 없었다. 오히려 힘을 주던 토르가 한쪽 무릎을 꿇어 패배하고 말았다.

그 모습을 본 우트가르드의 왕은 크게 웃으며 모든 게 마법이었음을 털어놓았다. 로키가 대결한 거인은 불이어서 뼈와 식탁까지 삼킬 수가 있었고, 토르가 마신 술은 바다였다고 했다. 그러니 줄지 않을 수밖에. 그리고 마지막으로 엘리는 가는 세월이라고 했다. 어떻게 세월과 싸워 이길 수 있단 말인가?

토르 역시 종말의 때에 로키의 자식으로 바다에 던져졌던 거대한 뱀 요르문간드를 죽이지만, 자신도 요르문간드가 내뿜은 독 때문에 곧 쓰러져 죽는다.

프레이야 프레이야는 북유럽 신화에서 가장 아름다운 여신이다. 그 아름다움으로 인해 두 번이나 위험한 지경에 빠지게 되는데, 그것은 그녀를 차지하려는 서리 거인들 때문이었다.

세상에서 처음 일어난 전쟁은 신들끼리의 다툼이었다. 그리고 나자 하늘에 있는 아스가르드의 성벽만 무너졌고, 서로 싸워야 좋을 일이 없음을 깨달은 신들은 휴전을 했다. 문제는 무너진 성벽이었다. 서리 거인이 언제 쳐들어올지 모르기 때문에 성벽을 쌓아야 했지만 아무도 쌓으려고 하지 않았던 것이다.

그러던 중 어느 날 한 남자가 아스가르드로 찾아와 자기가 성벽을 쌓아 주겠다고 제안했다. 그러면서 그 대가로 아름다운 여신 프레이야를 달라고 했다. 덧붙여 그는 해와 달까지 달라고 했다. 프레이야를 비롯한 대부분의 신들은 말도 되지 않는다고 주장했다. 그때 꾀 많은 로키가 나섰다.

"남자가 말한 18개월 대신 6개월 만에 쌓아 달라고 하면 되잖아. 어차피 쌓지 못할 거고, 쌓은 만큼 우리는 이익이니까. 어때?"

6개월 만에 성벽을 쌓으라는 말에 남자는 난처한 표정을 짓다가, 그렇다면 자기가 타고 온 말과 함께 일을 하겠다고 대답했다. 신들은 그래도 남자가 성벽을 6개월 만에 쌓을 수는 없을 것이라 생각하고 승낙을 했다. 다음날부터 남자는 일을 하기 시작했다. 남자는 말을 끌고 단단한 바윗덩어리가 많이 쌓여 있는 들판으로 가서 말에 그물을 매달고 돌을 가득 담았다. 남자는 큰 돌을 힘들이지 않고 들어올렸으며, 말 또한 힘이 아주 셌다. 그 모습을 본 신들은 불안해지기 시작했다.

남자는 엄청난 힘으로 바위를 쪼개고 말 뒤에 매단 그물에 실어 금세 성벽까지 날랐다. 그제야 신들은 남자가 서리 거인임을 알게 되었다. 그러나 이미 약속을 했기 때문에 성벽을 쌓을 때까지 기다릴 수밖에 없었다. 물론 가장 애가 탄 것은 프레이야였다.

얼마 후 추운 겨울이 닥쳐왔다. 눈보라가 몰아치고 우박과 폭설이 쏟아졌지만 서리 거인은 꿋꿋하게 성벽을 쌓았다. 성벽은 차곡차곡 쌓여 갔다. 그리고 마침내 사흘을 앞두고 성벽은 거의 완성이 되었으며 출입구만 남겨 놓고 있었다. 출입구는 사흘이면 충분히 만들 수 있었다. 안달이 난 신들은 한 자리에 모여 대책 회의를 했지만, 그렇다고 뾰족한 수가 있을 리 만무했다. 이제 해와 달을 빼앗긴 암흑에서 살아야 하고 프레이야는 서리 거인의 부인이 되는 수밖에 없었다.

신들은 처음에 서리 거인에게 일을 맡기자고 한 로키에게 해결을 하라고 말했다. 로키는 자기는 아무런 잘못이 없다고 우겼지만, 오딘이 뼈를 하나씩 부러뜨리겠다고 협박하자 자기가 책임을 지겠다며 밖으로 나갔다.

그날 밤 서리 거인은 말과 함께 바위가 쌓여 있는 곳으로 갔다. 서리 거인은 사흘만 지나면 프레이야와 결혼할 수 있다는 생각에 신이 나서 노래가 절로 나왔다. 그때였다. 숲 속에서 이상한 소리가 들렸다. 그리고 암말 하나가 거인과 말 앞에 나타났다. 서리 거인의 말은 갑자기 발정이 나서 서리 거인을 뿌리치고, 도망치는 암말의 뒤를 좇아 숲 속으로 들어갔다. 물론 암말은 로키가 변신한 것이었다.

서리 거인은 밤새도록 숲 속을 뒤졌지만 말을 찾지 못했다. 말이 없으

프레이야 사랑의 여신 프레이야가 고양이가 끄는 마차를 타고 있다. N. J. O. 블로메르의 그림.

니 돌을 나를 수가 없었다. 결국 서리 거인은 정해진 날짜에 성벽을 완성하지 못했다. 화가 난 서리 거인은 원래 모습을 드러내고 신들에게 욕을 하고 악을 썼다. 그 모습을 보던 전쟁의 신 토르가 망치로 서리 거인의 머리를 내리쳤다. 서리 거인은 그 자리에 쓰러져 죽고 말았다.

서리 거인은 지나친 욕심 때문에 목숨을 잃었다. 프레이야가 긴 안도의 한숨을 쉰 것은 말할 것도 없다. 또한 이 모습을 보면서 신들 또한 사소한 시비로 시작된 전쟁으로 성벽까지 무너뜨린 자기들의 행동에 대해 깊이 반성했다.

금요일은 아름다움의 여신인 프레이야의 날이다. 물론 옛날 사람들은 그렇게 생각하지 않았겠지만, 금요일이 아름다운 것은 주말이 기다리고 있기 때문이 아닐까?

에다

북유럽 신화를 한눈에 볼 수 있는 신화집으로 에다라는 것이 있다. 에다는 다시 둘로 나뉘는데, 800~1200년 사이에 기록되었을 것으로 보이는 고(古) 에다와 스노리 스투를루손이 1220년경에 고 에다를 기본으로 해서 저술한 신(新) 에다가 그것이다.

고 에다는 '신들의 노래'와 '영웅들의 노래'로 구성되어 있는데, 바그너의 오페라로 유명한 〈니벨룽겐의 반지〉는 기본 줄거리를 '영웅들의 노래'에서 따온 것이다. 고 에다는 모두 시로 기록되어 있고, 각기 다른 시대에 다른 장소에서 일어난 사건들을 다루고 있기 때문에 전체적인 통일성을 찾아보기 힘들다. 이것을 정리한 것이 스노리의 신 에다이다. 고 에다가 시로 구성되어 있는 것에 비해 신 에다는 산문으로 기록되어 있다. 또한 고 에다가 옛 모습에 충실하다면, 신 에다는 세련되기는 하지만 그리스도교의 영향을 받아 옛 모습을 많이 잃었다는 단점이 있다. ❖

삼지창을 들고 바다를 다스리는 포세이돈

_ 포크

우리는 음식을 먹을 때 숟가락과 젓가락을 쓰지만 서양 사람들은 포크와 나이프를 쓴다. 하지만 서양에서 포크를 쓰기 시작한 것은 그리 오래되지 않았다. 11세기에 베네치아의 총독과 결혼한 비잔틴의 공주가 처음으로 포크를 쓰기 시작했다고 전한다. 당시 성직자들은 신의 선물인 음식을 손으로 먹지 않고 포크를 쓰는 것이 신에 대한 모욕이라고 생각하여 공주의 행동을 비웃었다. 독일에서는 17세기가 되어서야 비로소 포크를 쓰기 시작했다. 물론 포크를 사용하면 음식을 깨끗이 먹을 수 있고 적당한 양을 먹게 된다는 것을 알고 나서 포크가 널리 쓰이게 되었다.

근래에 들어 우리도 포크를 많이 사용하고, 서양 사람들이 젓가락을 쓰기도 한다. 기껏 30~40년 전만 해도 한국 사람에게 포크와 나이프는 낯선 문화였다. 서양 음식을 먹는 것을 '칼질한다'고 표현하며 좋은 음식을 먹었다고 말하던 시절도 있었다. 그러나 요즘은 건강이나 웰빙 등의 영향으로 다시 우리의 음식, 곧 한식이 훌륭한 음식임이 잇달아 밝혀지고 있다.

서양 음식을 먹을 때 쓰는 포크 하면 떠오르는 것은 바로 그리스 신화에 등장하는 바다의 신 포세이돈이다. 포세이돈이 포크를 닮은 삼지창

포세이돈 큰 키에 수염을 기른
포세이돈은 삼지창을 들고
바다 용을 타고 다녔다.
C. A. 아담의 작품.

(三枝槍)을 들고 다니기 때문이다. 삼지창이라는 말은 끝이 셋으로 갈라 진 창이라는 뜻이다. 포크를 크게 만들어 놓았다고 생각하면 얼추 비슷하다.

포세이돈은 태어나자마자 아버지 뱃속으로 들어갔다. 포세이돈의 아버지 크로노스가 자기 아들에게 왕의 자리를 빼앗길 것이라는 예언을 듣고는, 아이가 태어나기만 하면 곧바로 꿀꺽 삼켰기 때문이다. 포세이돈은 훗날 제우스의 아내이며 여신들의 으뜸이 된 헤라, 훗날 지하 세계를 다스리게 되는 하데스 등과 함께 아버지 뱃속에 갇혀 있었다. 마지막으로 태어나 어머니 레아의 도움으로 아버지의 뱃속에 들어가지 않은 제우스가 꾀를 써서 크로노스가 그때까지 삼킨 아이들을 모두 토하게 했을 때 비로소 포세이돈도 바깥으로 나올 수 있었다.

제우스는 포세이돈, 하데스 등의 형제들과 함께 아버지 크로노스가 속해 있는 티탄족과 싸움을 벌였다. 그때 제우스의 편을 든 외눈박이 거인 키클롭스는 이들 형제들에게 선물로 무기를 주었는데, 포세이돈이 선택한 것이 바로 삼지창이었다. 한편 제우스는 벼락을 얻었고, 하데스는 머리에 쓰면 투명인간으로 만들어 주는 모자를 받았다. 싸움은 물론 제우스가 이끄는 젊은 신들의 승리로 끝났고, 제우스는 하늘, 포세이돈은 바다, 하데스는 지하 세계의 지배자가 되었으며, 지상은 공동으로 다스리기로 했다.

이렇게 삼지창을 든 포세이돈이 바로 바다의 신이다. 포세이돈 말고도 바다를 지배하는 신이 여럿 있지만 그들은 일정한 곳만 다스릴 뿐이다. 포세이돈은 바다에 있는 모든 생물과 모든 장소를 지배했다.

큰 키에 수염을 기른 포세이돈은 삼지창을 들고 바다 용을 타고 다녔

다. 그는 매우 다혈질이어서 많은 신들과 싸움을 벌였으며 사람들의 일
에도 자주 개입했다. 또한 당하고는 못 사는 성격이어서 자기가 속거나
손해를 입은 일은 절대로 잊지 않고 언젠가는 되갚음을 했다. 예를 들어
미노스가 자기를 속이자 그의 아내인 파시파에의 마음속에 황소에 대한
정욕을 심어 미노타우로스라는 괴물을 낳게 했다.

  또 이런 일도 있었다. 트로이 전쟁이 일어났을 때 제우스는 신들에게
중립을 지켜 줄 것을 명령했다. 트로이 전쟁에는 신들의 자식들이 많이
참가했기 때문이었다. 그러나 포세이돈은 제우스의 명령을 무시하고 적
극적으로 그리스의 편을 들었다. 그것은 과거의 일로 트로이에 심한 적
개심을 품고 있었기 때문이다. 트로이의 왕 라오메돈의 부탁으로 아폴론
과 함께 트로이의 성벽을 쌓은 일이 있었는데, 약속했던 보수를 받지 못
하자 포세이돈은 바다의 괴물을 보내 라오메돈의 딸을 괴롭혔다. 그러나
그 후에도 적개심을 풀지 않고 있다가 트로이 전쟁 때 그리스 편에 가담
한 것이다. 함께 일하고 똑같이 배신당한 아폴론이 그 일을 잊고 트로이
편을 든 것과는 대조적이다. 오디세우스가 트로이 전쟁이 끝난 뒤 곧바
로 집으로 돌아가지 못하고 10년이나 바다 위에서 떠돈 것도 포세이돈
때문이었다.

  그러나 누구나 그렇듯 포세이돈도 자기가 피해를 입힌 경우는 쉽게
잊었다. 이런 탓인지 포세이돈은 신들과 사람들 사이에서 별로 인기가
없었다. 뒤집어 생각해 보면 그랬기 때문에 그렇게 난폭하고 제멋대로
살게 되었는지도 모르겠다.

  포세이돈이 싸움을 시작하면 지하 세계의 신인 하데스는 안절부절못
했다. 포세이돈이 일으키는 지진 때문에 혹시라도 땅이 무너져 지하 세
계에 구멍이 뚫리지 않을까 걱정했기 때문이다. 포세이돈은 이처럼 쉽
게 분노했고, 그래서 아주 무서운 신이었다. 그리고 제우스에 뒤지지 않

는 호색한이기도 했다.

한 번은 우연히 낙소스라는 섬에 들렀다가 그곳에서 대양의 신 오케아노스의 딸인 암피트리테가 춤추는 것을 보고 한눈에 사랑에 빠졌다. 포세이돈은 다짜고짜 그녀에게 아내가 되어 달라고 말했다. 모르기는 몰라도 아주 우악스럽게 청혼을 했을 것이다. 암피트리테는 억세고 거칠기만 한 포세이돈을 피해 아틀라스에게로 도망을 쳐서 숨었다.

그러자 포세이돈은 바다의 모든 생물을 불러모았다. 그는 엄숙하게 암피트리테를 찾아오라는 명령을 내리고, 그녀를 데리고 오면 큰 상을 주겠다는 말도 잊지 않았다. 그러나 암피트리테가 워낙 깊숙이 숨었기 때문에 쉽게 찾아 내지 못했다.

꽁꽁 숨어 있는 암피트리테를 찾아 낸 것은 돌고래였다. 돌고래는 거기서 그치지 않고 매파 역할까지 맡았다. 포세이돈이 무뚝뚝하고 거칠지만 마음은 바다보다 넓다는 말과 그의 아내가 되면 누릴 수 있는 영광 등에 대해 장황하게 늘어놓았다. 머리 좋은 돌고래의 말솜씨에 암피트리테의 마음이 움직였다. 이렇게 해서 암피트리테는 포세이돈과 결혼해 바다의 여왕이 되었다. 포세이돈은 돌고래에게 감사의 표시로 하늘에 반짝이는 돌고래 별자리를 만들어 주었다.

암피트리테는 일단 포세이돈의 아내가 되자 바다

암피트리테 대양의 신 오케아노스의 딸이자 포세이돈의 아내이다. 막스 킬링거의 작품.

의 님프를 거느린 당당한 귀부인이 되었다. 부창부수라고 했던가? 에티오피아의 왕비 카시오페이아가 암피트리테보다 자기의 미모가 더 뛰어나다고 했다는 말을 듣고 발끈해서 에티오피아 왕국을 완전히 뒤집어 놓았다.

암피트리테는 남편인 포세이돈에게 눈물로 호소했다. 역시 화가 난 포세이돈은 에티오피아 해변에 괴물을 보내 사람들을 괴롭혔다. 신탁에서는 공주 안드로메다를 괴물에게 바쳐야 재앙이 끝날 것이라고 예언했다. 에티오피아의 왕은 하는 수 없이 딸 안드로메다를 제물로 바쳤다. 그리고 원인이 아내에게 있음을 알고 의자에 앉아 있는 카시오페이아 왕비를 걷어차 아래로 떨어뜨려 죽였다. 카시오페이아는 의자에 앉은 채로 하늘로 올라가 별자리가 되었다. W자 모양의 별자리가 바로 그것이다. 한편 안드로메다는 때마침 메두사의 목을 베어 들고 그곳을 지나던 페르세우스에게 구출되었다. 그런데 앞에서 본 대로 메두사는 포세이돈과 관련된다.

포세이돈이 사랑에 빠져 결혼을 했지만, 제 버릇 개 못 준다고 했던가, 타고난 바람기는 어쩔 수 없었다. 대표적인 예가 메두사와의 격렬한 연애였다. 메두사는 원래 지혜의 여신 아테나의 신전을 지키는 여자 사제였다. 메두사는 여왕이라는 뜻으로, 그녀는 매우 아름다운 여자였다. 그러나 포세이돈과 신전에서 해서는 안 될 일을 저질렀다. 그 때문에 아테나의 저주를 받아 추악한 괴물이 되고 말았으며 페르세우스에게 죽음을 당했다.

같은 형제인 하데스가 조용하게 지하에서 지내는 것과는 달리 포세이돈은 그리스 신화 곳곳에서 얼굴을 내민다. 어디서건 삼지창을 들고 용을 타고 있는 걸 본다면, 그가 바로 포세이돈이다.

전쟁과 젊음을 상징하는 과일

_ 사과

"날마다 사과를 먹으면 의사와 만날 일이 없다."는 옛말이 있다. 신들의 사과처럼 영원히 젊음을 유지해 주지는 않더라도, 사과는 건강을 지켜 주는 과일이다.

역사적으로 유명한 네 개의 사과가 있다. 그 가운데 하나는 성경에 나오는 것으로 에덴 동산에서 이브가 뱀의 꼬임에 넘어가 따먹은 선악과이고, 또 하나는 그리스 신화에서 트로이 전쟁을 일으키게 한 황금 사과이다. 그리고 아들의 머리에 얹힌 사과를 쏘아야 했던 빌헬름 텔 이야기 속의 사과, 마지막으로 머리 위로 떨어져 만유인력을 깨닫게 해 준 뉴턴의 사과가 그것이다. 그런데 우리가 잘 모르는 사과가 또 하나 있다. 그것은 먹으면 영원히 젊게 산다는 청춘의 사과로, 북유럽 신화에 나오는 사과이다. 물론 계속 먹어야 하지만, 그게 어딘가.

어느 날이었다. 최고신이며 애꾸인 오딘은 지금까지 잘 알려져 있지 않은 곳을 조사하기 위해 로키와 호니르를 데리고 사람들이 사는 미드가르드로 갔다. 해가 뜨기 전 희뿌연한 새벽이었다. 세 신은 하루 종일 돌아다녔고 오후가 되자 배가 슬슬 고팠다. 그제야 깜빡하고 먹을 것을 준비해 오지 못했다는 것을 알

신들의 황금 사과 헤스페로스의 세 딸이 신들의 정원에서 황금 사과를 지키고 있다. 에드워드 번 존스의 그림.

았다. 신들은 난처한 표정으로 서로의 얼굴을 쳐다보았다.

그때 어디선가 소 떼가 나타났다. 신들은 기뻐서 소리를 질렀다. 소 한 마리를 잡아서 참나무 가지를 모아 불을 피우고 통째로 구워 먹기로 했다. 고기 익는 냄새에 신들은 침을 꿀꺽 삼키면서 잘 익기만을 기다렸다. 다 익었을 것이라 생각하고 불을 헤쳐 고기를 꺼내 먹으려고 했지만, 고기는 익지 않았다. 신들은 고개를 갸웃거리며 고기를 도로 불 속에 넣고 기다렸다. 한참을 기다리다 다시 고기를 꺼내 보았지만 여전히 익지 않았다. 신들은 오랫동안 불가에 모여 앉아 고기가 익기만을 기다렸다. 그러나 아무리 기다려도 고기는 익지 않았다.

"그게 익을 턱이 있나!"

머리 위에서 이런 말이 들려 왔다. 세 신은 깜짝 놀라 위를 쳐다보았다. 참나무 위에 커다란 독수리 한 마리가 앉아서 내려다보고 있었다.

"내가 먹을 만큼 고기를 준다고 약속하면, 고기를 익혀 주지!"

독수리가 이렇게 말했다. 신들은 배가 몹시 고팠기 때문에 고기를 익혀 준다는 말에 얼른 그렇게 하기로 했다. 신들의 대답을 들은 독수리는 재빨리 아래로 내려와 커다란 날개를 퍼덕거리며 소의 양쪽 어깨 살과 엉덩이 부분을 낚아챈 다음, 다시 나무 위로 올라가 쩝쩝 소리를 내면서 먹기 시작했다.

가장 맛있는 부분을 빼앗긴 신들은 매우 화가 났다. 고기를 먹기 위해 얼마나 오래 기다렸던가. 로키는 긴 막대기로 독수리의 몸을 찔렀다. 독수리는 몸의 균형을 잃었고, 그 바람에 고기가 나무 아래로 떨어졌다. 독수리는 날카로운 소리를 내면서 하늘로 올라갔는데, 이상하게도 막대기를 잡고 있던 로키의 손이 막대기에서 떨어지지 않았다. 그대로 로키도 하늘로 떠올랐다. 독수리는 로키를 혼내 주겠다는 듯이 낮게 날았다. 로키는 바위에 부딪히기도 하고 가시덤불에 찔리기도 했다.

독수리는 살려 달라고 소리치는 로키에게 자기가 원하는 것을 주면 풀어 주겠다고 말했다. 독수리가 원하는 것은 청춘의 사과였다. 그제야 로키는 마음씨 나쁜 서리 거인이 독수리로 변신한 것임을 깨달았지만, 때는 늦었다. 로키는 청춘의 사과를 주겠다는 약속을 하고 풀려났다.

일주일 뒤 로키는 청춘의 사과를 가지고 있는 여신 이둔을 속여서 무

청춘의 사과 신들의 젊음을 유지해 주는 청춘의 사과를 여신 이둔이 꺼내고 있다. 펜로즈가 그린 삽화.

지개다리 건너 사람들이 사는 곳으로 데리고 갔다. 그러자 몰래 숨어서 기다리던 독수리가 커다란 날개를 펼치고 날아들어 이둔을 납치해 멀리 사라졌다.

한편 신들의 세계인 아스가르드에서는 큰 난리가 났다. 청춘의 사과를 먹지 못하자 신들은 몸에서 힘이 빠졌고 심지어는 말도 더듬었다. 최고신 오딘은 있는 힘을 모두 쥐어짜서 신들을 한 곳에 모이게 했다. 회의에 참석하지 않은 것은 로키와 이둔뿐이었다. 신들은 로키가 범인임을 깨달았다.

신들은 이둔의 밭에서 잠을 자고 있는 로키를 찾아 냈다. 그리고 이둔을 데리고 오지 않으면 죽이겠다고 협박했다. 북유럽 신화에서는 신들도 죽는다. 로키는 하는 수 없이 아름다움의 여신인 프레이야에게 마법의 매 가죽을 빌렸다. 순식간에 매가 된 로키는 서리 거인의 집으로 찾아갔다.

때마침 서리 거인은 집에 없었다. 재빨리 이둔을 호두로 변신시킨 로키는 될 수 있는 대로 빨리 도망쳤다. 그러나 이둔이 사라진 것을 알아차린 서리 거인은 곧바로 독수리로 변신해 매로 변신한 로키의 뒤를 쫓아왔다. 매가 아무리 빠르다고 해도 독수리를 따를 수는 없다. 금방이라도 독수리가 매를 덮칠 듯이 보였다.

그 모습을 본 신들은 성벽 위에 장작더미를 쌓았다. 허덕거리며 장작더미와 덤불을 다 쌓았을 때 매로 변신한 로키가 성벽 안으로 날아 들어왔다. 그때를 놓치지 않고 신들은 장작더미에 불을 붙였다. 뒤따라오던 독수리는 불길이 확 일어나는 걸 보고 멈추려 했지만 날아오던 속도 때문에 멈추지 못하고 그대로 불 속으로 뛰어든 꼴이 되었다. 독수리로 변한 서리 거인은 그대로 불에 타 죽고 말았다. 신들은 서둘러 청춘의 사과를 먹고 젊음을 되찾았다.

사과 대 복숭아

종교와 달리 신화에서 신은 인간과 크게 다르지 않다. 신들도 인간들과 똑같이 먹고 마신다. 북유럽 신화에서는 '청춘의 사과'를 먹어야 신들도 젊음을 유지할 수 있다. 그리스 신화에는 넥타르라는 음료가 있고, 성경에는 생명의 나무가 있으며, 인도 신화에서는 암리타라는 음료가 나온다.

중국과 더불어 우리나라에서는 복숭아가 젊음을 상징하는 과일이다. 다 잘 알고 있는 중국의 판타지 고전인 『서유기』를 보면 주인공 손오공이 반도원이라는 하늘의 과수원에서 복숭아 열매를 따 먹는 장면이 나온다. 반도원에는 3600그루의 복숭아나무가 있어, 1200그루는 3000년에 한 번씩 열매를 맺는데 먹으면 신선이 되고, 두 번째 1200그루는 6000년에 한 번씩 열매를 맺는데 먹으면 불로장생하며, 마지막 1200그루는 9000년에 한 번씩 열매를 맺는데 그 열매를 먹으면 수명이 해와 달과 같아진다고 했다. 또한 동양에서는 복숭아나무가 귀신을 쫓는 힘도 지니고 있다고 보았다. ❖

이제 아이에서 어른으로

_ 옥수수

대나무는 속이 비어 있다. 그런데 대나무가 높이 자랄 수 있는 것은 마디가 있기 때문이다. 만약 마디가 없다면 곧게 자랄 수가 없을 것이다. 마찬가지로 사람도 크게 자라기 위해서는 마디가 필요하다. 이런 마디를 통과의례라고 말한다. 우리나라에서는 관혼상제가 바로 통과의례에 해당한다.

통과의례는 말 그대로 한 지점을 통과할 때 치르는 의례이다. 넓게 보면 학교를 졸업하거나 입학할 때 하는 졸업식과 입학식도 통과의례에 포함된다. 그러나 엄밀히 보아 가장 중요한 통과의례는 아이에서 어른이 될 때 치르는 의례이다. 이렇게 의례를 치르고 나면 그는 다시는 아이로 되돌아갈 수가 없다. 자기 속에서 아이의 모습을 지웠기 때문이다.

현대에는 이런 통과의례가 없다. 성인식이라는 것을 하지만 신성하거나 엄숙한 의례가 아니라 그저 축하하는 행사일 뿐, 어른이 된다는 것의 의미나 소중함, 책임 등을 되새겨 볼 계기가 되지 못하는 듯하다.

맹수들은 새끼를 절벽에서 떨어뜨려 살아남는 새끼만 키운다고 한다. 절벽에서 떨어뜨리는 일은 맹수들의 통과의례인 셈이다. 아프리카의 여러 부족들은 사냥으로 통과의례를 치르기도 한다. 이때 주어진 임무를 다하지 못하면 어른 대접을 받지 못한다. 여기 소개하는 인디언 신화는 통과의례가 어떻게 행해지고 어떤 의미를 갖는지 잘 보여 준다.

옛날 어느 가난한 인디언이 아내와 아이들을 데리고 아름다운 곳에서 살고 있었다. 그는 가족을 잘 부양하지도 못할 정도로 가난했다. 그러나 그는 친절하고 낙천적이었으며, 늘 자기가 얻은 모든 것에 대해 위대한 정령에게 감사를 드렸다. 아버지의 성격을 그대로 이어받은 큰아들 운츠가 통과의례를 치를 나이가 되었다. 이 의례는 살아가는 동안 자기를 인도하고 지켜 줄 정령을 만나기 위해 금식을 하는 의례였다.

운츠는 어릴 때부터 명상을 했으며 사려 깊고 성격이 온화한 아이였다. 봄이 되자 운츠는 관습에 따라 집에서 떨어진 곳에 작은 오두막을 지어 그곳에서 지내게 되었다. 의식을 치르는 동안 방해를 받지 않기 위해서였다.

운츠는 처음 며칠 동안 숲 속을 산책하거나 관찰하면서 보냈다. 그래야 밤에 깊은 잠을 잘 수 있기 때문이었다. 즐거운 생각이 머릿속을 스치면 좋은 꿈을 꾸기 위해 그 생각을 마음 깊이 담아 두었다. 숲 속을 산책하고 관찰하는 동안에 풀과 식물의 열매가 어떻게 자라는지, 약과 독이 되는 것은 왜 그런지 알아 내려고 했다. 운츠는 금식 때문에 걷는 것이 힘들어지자 오두막에 머물면서 생각에 잠겼다. 그리고 이렇게 생각을 정리했다.

'위대한 정령이 만물을 창조했고, 따라서 우리의 생명은 그분에게 빚진 것이다. 그런데 왜 위대한 정령은 우리가 동물을 사냥하거나 고기를 잡는 것보다 더 쉽게 식량을 구할 수 있게 해 주지 않는 걸까? 꿈을 통해 그것을 알아 내야겠다.'

다음날 그는 힘이 빠져 침대에 누워 있었다. 그러다가 깜빡 잠이 들어

꿈을 꾸었는데, 잘생긴 청년이 하늘에서 내려와 다가오는 것이었다. 청년은 멋진 옷을 입고 있었다. 그리고 녹색과 황색 계통의 색깔이 화려한 장식품을 여러 개 달고 있었다. 머리에 꽂은 깃털 장식이 바람에 흔들렸고, 그의 동작 하나하나에서 품위가 느껴졌다. 청년이 말을 걸었다.

"친구여, 하늘과 땅의 모든 것을 창조한 위대한 정령이 하늘에서 나를 내려보냈다. 위대한 정령은 네가 금식하는 이유를 알고 있어. 다른 사람들을 위해 살려는 너의 소망을 알고 있다는 말이지. 너는 전쟁에서 용맹함을 발휘해 칭송받기보다는 사람들에게 선행을 베풀고자 하는 마음을 갖고 있어. 나는 너를 도와 주려고 온 거야."

청년은 운츠에게 자기와 씨름을 해야 소원을 이룰 수 있다고 말했다. 운츠는 금식으로 몸이 약해져 있었지만 마음 깊은 곳에서 용기가 솟아나는 걸 느꼈다. 운츠는 씨름에서 지느니 죽겠다는 각오를 하고 자리에서 일어났다. 씨름은 오랫동안 계속되었다. 운츠가 지쳐서 쓰러질 지경이 되었을 때 청년이 이렇게 말했다.

"이제 그만하면 됐다. 다시 너를 찾아오겠다."

하늘에서 내려온 청년은 미소를 지으면서 다시 하늘로 돌아갔다. 그리고 다음날 다시 왔다. 운츠는 전날보다 더 기운이 없었지만 몸의 힘이 줄어드는 만큼 마음속의 용기는 더 강해지는 듯했다. 씨름을 끝내고 청년은 전날과 같은 말을 한 뒤 이렇게 덧붙였다.

"내일이 마지막 시험의 날이다. 나를 이기고 너의 소망을 이룰 마지막 기회야."

다음날 청년은 어김없이 찾아왔고 둘의 시합이 재개되었다. 운츠는 기운이 없어 그대로 서 있기도 힘들었지만 의지는 강했다. 그는 죽기 아니면 까무러치기로 싸웠다. 청년은 씨름을 멈추고 자기가 졌음을 선언했다. 둘은 처음으로 오두막에 들어가 나란히 앉았다. 청년이 말했다.

"너는 위대한 정령이 원하는 것을 이루었다. 너는 남자답게 싸웠다. 내일이면 네가 금식을 시작한 지 일주일이 된다. 너의 아버지가 음식을 가져올 것이고 너는 다시 나와 싸워 이기게 될 것이다. 나는 그것을 미리 알고 있기 때문에 네가 가족과 부족을 이롭게 할 수 있는 방법을 일러 주겠다. 씨름에서 나를 쓰러뜨리면 곧바로 나의 옷을 찢은 다음, 돌과 잡초를 없앤 부드러운 흙에 나를 묻어라. 그리고 내 몸을 땅 속에 그대로 놓아 두어라. 가끔씩 그곳에 들러 내가 다시 살아났는지 살펴보고 무덤 위에 잡초와 잔디가 자라지 않도록 해라. 또한 한 달에 한 번 새 흙으로 내 몸을 덮어라. 내가 지금 말한 대로 하면 가족과 부족을 이롭게 하고자 하는 너의 소망을 이룰 수 있을 거야."

청년은 운츠와 악수를 하고 하늘로 올라갔다. 다음날 운츠의 아버지가 먹을 것을 가져왔다.

"너는 충분히 금식을 했다. 네가 음식을 먹지 않은 지 일주일이 되었다. 위대한 정령이 네게 호의를 베푼다면 지금 그렇게 할 것이다. 네 생명이 희생되어서는 안 돼. 생명의 주인도 그것을 바라지 않으실 거야."

운츠가 대답했다.

"해가 질 때까지만 기다려 주세요. 그때까지 금식을 해야 합니다."

아버지는 운츠의 말대로 따랐다. 시간이 되자 하늘에서 청년이 내려왔고 씨름이 시작되었다. 운츠는 아버지가 가져온 음식을 먹지 않았지만 가족과 부족을 위해 이로운 일을 하겠다는 의지 덕분에 새로운 힘이 생기고 용기도 넘쳤다. 운츠는 청년을 꼭 잡고 힘차게 들어 집어던졌다.

그런 다음 그의 몸에서 아름다운 옷과 깃털 장식을 떼어 냈다. 운츠는 청년이 죽은 것을 확인하고 그의 말에 따라 매장했다. 하지만 청년이 다시 살아날 것을 믿었다.

모든 것이 끝나자 운츠는 집으로 돌아가 가족들과 함께 음식을 먹었다. 그는 청년의 무덤을 잊지 않았다. 봄 내내 무덤을 찾아가 잡초를 뽑고 흙이 부드럽게 유지되도록 애썼다. 얼마 지나지 않아 녹색의 깃털을 닮은 잎이 땅을 뚫고 나왔다. 운츠가 청년에게 들은 대로 하자 잎은 더욱 빨리 자랐다. 그러나 운츠는 아버지에게 그 일을 비밀로 했다.

다시 몇 주가 지나가고 여름이 막바지에 이르렀다. 사냥을 하고 온 운츠는 자기가 금식을 했던 곳으로 아버지를 모시고 갔다. 이미 오두막은 없어졌지만 둥근 집터는 그대로 남아 있었다. 그리고 그곳에는 키가 크고 우아한 식물이 자라고 있었다. 줄기에는 비단결처럼 부드럽고 밝은 색의 털이 나 있었고, 위쪽에는 깃털 같은 꽃이삭과 꼿꼿한 잎사귀가 돋아났으며, 줄기의 좌우에는 황금빛 열매들이 주렁주렁 매달려 있었다.

"아버지, 이것은 제 친구 옥수수입니다. 우리는 더 이상 사냥에만 의지하지 않아도 돼요. 이 선물을 잘 가꾸면 땅이 우릴 먹여 살릴 거예요."

운츠는 열매를 하나 따서 아버지에게 내밀면서 말했다.

"보세요, 제가 금식을 한 목적은 이것입니다. 위대한 정령이 제 목소리를 듣고 우리에게 새로운 것을 보내 주었어요. 이제부터 우리는 사냥을 하지 않고 물가에 가지 않아도 먹을 것을 걱정할 필요가 없습니다."

운츠는 아버지에게 청년이 알려 준 말을 해 주었다. 먼저 상대를 쓰러뜨린 다음 옷을 벗긴 것처럼 열매의 넓은 껍질을 벗겨야 한다고 말했다. 그 다음에 불에 열매를 굽는 시범을 보였다. 낱알의 겉껍질이 갈색이 되면서도 유액이 낱알에 보존되는 동안까지만 굽는 방법을 보여 주었다. 그리고 가족들 모두가 모여 새로 얻은 열매 앞에서 자비로운 정령에게 감사드리고 식사를 했다. 그 후 옥수수는 인디언들의 주식이 되었다. 이렇게 해서 옥수수가 세상에 나타났으며 지금까지 재배되고 있다.

인디언들이 주식으로 삼게 된 옥수수를 얻은 소년은 더 이상 아이가 아니다. 인디언들의 전통적인 통과의례를 치르면서 아이는 죽고 어른으로 다시 태어났다. 그 과정에서 자기만을 생각한 것이 아니라 부족들을 위해 어떤 도움이 될지를 고민했고, 그리하여 옥수수라는 엄청난 선물을 받은 것이다.

그것은 우연히 주어진 것이 아니다. 통과의례를 치르고, 그때 하늘에서 내려온 청년과 결투를 벌여 이긴 것이다. 그 청년은 달리 해석하면 인디언 소년의 마음속에 있는 아이였다고도 할 수 있다. 피터팬처럼 어른이 되기 싫어하는 자기 속마음과 힘든 결투를 벌였다고 생각하면 되겠다. 이 책의 앞부분에 영웅에 대해 살펴보면서, 자기 마음속에 있는 욕망이나 이기적인 생각을 이겨 낸 사람도 영웅이라고 했다. 이 인디언 소년도 영웅이다. 실제로 옥수수를 인디언 부족에게 가져다 주었기 때문에 특별히 문화 영웅이기도 하다.

　어렵고 고된 일은 당장은 견디기 힘들지만 그것을 이겨 냈을 때 큰 힘
이 생기게 된다. 그 힘은 자신감이기도 하고 절망에 빠졌을 때는 희망이
되기도 한다. 그래서 고대인들의 통과의례는 무척이나 고단하고 힘든
과정이었다. 그것을 극복하고 이겨 냈을 때 비로소 세상을 살아가는 힘
을 갖게 되며, 어려운 일을 피하지 않고 당당하게 맞설 수 있는 힘을 얻
기 때문이다.

관혼상제

통과의례란 개인이 새로운 지위나 신분을 얻거나 어떤 과정을 통과할 때 행
하는 여러 가지 의식이나 의례를 총칭하는 말이다. 사람들은 태어나고 살아
가면서 특별하고 중요한 여러 과정을 통과하게 되는데, 이때 의례나 의식을
통해 그 성격을 분명하게 하는 것이다. 일반적으로 중요하게 생각하는 통과
의례는 태어나는 것, 어른이 되는 것, 결혼하는 것, 죽는 것 등이다.
통과의례는 민족마다 조금씩 차이를 보인다. 우리나라에는 네 가지 중요한
통과의례가 있다. 관혼상제(冠婚喪祭)가 그것이다. 여기서 관례는 어른이 되
는 성인식을 가리키며, 혼례는 결혼, 상례는 장례, 제례는 제사를 가리킨다.
네 가지 가운데 정작 본인은 두 가지에 참여할 수 없는데, 장례와 제사가 그
것이다. 현재 혼례와 상례의 경우는 예전과 다름없이 치러지고 있지만, 관례
는 거의 사라졌고 제례는 차츰 약화되고 있다.
우리는 하루하루를 기계처럼 살아서는 안 된다. 따라서 삶을 돌아보고 전망
하기 위해서 인류의 지혜 가운데 하나인 통과의례를 반드시 되살려 내야 한
다. ❖

삶의 선악을 잰다

_ 저울

저울은 원래 물건의 무게를 재는 도구이다. 그러나 저울은 사회의 윤리적 잣대나 선악을 판별하는 잣대로도 쓰인다. 이런 의미에서라면 가장 유명한 것으로 단연 이집트의 『사자의 서』에 나오는 저울을 들 수 있다. 신들의 서기(書記)인 토트는 이렇게 말한다.

"인간들은 다투고, 싸우고, 불화가 계속되고, 악행을 저지르고, 적대심을 가지고 있고, 살인을 하고, 문제를 일으키고, 탄압을 자행했다. 그래서 나의 창조물을 전멸시키기로 작정했다. 지상은 사나운 홍수로 물의 지옥이 될 것이고 원시 시대로 돌아갈 것이다."

인간이 저지르는 악행의 구체적인 예는 죽은 자가 심판을 받을 때 암송하는 말에서 알 수 있다. 죽은 자는 자기의 심장을 저울 위에 올려놓고 자기가 죄를 짓지 않았음을 고하는데, 저울이 평형을 이루면 태양의 배를 타고 평화롭고 안락한 세계로 들어간다. 다음은 죽은 자가 심판을 받을 때 자기가 죄를 짓지 않았음을 고백할 때 하는 말이다.

"나는 나쁜 일을 하지 않았다. 나는 폭력을 휘두르지 않았다. 나는 다른 사람의 마음을 고통스럽게 만들지 않았다. 나는 훔치지 않았다. 누군가가 배신을 당해 죽게 만들 원인이 될 만한 일을 하지 않았다. 나는 공물을 줄이지 않았다. 나는 타인에게 손해나는 일을 하지 않았다. 나는 거짓말을 하지 않았다. 나는 아무도 울리지 않았다. 나는 스스로를 더럽히는 일 따위를 하지 않았다. 나는 간음을 하지 않았다. 나는 타인의 재산을 빼앗지 않았다. 나는 배신을 하지 않았다. 나는 남의 경작지에 손해를 입히지 않았다. 나는 결코 남에게 죄를 전가하지 않았다. 나는 그럴 만한 이유 없이 결코 화를 내지 않았다. 나는 진실한 말에 귀를 기울이지 않은 적이 없다. 나는 마술을 부리지 않았다. 나는 신을 모독하지 않았다. 나는 노예가 주인에게 학대당하게 만드는 원인이 될 만한 일을 하지 않았다. 나는 맹세코 신을 가볍게 여기지 않았다."

위의 항목들은 당시 가장 나쁘다고 생각되는 죄악이었다. 죽은 자는 이렇게 말하고 나서 진실의 저울에 자기의 심장을 올려놓는다. 그 옆에는 '심장의 무게를 재는 감독관'인, 매의 머리를 가진 호루스와 자칼의 머리를 한 아누비스가 있다. 만약 심장의 무게가 앞에서 고백한 것과 다르지 않을 때 토트는 심장을 죽은 자의 가슴 속에 다시 넣으라고 명령한

진실의 저울 죽은 자의 심장과 마트 신의 깃털이 각각 접시에 올려져 있다. 저울이 균형을 이루면 선한 것이다.

다. 그러면 죽은 자는 다시 생명을 얻어 태양의 배를 탈 수 있다. 이렇게 해서 죽은 자는 혜택 받은 사람들이 갈 수 있는 낙원의 들판으로 인도된다. 만약 죽은 자가 생전에 사악한 행위를 하여 심장이 무거우면, 그는 '아멘티의 짐승'이라고도 하며 게걸스럽게 먹어치우는 존재라는 뜻을 가진 아메미트에게 잡아먹히거나 돼지의 모습으로 지상에 다시 보내진다.

대법원에 있는 아스트라이아 상 그리스 신화에 나오는 정의의 여신을 한국적으로 표현했다.

저울 앞에 선 죽은 자의 모습을 떠올리면 이집트 사람들은 죄를 지을 수 없었을 것이다. 그러나 반대로 그만큼 죄악을 많이 저질렀기 때문에 선악을 재는 저울을 생각해 낸 것인지도 모른다.

그리스 신화에서 저울을 들고 있는 신은 정의의 여신인 아스트라이아이다. 대법원에 가면 저울을 들고 있는 여신을 볼 수 있는데 그가 바로 아스트라이아이다. 이번에는 아스트라이아의 이야기를 들어 보자.

그리스 신화에는 네 시대에 대한 이야기가 나온다. 처음 이 세상에 모습을 드러낸 시대는 지금 우리가 상상할 수도 없을 정도로 행복한 시대였는데, 금속에 비유해서 '황금시대'라고 한다. 아직 계절이 나뉘지 않았기 때문에 황금시대는 언제나 봄처럼 화사하고 온갖 꽃들이 피어 있었으며 초목은 그들의 푸르름을 마음껏 드러냈다.

이 시대의 인간은 노동을 몰랐다. 경작을 하거나 사냥을 하지 않아도 땅이 먹을 것을 주었다. 또한 강에는 젖과 꿀이 흐르고 나무마다 달콤한 열매가 달렸다. 따라서 남의 것을 빼앗거나 더 많이 소유하기 위해 경쟁하거나 위협할 일이 없었다. 당연히 경쟁과 싸움을 위한 무기도 전쟁도 없었다. 또한 갈등이 없었기 때문에 그로 인해 생기는 슬픔이나 고통도 존재하지 않았다.

인간들은 신처럼 살았다. 걱정도 없었으며 몸과 마음을 괴롭히는 문제나 고뇌도 없었다. 또한 늙지 않는 봄과 같은 육체를 지니고 있었기 때문에 생로병사의 고통에 대해 알지 못했다. 황금시대의 인간은 하루가 멀다 하고 연회를 열어 흥청거리며 마셔 댔다. 그들이 죽은 것은 잠을 너무 많이 잤기 때문이라고 한다. 제우스는 그들을 지구 밑바닥으로 가라앉게 만들었다. 어떤 사람들은 인간이 신들과 지나치게 가까워지면서 신들을 무시했기 때문이라고 말하기도 한다.

황금시대의 뒤를 이은 것은 '은의 시대'이다. 은의 시대가 되면서 대지는 더 이상 인간을 위해 먹을 것을 주지 않았다. 인간은 먹기 위해 땅을 갈고 씨를 뿌렸으며 처음으로 빵을 먹었다. 그러나 대지가 비옥했기 때문에 노력을 많이 하지 않아도 쉽게 먹을 것을 얻을 수 있었다. 은의 시대에 살았던 인간은 수명이 지금보다 훨씬 길었지만, 어린아이처럼 성격이 나약했다. 인간들은 하찮은 일에도 불평을 터뜨렸고 사소한 일로도 싸웠다. 이런 모습에 진절머리가 난 제우스는 인간을 모두 멸종시켰다.

다음은 '청동 시대'였다. 제우스는 청동 시대에 들어 일 년을 넷으로 나누었다. 계절이 생겨난 것이다. 인간은 처음으로 절망적인 겨울의 추위를 경험했다. 당장 추위를 막을 집이 필요했고 이들이 처음 집으로 삼은 곳은 동굴이었다.

청동 시대는 은의 시대에 비해 대지가 척박해져서 예전보다 많은 노력을 해야 먹을 것을 얻을 수 있었다. 경작과 수렵으로 먹고살아야 했기 때문에 은의 시대를 살았던 사람보다 지혜를 발휘하고 힘을 사용할 일이 많아졌다. 그래서 여러 면에서 기술과 능력이 발달했다. 그러나 기술과 능력이 발달하면서 그 부작용으로 갈등과 다툼이 생겼다. 더 많이 차지하기 위해 서로 경쟁하며 싸우기 시작한 것이다. 결국 청동 시대 사람들은 전쟁을 일으켜 서로 죽이는 것으로 시대를 마감했다.

청동 시대는 한편으로 '영웅의 시대'이기도 했다. 영웅은 신과 인간인 여자 사이에서 태어난 신의 자식이었다. 영웅은 인간의 삶에 커다란 변화를 가져왔다. 모험과 도전, 지략, 용기, 예술과 도덕 등 인간이 살아가는 데 필요한 덕목들을 갖추게 된 것은 모두 이들 영웅 덕분이다.

그 다음 '철의 시대'가 되자 인간은 욕망을 알게 되었고, 그리하여 죄악이 세상에 넘치기 시작했다. 욕망은 이전에 인간이 지니고 있던 사랑과 명예 같은 미덕을 사라지게 만들었다. 그 자리에 폭력과 살인이 들어섰으며, 이로써 세계는 흉포함이 지배하는 세기말적인 분위기에 놓였다. 인간은 서로를 믿지 못했기 때문에 걸핏하면 싸우고 죽였다.

그러나 프로메테우스는 이런 인간을 동정했다. 그는 제우스를 속여 좋은 고기는 인간에게 주고 내장 따위 나쁜 고기를 신에게 주었다. 무엇보다 그는 인간에게 불을 주었다. 그 때문에 그는 날마다 새로 돋아나는 간을 독수리에게 쪼아 먹히는 형벌을 받아야 했다.

제우스는 사악해진 인간을 벌하기 위해 판도라라는 여자를 만들어 프로메테우스의 동생인 에피메테우스에게 보냈다. 판도라는 여러 신으로부터 아름다움과 설득력 등을 부여받았다. 헤파이스토스가 진흙으로 그

판도라 장 쿠쟁의 작품.

녀를 빚고, 아테나는 그녀에게 옷과 생명을 주었으며, 아프로디테는 아름다움을, 헤르메스는 교활함과 배신이라는 성격을 주었다.

에피메테우스('나중에 생각하는 자'라는 뜻)는 프로메테우스('앞서 생각하는 자'라는 뜻)가 주의를 주었는데도 그녀를 받아들였다. 에피메테우스의 집에는 인류에게 주고 싶지 않은 것들이 든 상자가 하나 있었다. 판도라는 상자를 열지 말라는 경고를 무시하고 상자의 뚜껑을 열었다.

흔히 '판도라의 상자'라고 일컫는 그 상자가 열리자, 인간을 괴롭히는 많은 재난이 밖으로 빠져나가고 희망만 남았다. 이렇게 해서 세상은 점점 혼탁해지고 죄악으로 붉게 물들어 갔다.

신화 시대에는 인간과 신이 함께 어울렸다. 심지어 인간이 베푼 연회에 신이 참석하는 일도 있었다. 신들은 인간에게 매력을 느끼고 인간으로 변신하거나 인간사에 깊숙이 관여하기도 했다. 그러나 철의 시대에 타락한 인간은 신들에게 실망만 안겨 주었다.

인간에게 염증을 느낀 신들이 하나씩 하늘로 돌아갔다. 그러나 정의의 여신 아스트라이아는 신들이 버린 땅에 홀로 남았다. 그녀마저 떠난다면 인간이 올바른 가치 판단을 하지 못할 것이기 때문이었다.

그러나 그녀의 저울은 점점 악한 쪽으로만 기울어졌다. 아무리 바로잡으려고 해도 소용이 없었다. 결국 아스트라이아는 더 이상 참지 못하고 다시는 돌아오지 않겠다는 말을 남기고 하늘로 올라가고 말았다.

제우스는 아스트라이아까지 외면한 인간의 악한 모습을 보고 세상에 대홍수를 일으켰다. 순식간에 세상은 물로 뒤덮였다. 살아남은 사람은 단 두 사람이었다. 프로메테우스의 충고에 따라 미리 배를 준비한 그의 아들 데우칼리온과, 에피메테우스와 판도라 사이에서 태어난 딸 피라가 그들이다. 데우칼리온과 피라는 9일 동안 물 위를 표류하다가 그리스 중부에 있는 파르나소스 산에 닿았다. 물이 빠지자 그들은 파르나소스 산에 제단을 차리고 신들에게 제사를 지냈다.

신들은 그들의 제사를 받고 소원이 무엇인지를 물었다. 둘은 이 땅에 다시 사람들이 살게 해 달라고 빌었다. 제우스는 그들에게 어깨 너머로 어머니의 뼈를 던지라고 말했다. 데우칼리온과 피라는 이 수수께끼를 놓고 고민했다. 무덤을 파헤쳐 진짜 어머니의 뼈를 던져야 할 것인지, 아니면 다른 뜻이 있는 것인지?

한참을 고민하던 두 사람은 어머니의 뼈가 돌을 의미한다는 것을 깨달았다. 어머니는 대지의 여신 가이아이고 가이아의 뼈는 바로 돌이었던 것이다. 또한 어깨 너머로 던지라고 한 것은 보지 말라는 금기였다. 그것은 사람을 창조하는 과정을 두 사람이 보아서는 안 되었기 때문이다. 그래서 이 모습을 그린 그림 가운데는 두 사람의 얼굴을 베일로 가려서 표현한 것도 있다. 둘은 어깨 너머로 돌을 던졌다. 데우칼리온이

데우칼리온과 피라 데우칼리온이 던진 돌은 남자, 피라가 던진 돌은 여자가 되었다. 안드레아 델 밍가의 작품.

던진 돌은 남자가 되었고 피라가 던진 돌은 여자가 되었다. 이렇게 해서 다시 인류가 이 세상에 살게 되었다.

신화의 세계에서는 선악의 구별이 없다. 왜냐하면 신화의 세계에는 선악을 구별할 기준이 없기 때문이다. 실제로 세계 창조에 대한 신화 가운데 선한 신과 악한 신이 함께 세상을 만들었다는 이야기가 많이 보인다. 세상에는 선과 악이 섞여 있다고 보는 것이다. 신화의 세계에서 저울은 아무것도 올려놓지 않은, 그래서 편평한 모습이다.

그리스 신화에서 아스트라이아가 들고 있는 저울도 평형을 이루고 있다. 다만 심하게 한쪽으로 기울 때 신들이 개입한다. 신들이 인간 세상을 찾아와 저울의 평형을 유지해 보려고 하거나 그것이 불가능하다고 생각되면, 제우스가 그랬던 것처럼 대홍수를 일으켜 악을 몰아 낸다.

사자의 서

『사자의 서』라는 이름이 붙은 책은 이집트의 것과 티베트의 것이 있다. 물론 여기서 사자(死者)는 죽은 사람을 가리키는 말이다. 많은 사람들은 죽는 것을 두려워한다. 그러나 『사자의 서』는 죽음을 두려워하지 말라고 이르며 죽은 뒤에 어떤 일이 일어나는지를 알려 준다.

먼저 이집트의 『사자의 서』는 약 3000여 년에 걸쳐 기록된 것으로, 지금 우리가 볼 수 있는 책의 형태는 영국에서 이집트에 대한 학문이 발전하면서 집대성된 것이다. 『사자의 서』는 죽은 뒤에 다른 세계가 있다는 믿음에서 비롯된 글이다. 『사자의 서』는 이른바 죽은 자의 세상을 여행하는 사람을 위한 안내서라고 할 수 있다. 티베트의 『사자의 서』 또한 크게 다르지 않다. 티베트의 『사자의 서』도 영국의 학자들을 통해서 세계에 소개되었다. 이 두 권의 책은 죽음에 대해 알려 주고 있지만, 오히려 거울에 반사되듯 죽음을 통해 삶을 어떻게 살아야 하는지 알려 주는 책이기도 하다. ❖

무슨 일이든 시작이 있으면 끝이 있게 마련입니다. 또한 끝이 나야 물론 새로운 시작이 있겠지요. 눈부신 해가 뜨는 새벽이 있고, 정오를 지나 아름다운 석양을 남기고 해가 사라지면 고운 달이 떠오르고, 달이 지면 다시 새벽이 오듯이 신화는 시작에서 끝으로, 그리고 다시 끝에서 시작으로 이어지는 끝없는 이야기입니다.

일단 신화의 여러 얼굴을 살펴보는 이 글은 끝이 났습니다. 글 속에서 본 것처럼 신화의 얼굴은 무수히 많습니다. 이 글을 통해 여기에 나와 있지 않은 더 많은 신화의 얼굴을 발견하기를 희망합니다. 그것은 밤이 지나고 새로운 새벽이 오는 것처럼 벅찬 일일 것입니다. 그리고 그 일을 되풀이하다 보면 세상이 신화로 가득 차 있음을 알게 되겠지요. 그것은 켈트 신화에서 말하는 것처럼 매일매일이 새로운 세계로 바뀌는 것을 경험하는 일이기도 할 것입니다.

그러나 새벽에서 바로 석양으로 넘어갈 수 없는 것처럼 모든 일에는 시간을 가지고 거쳐야 하는 과정이 있습니다. 석양이 아름다운 것은 지루하게 반복되는 새벽과 석양 사이의 시간과 과정이 있기 때문이니까요. 이 글은 끝이 났지만 새로운 여행이 기다리고 있다는 말입니다. 그 여행은 다시 책을 통해 이루어질 수도 있고 생활 속에서 일어날 수도 있습니다. 신화에서 말하는 것처럼 때로는 고통스럽고 힘들지도 모를 그 여행을 기쁘게 받아들였으면 좋겠습니다. 그 길을 가다 보면 아름다운 석양과 벅찬 새벽을 맞이할 수 있을 테니까요. 그리고 신화가 늘 옆에 있어 그 길을 함께한다는 것을 잊지 마십시오. 부디 멋진 여행을…….

ㅎ

*수록 페이지, 작품명, 작가, 연대, 소장처 순

던 그림. ■120쪽 〈크리슈나〉 의례에 쓰는 수레바퀴에 새긴 목조조각, 17세기. 기메박물관, 파리. ■128쪽 〈미륵불〉 사진 이경덕. ■131쪽 〈게브와 누트〉 이집트 파피루스에서, 대영박물관, 런던. ■131쪽 〈나바호족 인디언의 그림〉 나바호 의례미술박물관, 샌타 페이. ■134쪽 〈명부전〉 개심사, 사진 이경덕. ■135쪽 〈지장시왕도〉 동화사 염불암, 사진 윤열수. ■139쪽 〈염라대왕〉 통도사 시왕도 제5 염라대왕, 사진 윤열수. ■141쪽 〈동방삭투도도〉 오위, 명나라. ■144쪽 〈귀면〉 전등사, 사진 이경덕. ■146쪽 〈시바와 파르바티〉 17세기 후반, 인도. ■151쪽 〈용〉 대흥사, 전등사, 사진 이경덕. ■152쪽 〈배 장식 용〉 선박박물관, 뷔그데이, 덴마크. ■159쪽 〈산신각〉 화순 운주사, 사진 이경덕. ■161쪽 〈단군영정〉 국립민속박물관. ■162쪽 〈산신도〉 사진 윤열수. ■168쪽 〈장승과 솟대〉 사진 송봉화. ■173쪽 〈정지〉 제주 성읍 마을, 사진 현을생. ■173쪽 〈통시〉 제주 성읍 마을, 사진 현을생. ■182쪽 〈옴팔로스〉 델포이박물관. ■183쪽 〈칼리〉 18세기, 히마찰프라데시. ■185쪽 〈아르테미스와 악타이온〉 베첼리오 티치아노, 16세기. ■193쪽 〈마우이 상〉 함부르크 민속박물관. ■194쪽 〈전갈자리〉 요한 보데의 천체도에서, 18세기. ■200쪽 〈헤르메스〉 티에폴로, 18세기. ■203쪽 〈아스클레피오스 주화〉 국립주화수집실, 뮌헨. ■209쪽 〈펜리르와 티르〉 8세기 주물. ■211쪽 〈토르의 망치〉 10세기. ■212쪽 〈히미르의 배에 탄 토르〉 H. 푸셀리, 1790. ■215쪽 〈프레이아〉 N. J. O. 블로메르, 1852. 국립박물관, 스톡홀름, 스웨덴. ■218쪽 〈포세이돈〉 C.A. 아담, 18세기. ■221쪽 〈암피트리테〉 막스 킬링거, 19세기. ■224쪽 〈헤스페리데스의 정원〉 에드워드 번 존스, 1869~1873. ■226쪽 〈이둔〉 J. 펜로즈의 삽화, 1890. ■230쪽 〈인디언〉 라이프치히연구소, 1890년경. ■240쪽 〈에바 프리마 판도라〉 장 쿠쟁, 16세기. ■242쪽 〈데우칼리온과 피라〉 안드레아 델 밍가, 16세기.

*이 책에 실린 자료의 출처를 찾기 위해 최선을 다했습니다. 누락이나 착오가 있으면 다음 쇄를 찍을 때 꼭 수정하도록 하겠습니다.